Als sich Hauptkommissarin Clara Kull ein Sabbatical gönnt, sieht es ganz danach aus, als würde sie endlich zur Ruhe kommen, um ihr kaum vorhandenes Liebesleben neu zu gestalten. Dass ihre Freundin Gracia zu einem Winterurlaub rät, findet sie zwar zunächst nicht sehr verlockend, denn eigentlich hatte sie das Skifahren schon an den nagel gehängt. Doch als sie von einem Wintersportort hört, der sich ganz dem Slowmove und der Wiederentdeckung alter Sportarten verschrieben hat, wird sie neugierig. Tatsächlich scheint das Alpenparadies Engeldorf so etwas wie das Manufactum unter den Winterorten zu sein. Sonne, Pulverschnee, ein alpines Designhotel und unwiderstehlich charmante Menschen verfehlen ihre aphrodisierende Wirkung auf die Kommissarin nicht – auch dann nicht, als die entzückende Hüttenbedienung mit einem Loch im Kopf aufgefunden wird. Clara kann das Kriminalisieren nicht lassen. Gerne und nicht ganz selbstlos geht sie Karl Truxler, dem etwas schwerfälligen Alpensheriff und Ermittler vor Ort, zur Hand. Ein Einsatz, der nicht nur in ihrem Seelenleben eine Lawine auslösen soll …

Christine Paxmann hat vor über zehn Jahren die Skier an den Nagel gehängt, nachdem vorher keine schwarze Piste vor ihr sicher war. Jetzt sucht sie den nostalgischen Flow beim Langlaufen, um sich Romane auszudenken. Clara Kulls erster Fall ist nicht der erste Roman der Münchner Autorin, die bereits erfolgreich unter verschiedenen Pseudonymen geschrieben hat, aber ihr erster Hüttenkrimi. Die gebürtige Münchnerin liebt Berghütten (besser natürlich ohne Leiche), und wenn sie nicht gerade durch den Schnee gleitet, widmet sich Christine Paxmann ihrer Familie, Designprojekten, Hunden oder publizistischer Arbeit.

CHRISTINE PAXMANN

Heute wegen Mord geschlossen

Ein Hüttenkrimi mit Clara Kull

Atlantik

Atlantik Bücher erscheinen im
Hoffmann und Campe Verlag, Hamburg.

1. Auflage 2017

www.thiele-verlag.com
www.hoca.de *www.atlantik-verlag.de*
Umschlaggestaltung: Christina Krutz, Biebesheim am Rhein
Satz: Christine Paxmann text • konzept • grafik, München
Gesetzt aus der Bembo
Druck und Bindung: C. H. Beck, Nördlingen
Printed in Germany
ISBN 978-3-455-00204-1

HOFFMANN
UND CAMPE

Ein Unternehmen der
GANSKE VERLAGSGRUPPE

1

Vor Clara Kull lagen vier Tüten, matt kaschiertes Papier, dicke Kordeln, edle Farben. Sie hatte sie in einem übermütigen Schwung auf ihr Bett plumpsen lassen. Jetzt vermischten sich die daraus hervorquellenden Pullover, Hosen und Anoraks mit dem Paisleymuster ihrer Bettdecke. Hellblaue, orange, goldgelbe Schlangen, durchbrochen von leicht indischen Mäandern und Arabesken. Clara sah zufrieden auf ihre Ausbeute, für die sie ein Vielfaches ihres früheren Gehalts hingeblättert hatte. Mit ausgebreiteten Armen ließ sie sich in das Gemenge aus Kaschmir, Seide und daunengefütterten Sportklamotten fallen und liebkoste den Ärmel eines Pullovers in Pflaumenblau, bis sie mit einer ärgerlichen Bewegung hochschreckte. So weit würde es noch kommen, dass sie sich selbst mit Edelwolle streichelte. Demnächst würde sie noch Massagen nehmen, um einmal wieder von einer anderen menschlichen Hand als ihrer eigenen berührt zu werden. Claras Laune kippte innerhalb weniger Sekunden. Sie schob mit einer ungeduldigen Bewegung den Kleiderberg von sich weg, als hätte sie ein Warnschild mit Allergiehinweisen entdeckt.

Angewidert fuhr sie sich mit beiden Händen über das Gesicht, befühlte dabei ihre Augenpartie und zog die Haut leicht zurück. Mangelnde Elastizität! Die Frau im Beautysalon hatte schon recht gehabt, als sie ihr eine Maske für die anspruchsvolle Haut aufgeschwatzt hatte, obwohl sich Clara einiges auf ihr jugendliches Aussehen einbildete. »Wenn Sie jetzt nichts machen, werden die freien Radikale zu echten

Partisanen«, hatte die junge Frau mit den seidenweichen Händen gemeint und dabei Claras Augenpartie mit einem Blick bedacht, als würden dort die freien Radikale bereits Party feiern. Clara war dieses optische Betasten unangenehm gewesen. Vielleicht auch, weil sie sich nie vorher eine Behandlung in einem solch sündteuren Institut leisten konnte. Anschließend hatte sie sich mit einer nach Granatapfel und Eisen riechenden Paste in einem Stuhl geflezt, der entfernt an gynäkologische Praxen erinnerte, aber leichte Vibrationen aussendete, während die junge Beautyspezialistin, deren Haut aus der Marzipanfabrik zu stammen schien, an ihren Haaren »was« gemacht hatte.

»Damit das wieder schön elastisch aufspringt«, begleitete sie ihr Scherengeklapper, das sie in Claras rehbraune Locken hineintanzen ließ, die zugegeben in letzter Zeit etwas desorientiert um ihren Kopf gestanden waren. »Mit zunehmendem Alter braucht man klare Konturen ums Gesicht, sonst ist das zu viel Durcheinander!«

Das Stimmchen der Schönheitsspezialistin klang noch entfernt in Claras Ohren und entfaltete eigentlich erst jetzt, zu Hause auf ihrem Bett, seine Sprengwirkung, nachdem sie nicht mehr abgelenkt war von den Vibrationen des Zauberstuhls, in den sie die Kosmetikfachkraft genötigt hatte. Das Vibrieren hatte sie schließlich restlos verwirrt und ihre Gedanken in eine Richtung gelenkt, die sie ebenfalls seit Jahren bis auf ein paar Ausnahmen vernachlässigt hatte. Männer. Ihre Kollegen im Kommissariat waren entweder eisern verheiratet bei hoher Treue, eisern verheiratet bei sporadischer Treue oder chronisch versinglet wegen Scheußlichkeit, Schrulligkeit oder Sexomanie. Andere Männer traf sie so gut wie nie, außer Täter, Opfer und Verdächtige. Keine wirklich prickelnde Auswahl. Die Möglichkeiten außerhalb ihres Berufsstandes waren noch eingeschränkter: So begehrt männliche Kommissare zu sein scheinen, wenn man den vielen *Tatorten*, *Polizeirufen* und sonstigen Krimis im Fernsehen glauben darf, so sehr stehen Kommissarinnen im Ruf, nervtötend genau oder gänzlich gefühlsneutral zu sein. Unzuverlässige Arbeitszeiten, ständige Rufbereitschaft und das Tragen von Schusswaffen gehört ebenfalls nicht zu den erotischen Lockstoffen, welche die überschaubare Zahl der Bewerber, die Clara in den letzten Jahren besonders anziehend fanden, zu schätzen wussten. Da konnten ihre braunen Locken, ein apartes Gesicht mit hohen Wangenknochen und ein – wie Clara selbst fand – ziemlich gelungener Mund nichts dagegen setzen. Okay, vielleicht hätte sie auch bei dem ein oder anderen nicht so schnell die Flinte ins Korn werfen sollen. Aber sie taugte nun mal nicht zur Ersatzmutter, Managerin oder Karriereberaterin, wahlweise auch Häschen, Mäuschen oder Mädchen! Der letzte Mann, der sie ungestraft Mädchen nennen durfte, war ihr Vater gewesen, und das sollte auch so bleiben. Clara Kull schätzte Augenhöhe, Humor und gut duftende Männer, und vielleicht hätte es ihr wirklich nichts ausgemacht, auch mal zu einem aufzusehen, wäre denn nur einer darunter gewesen, bei dem es sich gelohnt hätte. Den Gedanken an den letzten Kandidaten schob sie schnell von sich. Stefan.

In ihre Gedanken versunken hatte sie die Bluse abgestreift und einen der neuen Pullover übergezogen. Moosgrün mit einem Wasserfallkragen. Aus einer anderen Tüte zog sie eine weiße Skihose aus ultraleichtem Material, gefüllt mit hauchdünner Daune, der letzte Schrei – trägt nicht auf und hält warm, so die Auskunft des leicht näselnden Verkäufers, der eine dicke Schicht Make-up getragen hatte. Sie beäugte sich im Spiegel, der in der Ecke ihres Schlafzimmers lässig auf dem Parkett stand, eingerahmt von einem wuchtigen Barockrahmen, der dem ansonsten in weißer Nüchternheit gehaltenen Zimmer eine Vintagenote gab. Genauso wie die Paisleydecke, deren Farben bereits leicht verschossen waren.

Jahrelang hatte sich Clara Kull nach einem Leben gesehnt, das sich nicht fast ausschließlich zwischen acht Uhr und *open end* im Büro abspielte. Hatte von einer leichten Typveränderung geträumt, die ihr vielleicht einmal eine Begegnung ermöglichen würde, welche sich als dauerhaftes Gegengewicht zu ihrem Job als Kriminalerin erweisen würde. Von Kindern ganz zu schweigen. Jetzt war sie, zumindest was die Umstände betraf, einige Schritte weiter. Sie hatte eine Frisur, die lässig, aber gekonnt aussah; die Elastizitätsmaske hatte aus unerfindlichen Gründen die Schatten unter ihren hellblauen Augen weggezaubert, und sie konnte sich Kleider leisten, die gut bezahlte Näherinnen in Europa angefertigt hatten. Das alles fühlte sich nicht nur optisch und haptisch gut an, sondern auch politisch korrekt, wobei Clara Kull den Gedanken, dass sie den Betrag für den jüngsten Kleiderrausch auch in karitative Projekte hätte stecken können, schnell beiseite schob. Das würde der nächste Schritt ihres neuen, unverhofften Wohlstands sein, den sie Tante Liesl zu verdanken hatte. Aber vorher sollte sie unbedingt den Rat ihrer Freundin Gracia beherzigen und die neuen Klamotten, die neuen Augen und die neuen Locken nicht nur ihrer

Paisleydecke und dem protzigen Spiegel, sondern auch der Welt zeigen, der Bergwelt. Ein ungewohnt schwerer Schritt für Clara Kull, die ansonsten kein Problem damit hatte, ein Trio schwer bewaffneter Stiernacken oder aggressionsbereiter Drogendealer aufzumischen.

Tatsächlich hatte sie es noch nicht gewagt, in einem Hotel anzurufen und ein Zimmer zu buchen. Darüber musste sie selbst ein wenig lachen und drehte sich dazu mehrmals vor dem Spiegel, als müsste sie überprüfen, ob ihre Erscheinung einem schicken Berghotel standhalten würde. Sie kam zu dem Schluss, dass es am Optischen nicht scheitern würde, der Klamottenverkäufer und die Beautywahrsagerin hatten ganze Arbeit geleistet. Trotzdem hatte Clara das Gefühl, Tante Liesls Erbe vielleicht nicht allzu schnell unter die Leute bringen zu sollen. Schließlich sollte das hoch sechsstellige Sümmchen auch das Sabbatical finanzieren, das sie sich nun auf unbestimmte Zeit verordnet hatte, nachdem ihr voriges Jahr ein charakterschwacher Mensch eine Kugel in den linken Arm geschossen hatte, um sich gegen seine Festnahme zu wehren.

Vielleicht braucht es so deutliche Zeichen, um mal etwas zu ändern? Viele Male hatte Clara Kull diesen Gedanken gewälzt, als sie nach Operationen, Physiotherapie und einigen Wagenladungen Voltaren vor vier Wochen wieder den ersten Tag an ihrem Schreibtisch gesessen war. Vor sich einen Berg unerledigter Akten, hinter den Akten ihr Kollege Zimmermann und am Fensterbrett seine beeindruckende Sammlung Postkarten aus aller Welt, wobei Zimmermanns Welt sich auf das Fichtelgebirge und die Rhön beschränkte. Würde sie noch mehr Akten ansammeln, dann müsste sie Zimmermann gar nicht mehr sehen, waren damals Claras Gedanken gewesen, bei denen das Pochen in dem perforierten Arm wieder zunahm. Kurz bevor sie wieder zu einer hoch dosierten Voltaren greifen wollte, klingelte das Telefon. Ein Notar Krunke aus der Prinzstraße meldete sich. Clara Kull konnte sich nicht erinnern, einen Fall zu bearbeiten, in den ein Notar verwickelt war, und antwortete zögerlich, als der sich nach ihrem Namen und ihrem Geburtstag und -ort erkundigte. »Schön, Sie sind also Clara Kull, geboren am 3. Februar 1970 in München?«

»Ja, das sagte ich!« Clara wurde ungeduldig, denn eigentlich stellte sie sonst die Fragen.

»Dann darf ich Sie übermorgen in meine Kanzlei bitten, wenn Ihnen das zeitlich genehm ist?« Der Notar hatte die Stimme aller Notare, unindividuell und hastig sprechend, ohne Satzzeichen und erkennbare Zäsuren.

»Worum geht es?« Clara hatte damals das Gefühl gehabt, ihr würde gleich der Kragen platzen, sollte dieser Krunke weiter in ihr Ohr nuscheln, ohne präziser zu werden. Sie hatte schließlich ihre Zeit nicht gestohlen. Drei Monate Reha lagen hinter ihr, ein Matterhorn an Akten vor ihr, dahinter der Globalplayer Zimmermann und ein Leben, das auch nicht spannender war als die Postkarten aus deutschen Mittelgebirgen. Clara hatte wohl laut geseufzt, denn Krunke war endlich aus seiner Monotonie erwacht.

»Frau Kull, es handelt sich um eine Testamentseröffnung und nicht um einen Werbeanruf oder gar einen Fall, wenn ich Ihre Bedenken jetzt einmal zerstreuen darf!« Die Stimme des Notars hatte sich tatsächlich verändert, war nun seinerseits ein wenig ungeduldiger geworden, und Clara ließ die Schachtel mit dem Schmerzmittel fallen.

»Eine Testamentseröffnung?« Ihre Stimme schlug leicht über. »Aber wer … also können Sie mir sagen, was ich zu erwarten habe?«

»Leider nein, liebe Frau Kull, deshalb gibt es den Termin einer Testamentseröffnung, sonst könnten wir uns dieses ganze Gespräch ja sparen. Also übermorgen um neun Uhr in meiner Kanzlei, und vergessen Sie bitte Ihren Ausweis nicht! Auf Wiederhören.« Krunkes Stimme hatte wieder jene Professionalität, bei der man nicht wusste, ob er gerade einen Satz anfangen oder aufhören würde.

»Auch auf Wiederhören!« Nachdem sich Clara nach ihren Tabletten gebückt hatte und das Gehörte sich langsam setzte, dachte sie über ihre Verwandtschaftsverhältnisse nach. Ihre Eltern waren bereits beide tot, ihr Vater schon länger; vor drei Jahren war ihre Mutter an einem merkwürdigen Blutgerinnsel gestorben, das sich binnen wenigen Stunden hinter ihrer Stirn gebildet hatte, nachdem sie von einer Bergwanderung zurückkam. Großeltern hatte sie auch keine mehr. Lediglich Tante Liesl, die sehr viel ältere Halbschwester ihres Vaters, die zurückgezogen in einem Seniorenheim lebte. Clara hatte Tante Liesl das letzte Mal auf der Beerdigung ihrer Mutter gesehen. Eine kleine zierliche Frau in einem Rollstuhl, immer noch eine Schönheit, aber mit einem Charme ausgestattet, der es einem nicht gerade leicht machte, mit ihr warm zu werden. Sie war lange mit Rudolf, einem CEO, verheiratet gewesen, und als Clara noch klein war, hatte sich das »SIEOHH« für sie immer wie ein Indianerstamm angehört. Erst später verstand sie, dass Liesls Mann Rudolf ein hohes Tier in einem Konzern war, und auf nie näher bezeichnete Weise irgendwann seinen Posten dort abgegeben musste, nicht ohne vorher noch eine siebenstellige Abfindung zu kassieren. Danach hatten sich Liesl und Rudolf zurückgezogen, ohne jedoch das Dünkelhafte abzulegen, das sie mit jedem Karrieresprung des Mannes erweitert hatten. Claras Vater hatte irgendwann den Kontakt ganz abgebrochen, und nach seinem Tod hatte auch Claras Mutter keine Veranlassung mehr, die familiären Bande über Gebühr zu strapazieren.

Umso überraschter war Clara gewesen, diese kleine arrogante Dame auf der Beerdigung ihrer Mutter wiederzusehen, elegant verhüllt mit schwarzer Brüsseler Spitze, einer Sonnenbrille mit goldenem CC auf den Bügeln und einem Kostüm desselben Labels, das Liesls zartem Figürchen auf den Leib geschneidert schien. Überhaupt hatte die Erscheinung der alten Dame viel von Coco Chanel. Perlenkette, dicker roter Lippenstift und jenes stahlharte Lächeln, das die zur Kollaboration neigende Mode-Ikone durch alle Kriegswirren hindurch Karriere hatte machen lassen. Liesl hatte damals Clara die dürre, fein manikürte Hand gereicht und in einer rauen Stimme, die gar nicht zu der elfenhaften Körperlichkeit passte, gesagt: »Clara, meine Liebe, deine Mutter war eine tapfere Frau, ich hätte meinen Bruder nicht zum Mann genommen. Auch meinen Rudi konnte ich nur durch eines ertragen: Er ließ mich unsere Finanzen verwalten. Überleg dir gut, wen du in dein Leben lässt. Heute habt ihr ja ganz andere Möglichkeiten als wir damals!«

Nach diesen Worten klappten ihre knallroten Lippen zu, sie gab ihrem motorisierten Rollstühlchen den Fahrbefehl und winkte Clara wie eine Königin noch einmal zu. Kein »Herzliches Beileid«, kein Wort des Trostes.

Clara erinnerte sich noch so manches Mal an die bizarre Szene, seit der sie nichts mehr von ihrer Tante gehört hatte. Und an ihre Worte: »andere Möglichkeiten«! Wenn Liesl wüsste, dass Claras Möglichkeiten damals irgendwo zwischen Erschossenwerden und Papierbergen lagen und hinter tausend Akten keine Welt, dachte sie nach der Begegnung mit einer gewissen Bitterkeit. Und auch ein wenig verwirrt, denn die Frau hatte nicht einen Funken Emotionalität ausgestrahlt. Andere Verwandte waren Clara dann nicht mehr eingefallen.

Ein paar schlecht verbrachte Nächte später ließ sie sich im Notariat überraschen.

Notar Krunke hatte hinter einem wuchtigen Nussbaumschreibtisch mit gedrechselten Füßen gesessen, hinter ihm ein Stich des mittelalterlichen München, ein Replikat auf Pergament, und vor ihm ein Siegel-Set, ein Stapel Papier und ein Montblanc mit voluminösem Durchmesser auf einer Schreibtischunterlage aus bordeauxrotem Leder. Clara durfte auf einem steifbeinigen Systemstuhl mit abwaschbarem Sitzpolster Platz nehmen, während der Notar mit einer linkisch angedeuteten Verbeugung auf seinen Bürostuhl mit Extrafunktionen zurückfiel und deutlich über Clara thronte. Krunkes Erscheinung – mittelalt, mittelgrau, mittelguter Anzug, mittelsilbrige Krawatte, mittelhelle Augen, mittelmäßiger Bauchansatz – war so sehr ohne Ecken und Kanten wie seine Stimme, die bereits fünf Minuten auf Clara Kull niederrieselte, als sie aus ihrer Schläfrigkeit erwachte, weil die Zahl »eine Million zweihunderttausend« fiel.

»Frau Kull, ist Ihnen nicht gut?« Einen Hauch von Besorgnis konnte Clara aus Krunkes Stimme heraushören, es war aber jene Art von Besorgnis, bei der als Subtext das sündteure Stundenhonorar eines Notars mitschwang, wenn sich die Mandanten etwa zu unkontrollierten Gefühlsausbrüchen hinreißen ließen und die Sitzung unsachlich verlängerten.

»Frau Kull, möchten Sie das Erbe antreten?« In Claras Ohren war damals ein Rauschen entstanden, das sich aus der monotonen Stimme Krunkes, aus dem neunsilbigen Singsang der Einemillionzweihunderttausend und der abgestandenen Büroluft getäfelter Räumlichkeiten mit Auslegeware zusammensetzte. Sie hatte nach einem Glas Wasser verlangt, das rasch aus einer Kristallkaraffe geliefert und mit einem Untersetzer vor dem Nussbaumtisch geschützt wurde.

»Über eine Million für mich?« Claras Stimme zeigte Anzeichen leichter Schnappatmung, und der beflissene Notar fürchtete abermals um seinen Terminplan.

»Eine Million zweihunderttausend … sowie einige Wertgegenstände aus dem familiären Besitz. Keine Schulden, keine Belastungen. Entscheiden Sie in Ruhe, Frau Kull. Wir haben Zeit.« Krunke hatte sich auf seinem Bürostuhlporsche leicht vorgebeugt und schob den Montblanc zwischen seinen beiden mittelmäßig gepflegten Händen hin und her.

Im Schnelldurchlauf ließ Clara alle ihre Möglichkeiten Revue passieren: ein um dreitausend Euro überzogenes Girokonto, eine Mietwohnung ohne Balkon, eine Reihe von Ex-Lovern ohne nennenswerte Eigenschaften und Zimmermann, der eine olfaktorische Zumutung war.

Ihre nächsten Worte an Krunke waren: »Wo muss ich unterschreiben?«

2

Das alles lag vier Wochen zurück. Clara Kull hat sich sofort beurlauben lassen und mit ihrer Freundin Gracia einen Schlachtplan entwickelt, wie dieser goldene Regen ihre Lebenssituation über das Pekuniäre hinaus verbessern könnte. Äußeres »Aufmascheln« stand natürlich ganz oben auf der To-do-Liste, mit der – wie Clara heute fand – sie schon ziemlich weit gekommen war. Dann: »gezielt einen Mann suchen und Spaß haben«. So oder ähnlich hatte es Gracia auf der Liste formuliert, die sie tatsächlich angelegt hatten, während sie einem Bründlmeier Grünen Veltliner den Garaus gemacht hatten.

Clara war sich nicht sicher, ob man das so in einem Atemzug nennen konnte, denn bislang hatte der Spaß immer recht schnell aufgehört, wenn der Mann gefunden war. Aber vielleicht würde sie ja ohne den Druck der Arbeit und ohne Dienstwaffe unterm Busen deutlich entspannter an die Sache herangehen. Zum Beispiel in einem Urlaub, wie Gracia vorgeschlagen hatte, und zwar in den Bergen. Skifahren, Flirten, Apres-Ski, Hüttengaudi – Gracias Aufzählungen waren von schwungvollen Handbewegungen begleitet und endeten mit einer deutlichen Flache-Hand-auf-Faust-Geste und den Worten »Knickknack«.

»Du musst dich wieder mal auf was einlassen, und so ein *Warming up* im Urlaub ist da ganz hilfreich, überdies strafft es die Figur«, dozierte Gracia bei dem Gespräch, das Clara ein wenig unangenehm wurde, denn ihre Freundin hatte den Finger zielsicher in die Wunde gebohrt. Tatsächlich war »das letzte Mal« schon länger her, und sie fühlte eine gewisse Flirtblockade, von anderen Blockaden ganz zu schweigen.

Damals hatte Clara zu all den Vorschlägen Gracias ja und amen gesagt, und am liebsten hätte sie es auch Gracia überlassen, all das für sie zu organisieren. Doch leider war Gracia im Erfinden anderer Lebensentwürfe großartig, steckte aber selbst mit drei Kindern und einem lieben, jedoch ebenfalls antriebsarmen Mann völlig in der Ehefrau- und Mutterrolle fest.

Nach diesem kleinen Rückblick hatte Clara gerade all die neu erstandenen Kleider auf einen Stapel sortiert, als das Telefon klingelte.

»Hallo, Süße, Gracia hier … na, hab ich dir zu viel versprochen von Monas Künsten?« Mona war die Beautybeauftragte, die Clara in den Vibrationsstuhl gesteckt hatte.

»Hallo, Gracia, grüß dich, ja, es war erstaunlich. Ich sehe glatt eineinviertel Jahre jünger aus!«

»Ich wusste es, und wo wirst du jetzt hinfahren? Zürs, Lech, Kitz, St. Anton? Du musst dich ein bisschen ranhalten, es sind bald Faschingsferien und dann bekommst du nichts, außerdem sind dann wieder nur verheiratete Familienväter unterwegs, und der Schnee taugt noch dazu nichts mehr!«

»Du hast recht, es ist nur so, dass ich das Gefühl habe, jetzt, nachdem ich schon so viele Kleider gekauft und Geld ausgegeben habe …«

»Ich bitte dich, Schatz, du hast über eine Million …« Gracias Stimme nahm raunende Schwingung an, als ob sie das Gesagte vor Mithörern schützen wollte.

»Es sind nur noch neunhunderttausend, den Rest hat die Erbschaftssteuer weggeknapst!« Claras Stimme bekam etwas Stählernes.

»Egal, das ist immer noch schrecklich viel. Und du willst mir doch nicht erzählen, dass du kneifst? Da kannst du die Klamotten gleich wieder zurückbringen, denn hier in deinem gewohnten Umfeld werden sie dir nichts nützen. Und für die Neunhunderttausend kannst du dir auch kein Mannsbild kaufen, das ist zu wenig, die sind ja schrecklich teuer im Unterhalt!« Gracias von Kichern unterbrochene Stimme klang nach »hoffnungsloser Fall«.

»Du bist unmöglich, Gracia. Du weißt doch, dass ich seit Jahren nicht mehr alpin gefahren bin, noch dazu nicht mit einem durchlöcherten Arm, dann die vielen Leute, die steilen Pisten, diese Snowboarder die ganze Zeit. Und ich will nicht wie ein Klingone zum Skifahren gehen, mit Rückenprotektoren, Sturzhelm und Brustpanzer. Ehrlich, Gracia, das ist nicht mehr meine Welt!« Clara war über Gracias Anspielung, dass ihr eh kein Mann gut genug sei und sie sich eher einen kaufen sollte, völlig hinweggegangen. Nicht drüber nachdenken, nicht jetzt. Es blieb auch keine Zeit, denn Gracia war in ihrem Element:

»Quatsch nicht, du rufst jetzt in dem Hotel an, dessen Nummer ich dir gleich gebe. Arthotel Alpe Engeldorf am Munzerkogel, ein Geheimtipp!«

Clara musste schmunzeln. So geheim konnte er nicht sein, der Tipp, wenn er schon zu Gracia vorgedrungen war, die neben der Aufzucht der drei Racker, ihrem Mann und einem Halbtagsjob in einer Zeitschriftenredaktion noch genügend Zeit fand, die dort ausliegenden Konkurrenzzeitschriften zu lesen. Sie selbst kam so gut wie nie raus in die »große weite Welt« und arbeitete sich mit ihren Sehnsüchten an Clara ab. Das fremdgelebte Leben, wie es Clara manchmal nannte – wobei sie sich selbst dabei ertappte, gelegentlich in Gracias Rolle schlüpfen zu wollen, allerdings nur, wenn die Kinder besonders liebreizend waren und Gracias Mann vor Charme sprühte, was in dieser Kombination so gut wie nie zeitgleich vorkam.

»Wo hast du denn diesen Geheimtipp her?« Clara hatte den Verdacht, dass irgendwo eine In/Out-Liste kursierte, in der alle hippen Wintersportorte mit ihren besonderen Vorzügen markiert waren. Gracia war bei der selbstverständlich rein professionellen Durchsicht der bunten Blätter »rein zufällig« auf so eine gestoßen und hatte sich Gewissheit verschafft, dass die Info stimmte, indem sie die Liste mit den Listen der anderen Trendzeitschriften verglich. Gracia war gründlich, und Clara verspann sich ein wenig in eine Traumvorstellung, wie die Kriterien dieses Engeldorf nach ihrem Geschmack aussehen könnten:

Engeldorf am Munzerkogel
Schneesicherheit: hoch, Tal 60 cm, Berg 180 cm
Hütten: urig bis ultra-urig
Liftpreise: 0,65 €/Skikilometer, extrem gut
Gesellschaftsfaktor: für Skinostalgiker, mit Liebe zum Skifahren wie in den 1970ern
Durchschnittsalter: 40 bis 60 Jahre
Besonderheit: keine Snowboarder! Ideal für Tourengeher oder Slowmover und Langläufer
Gastronomie: Germknödel, Zipfelplatte, Skiwasser in neuer zeitgemäßer Zubereitung und Geschmacksrichtung
Flirtfaktor: hoch bis beklemmend hoch

»Hallo, Clara bist du noch dran? Ich hab dich was gefragt.« Gracias Stimmer schnappte leicht über, als sie ihre Freundin beim Träumen am Telefon ertappte.

»Entschuldige, was hast du gesagt?« Clara legte eine leichte Hilflosigkeit in ihre Stimme, um die Freundin nicht noch mehr zu reizen.

»Siehst du nicht, wie überarbeitet du bist? Schon zwei Wochen aus der Mühle raus und du kannst dich immer noch auf nichts konzentrieren!«

»Gracia, so ganz stimmt das ja nicht. Ich war ja quasi nur wenige Tage im Büro und davor krankgeschrieben!«

»Umso schlimmer, die drei Monate Reha haben nicht genügt. Bist du eigentlich therapeutisch ausreichend begleitet worden?« Gracia kannte sich aus in der Welt der Supervisionen, denn sie sah gerne Profiler-Sendungen und fiktionale und weniger fiktionale Kriminalfälle aus aller Welt.

Hier musste Clara allerdings zögern mit ihrer Antwort, denn sie erinnerte sich noch genau an das Gespräch mit der Betriebspsychologin, die sie von vornherein auf ein Versagen im Einsatz wegen Burnout hinbiegen wollte. Noch bevor Clara der engagierten Kollegin erklären konnte, dass sie bei der Verhaftung gar keine Chance gehabt hatte, weil der Täter sich von den zwei männlichen Kollegen, die ihn festhielten, losreißen und einem der beiden die Waffe entwenden konnte, war die Psychologin schon dabei, Claras Arbeitsalltag der letzten 17 Jahre zu analysieren. Clara war zu den Sitzungen dann nie wieder hingegangen und machte den Fall mit sich selber aus. Das konnte sie so ihrer Freundin schlecht sagen, die diesen Umstand in alle jetzigen und zukünftigen Planungen miteinbauen würde.

»Klar, Gracia, keine Sorge, mir geht's gut. Ich bin nur, wie soll ich sagen, in vielerlei Hinsicht unsicher, wohin meine Reise gehen soll!« Clara hatte es mit Nachdruck gesagt, und ihre Lebensreise gemeint.

»Na, nach Engeldorf am Munzerkogel, hab ich doch schon gesagt. Pass auf, ich les dir jetzt die Beschreibung von diesem Engeldorf vor. Und was das Tollste ist, das ist überhaupt nicht weit weg! Du wirfst dich auf die Salzburger Autobahn und in knappen eindreiviertel Stunden bist du da. Super, was?« Gracia war nicht zu bremsen. »So, und jetzt hör her, was da steht: Engeldorf am Münzerkogel: Schneesicherheit: hoch, Tal 60 cm, Berg 180 cm; Hütten: urig bis ultra-urig, in Klammern ›Luis Trenker wäre gerne hier‹; Liftpreise: 0,65 €/Skikilometer, extrem gut; Gesellschaftsfaktor: für Skinostalgiker, mit Liebe zum Skifahren wie in den 1930ern; Durchschnittsalter: 39-65; Besonderheit: keine Snowboarder! Ideal für Tourengeher oder Slowmover und Langläufer und Freeheeler, in Klammern *Telemarker*!« An der Stelle musste Gracia ihren Redefluss ein wenig zügeln, denn das Wort sagte ihr nichts, »Gastronomie: Hefeknödel, Bauernplatte, Kurvenwasser in neuer zeitgemäßer Zubereitung und Geschmacksrichtung, Flirtfaktor: extrem erfolgreich! Spezial: Von Engeldorf kommen Sie als neuer Mensch zurück. Clara, was sagst du, das ist deine Location, da kannst du *old school* fahren und noch abrocken!«

Clara hatte bei Gracias unheimlich identischer Schilderung schmunzeln müssen, und sah sich wieder einmal bestätigt, dass sie doch eine passable Kriminalerin war, die aus wenigen Indizien auf das richtige Stimmungsumfeld schließen konnte.

»Mal ehrlich, Gracia, das klingt nach Inszenierung. Die wollen geldige, mittelalte, leicht frustrierte Leute, die sich gegen Geld zum Affen machen und Muskelkater auf und zwischen den Beinen kriegen, außerdem sind da wahrscheinlich noch jede Menge Ärzte vor Ort!«

»Du bist so eine Spielverderberin, Clara. Ich finde, das klingt wie ein Sechser im Lotto. Du musst ja nicht dieses Telemarkdings machen und auch nicht mit jedem Almöhi in die Kiste springen!« Gracia wurde ungeduldig und Clara musste ein Zeichen der Kooperation setzen.

»Na schön, ich google das mal, dann sehen wir weiter. In jedem Fall hätte ich für den Museumsort die falschen Klamotten gekauft. Vermutlich fährt man dort mit Knickerbocker und Norwegerpullis aus sehr, sehr dicker und noch viel härterer Wolle. Und auf Holzskiern mit Hakelstecken!«

Sie mussten beide lachen, wie in alten Schulzeiten, sie kannten sich seit der ersten Klasse. Und wie das so ist mit den Freundinnen aus Uraltkindertagen, sie können sich entwickeln, wohin sie wollen, die Freundschaften überstehen alle Metamorphosen des Lebens, ganz einfach durch den Langzeitfaktor der Kindheit. Langsam, ganz langsam fand Clara Gefallen an der Idee, eine Zeitreise zu machen. Engeldorf am Munzerkogel. Nachdem sie sich von Gracia mit dem Versprechen verabschiedet hatte, unbedingt sofort eine Mail zu schreiben, sobald sie eine Entscheidung getroffen hatte, wühlte sich Clara erst durch einige eingegangene E-Mails, bevor sie die Website von Engeldorf suchte.

3

Wenige Tage später saß Clara in ihrem Mini und kurvte die enge Straße nach Engeldorf am Munzerkogel hinauf. Den Ausschlag dafür, doch in diesem kuriosen Skiort mit Nostalgieanspruch anzurufen, hatte eine E-Mail von Stefan gegeben. Stefan Laskow hatte sich als sehr treuer Besucher an Claras Krankenbett und in Rehakliniken erwiesen. Davor hatten sie ein kurzes, heftiges, aber lockeres Bettverhältnis gehabt, doch zur Hochform lief der ansonsten nüchterne IT-Mensch auf, als es Clara schlecht ging. Seit Claras Genesung war sein Interesse merklich gesunken. Kennengelernt hatte sie ihn auf der Wiesn, bei einem Mädelsausflug mit Freundinnen, in dessen Verlauf alle Damen an irgendwelchen Herren und Bierkrügen hängengeblieben waren. Mit jedem Bier wurden ja die Jungs schöner, umso mehr erstaunte es Clara, dass sich auch im nüchternen Zustand der IT-Stefan als durchaus passabel erwies. Selbst im Bett, mehr hätte es nach Clara auch nicht sein müssen.

Doch dann kam die Sache mit dem Arm, und Stefan wurde zum Seelsorger. Mit jedem Besuch wuchs er Clara ein wenig mehr ans Herz. Das hatte wirklich Größe, wie er da fast jeden Abend nach Feierabend mit einem kleinen Prosecco, einer Blume, einem Riegel Schokolade aufgekreuzt war, ihr die verbliebene gesunde Hand gehalten und sich nach einer halben Stunde artig verabschiedet hatte. Nicht, dass er ihr in dieser Zeit einmal unter die Bettdecke gegriffen oder sie geküsst hätte – was sich Clara mit zunehmender Genesung gewünscht hatte. Er blieb einfach an der Bettkante und sorgte sich. Auch das kann anziehend sein, fand Clara und baute auf die Zeit nach dem Krankenhaus und der Reha. Seine Zutraulichkeit, sein Kümmern musste belohnt werden. Doch es kam anders. Nun, die letzten Wochen, die Clara schon zu Hause verbracht hatte, bevor sie ihren kurzen Wiedereinstieg in die Berufswelt probierte, die Sache mit dem Testament und das Sabbatical, das alles hatte sie ihm nur am Telefon sagen können. Auch schienen ihm die rasche Genesung und die immer stärker werdende Clara nicht gut zu gefallen. Immer öfter wurde er ungeduldig, auf die Sache mit dem Sabbatical reagierte er völlig überzogen, man könnte auch sagen neidisch. Der Sympathievorsprung, den er sich durch die Krankenbetreuung erarbeit hatte, schmolz zusammen wie Sahne in der Sonne. Clara wunderte sich und schließlich wurde sie wütend. Seine letzte Mail hatte dann Klarheit gebracht: »Hallo Clara, das geht mir alles zu schnell, ich brauche Abstand. Du hast jetzt ein völlig neues Leben, während meines so weitergeht. Kann ich nicht mit umgehen. Im Krankenhaus dachte ich manchmal, das würde was. Du so hilflos, ich da draußen, das kriegen wir zusammen hin. Dann hast du wieder deine Waffe übergestreift und hattest so ein hartes Gesicht. Ich mag das nicht, kann es nicht aushalten. Mach's gut, S.«

Das war nun einerseits beruhigend, Klarheit zu haben, auf der anderen Seite ärgerte sich Clara noch mehr. Wer hatte denn von sich aus so eine ungeheure Emsigkeit an den Tag gelegt, sich ständig um sie zu kümmern? Na, sie sicher nicht. Und jetzt sollte ihre Art schuld sein am Scheitern? Doch nicht wahr, oder? Clara ärgerte sich, dass sie sich ärgerte, obwohl ihr als erfahrene Profilerin natürlich klar war, dass der

Mann nur mit hilflosen Frauen umgehen konnte. Entweder hilflos von Bier oder von durchlöcherten Armen.

Gleich nach dem zweifelhaften Genuss dieser Mail hatte Clara im Arthotel Alpe Engeldorf angerufen. Tatsächlich, sie hatten ein Deluxe-Doppelzimmer frei, »freilich nutzbar auch als Single«, mit Balkon nach Süden und Blick auf den Munzerkogel. »Da werden'S Augen machen«, hatte die Frau in der Leitung geschwärmt und dann noch vorsichtig nach ihrem Geburtsdatum gefragt: »Mei, Sie werden sehen, da passen'S hierher wie geschnitzt, Frau Kull, recht herzliches Willkommen in unsrem schönen Engeldorf, wir g'freuen uns schon auf Ihren Besuch!« Das klang wirklich nach Abschalten und Sonne. Tatsächlich müsste sie ja nicht Ski fahren, auch Wandern im Schnee ist ja schwer im Kommen. Ein Schwimmbad hat das Hotel auch, und im Liegstuhl liegen und lesen hat noch niemandem geschadet. Nostalgiefaktor hin oder her, sollten alle anderen doch auf dem Kopf oder auf Zehenspitzen Ski fahren, Clara Kull würde erst einmal abchillen, wie Gracia es nannte, und es unaufgeregt angehen. Sie spürte bereits die warme Märzsonne auf der Haut und den leichten Sonnenbrand, der sich unweigerlich auf dem Nasenrücken einstellen würde, wenn sie nicht an einen Nasenschutz denken würde, als sie die Stimme der Arthotel Alpe-Reservierungsleiterin noch einmal in die Wirklichkeit zurückholte: »Und lassen'S Ihre digitalen Endgeräte ruhig daheim, Frau Kull, hier im Tal ham'mer keinen Empfang, weder Satellit noch Breitband, wenn'S wissen, was ich meine. Und jetzt wünsch ich Ihnen noch eine recht angenehme Anfahrt, Frau Kull. Servus!«

Kurz dachte Clara darüber nach, ob sie sich über dieses Hinterwäldler-Marketing ärgern oder freuen sollte. Nur erreichbar zu sein über eine Hotelfestnetzanlage, die vermutlich noch mit Strippen im Keller zusammengestöpselt wurde? Auf der anderen Seite, wer sollte sie erreichen wollen? Stefan sicher nicht, der würde jetzt seine Wunden lecken, weil er nicht länger Krieger im feindlichen Arbeitsleben sein würde, während die Frau auf der durchlöcherten Haut lag. Gracia würde hinterher sowieso einen lückenlosen Bericht von ihr erwarten. Und auf die gereizten Anrufe ihres Kollegen Zimmermann, der mal wieder dieses und jenes nicht finden konnte, ließ sich gut verzichten. Allein die Vorstellung, seine Stimme so nah an ihrem Ohr zu haben, rief ein Schaudern hervor. Das alles lag hinter ihr.

Noch zwei Kilometer bis Engeldorf. Clara schaltete in den zweiten Gang und die Adele-CD auf ganz leise, sie wollte sich mit Augen und Ohren auf die neue Landschaft einstellen. Wahlweise rechts oder links, je nach Fahrtrichtung, schiefriges Grau, durchsetzt mit Latschen und Eiszapfen, ebenfalls wahlweise rechts oder links steil abfallender Blick in eine enge Berggasse, die Clara kilometerlang bis zur Abzweigung Engeldorf geführt hatte. Nach Engeldorf ging es jetzt in steilen Kurven hinauf, scheinbar hatte die CI des nostalgieverliebten Ortes bis hierher gereicht, denn am Zustand der Haarnadelkurven schien sich seit siebzig Jahren nichts geändert zu haben.

Kaum hatte ihr Mini die letzte steile Kurve genommen, musste Clara schützend die Hand vor die Augen legen, um nicht geblendet zu werden. Ein gänzlich verändertes Landschaftsbild. Gleißendes Sonnenlicht, das sich über ein breites Hochtal ergoss. Zwischen fast obszön grellem Glitzern tupften sich Gatter, Holzzäune, Schneemaßlatten und Viehställe in die ansonsten makellos weiße Landschaft. Nach Stunden in Bodennebelsuppe und engen grauen Bergtälern, zünftigen Steigungen und kurvigem Einerlei war dieses Schauspiel für Clara eine Belohnung. Und nicht nur das: Als ob diese lichtdurchflutete Szene sich direkt ins Gemüt senken würde, wurde Clara frei ums Herz.

Ja, Tapetenwechsel war eine prachtvolle Idee. Engeldorf, ich komme! Und wenn ich das hier so sehe, dann werden die nächsten acht Tage ein einziger Rausch, dachte Clara, als sie mit voll aufgedrehter CD-Anlage schwungvoll die letzten Meter bis Engeldorf nahm. So schwungvoll, dass sie den Blitzer rechts am Straßenrand nicht bemerkte, schon gar nicht den Blitz, denn hier blitzte dank Schneekristallen und Sonnenoverkill alles. Nur der mit einer Kelle winkende Dorfpolizist holte sie wieder in die Wirklichkeit zurück, sie lächelte ihn strahlend an. So ein hübscher Bursche, welche Verschwendung, dachte sie, ihn in so einem Hochtal den Verkehrsdienst versehen zu lassen, statt ihm mal einige Wochen in einem innerstädtischen Kommissariat auf die Sprünge zu helfen. Zwölf Stundenkilometer zu viel? Ach, was kostet die Welt! Clara strahlte auch nach der Ermahnung den jungen Uniformierten an, als hätte er ihr gerade den Bundesverdienstorden überreicht. Wo gibt es denn so was, dass man sich an einem schönen Tag wie diesem wegen eines Knöllchens die Laune verderben lässt?

»Das machen wir aber nicht mehr, Frau Kull!«, mahnte der junge Polizist, als er fünfundzwanzig Euro kassiert und

Claras Führerschein anscheinend auswendig gelernt hatte, wobei er wohl versuchte, das griesgrämige Passbild mit der strahlenden Frau im zyklamfarbenen Kaschmir in Einklang zu bringen.

»Bestimmt nicht, Herr Polizeikommissar!«, flötete Clara und blitzte mit der Sonne um die Wette, als sie der Blick aus den Jungpolizistenaugen traf, die eine Farbe wie siebzigprozentige Schokolade hatten.

»Polizeihauptmeister genügt, Frau Kull, und nun wünsch ich recht schönen Aufenthalt bei uns!« Er tippte sich leicht an die Mütze, dabei verrutschte sie etwas und gab Locken frei, die man nicht unter solch einer scheußlichen Kappe tragen sollte, fand Clara.

Etwas gemäßigter im Tempo, aber immer noch wohl gelaunt, rollte Clara in Engelberg ein. Umkomplizierter Stadtplan, wie ihr Polizistenverstand ihr gleich signalisierte: eine Hauptstraße, linksseitig von Geschäften gesäumt. Skiverleih, Apotheke, Tonis Brettlbude, Feinkost Dreier, Drogeriemarkt, Trenkerstuben, Postamt, Kirche, Wirtshaus »Beim Munz«, Schule, *Vintage-Drive-in,* vermutlich ein Ärztehaus. Auf der rechten Seite verlief ein Bach, der alle paar Meter von kleinen Brücken überspannt war, denn auf dessen anderer Seite befanden sich die Hotels, alle mehr oder weniger in den Hang gebaut mit mehr oder weniger großen Terrassen zur Südseite. Clara musste sich konzentrieren, nicht die Abfahrt zu verpassen. Pro Hotel ein Brückerl, da konnte man sich schon vertun. Auf der Straße liefen Menschen in durchaus mondäner Montur herum, aber auch so eine Art Winter-Dandys, die anscheinend vom Touristenverband engagiert waren. Knickerbocker, Cordsacko, Selbststrickschal, Skischuhe aus Leder. Unglaublich. Clara musste zurücksetzen, denn tatsächlich hatten sie die Fashion-Nostalgiker abgelenkt, zumal deren Gesichter so gar nicht »old« waren, sondern eher der Gruppe Hipster oder New Hippie zuzuordnen waren. Was war dieses Engeldorf für ein Ort? Hatte man sich hier als Alleinstellungsmerkmal tatsächlich Lifestyle wie in den 1930ern auf die Fahne geschrieben? Wurde das hier mit aller Konsequenz durchgezogen? Hoffentlich dann aber nicht bei der Ausstattung des Hotels.

Doch diesbezüglich waren Claras Sorgen unbegründet. Am Empfang des Alpe Arthotels begrüßte sie genau jene freundliche Person, mit der sie auch telefoniert hatte. Das Einchecken glich einer Wellnessdusche. Koffer verschwanden wie von selbst in den Händen dienstbarer, dauerlächelnder Bergburschen. Sylvie, wie das Empfangsgeschöpf sich vorstellte, war laut eigener Auskunft immer für Clara da. Sie geleitete sie ins Zimmer hoch, das noch schöner war, als Clara es sich vorgestellt hatte. Auf einem Bettüberwurf, einem Quilt nur in Creme- und Weißtönen mit intarsierten grauen Blättern, lagen apricotfarbene Rosenblätter gestreut. Ein Blumenstrauß aus weißrandigen Kranichtulpen und eine kleinen Porzellanetagère mit hausgemachten Vanillekipferln zierten den geometrisch schlichten Kirschbaumsekretär, auf dem schon Briefpapier bereit lag. Richtig, wenn schon kein Internet, dann sollte man Briefe schreiben, schoss es Clara durch den Kopf (den Gedanken allerdings, an wen, bitte, sie schreiben sollte, schob sie schnell beiseite). Sylvie schob die mit weißen Kordeln und knallbunten Posamenten gehaltenen weißen Leinenvorhänge beiseite, um den Blick auf den Munzerkogel freizugeben. Voller Stolz, als hätte sie ihn eigens für Clara dahingesetzt, breitete sie die Arme aus und hauchte: »Mei, des is halt unser ganzer Stolz, und weil wir nur einen Hausberg haben, da haben sich unsre Dorfoberen gedacht, daraus mach'mer eine Tugend: Wir werden der einzige Nostalgieskiort weit und breit, mit allem, was dazugehört. Alte Skitechniken, Vintage-Outfit und eine Bewirtung, die man woanders suchen kann. Und dass mer kein Internet haben, hält uns die ganz die Dynamischen vom Leib, gell?« Dabei zwinkerte sie verschwörerisch, als ob sie bereits wüsste, was Clara in den nächsten acht Tagen erleben würde.

Mit einigem sollte die freundliche Sylvie goldrichtig liegen, anderes konnte keiner ahnen. Schon gar nicht bei einem Bilderbuchwetter, wie mit Photoshop bearbeitet, und einer das ganze Dorf umspannenden guten Laune, bei der sich jeder Anflug von Nachdenklichkeit verbot. Clara starrte ungläubig den Munzerkogel an, der ein Paradeberg mit einer ordentlichen Spitze, einem Gipfelkreuz und bewaldeten Seiten war, durch die sich gefügig Schneisen zogen, die so gar nicht künstlich aussahen und dem Berg ein wenig Kontur gaben. »Gipfel des Glücks hätte man den Zinken auch nennen können«, schoss es Clara durch den Kopf, die sich solche Sottisen nicht verkneifen konnte, obwohl sie sich, um im rustikalen Jargon zu bleiben, »sauwohl« fühlte. Das sollte so auch noch ein Weilchen bleiben, was dazu führte, dass sie sich ziemlich schnell an den Zustand gewöhnte. Wie im Paradies.

4

Als Clara am nächsten Morgen aufwachte, hatten der haselnussfarbene Holzfußboden, die karamellfarbene Natursteinwand an der dem Bett gegenüberliegenden Zimmerseite und all das sonstige spärliche, aber ausgesucht formschöne Mobiliar schon den Goldton der aufgehenden Sonne angenommen. Denn ihr Zimmer verfügte nicht nur über ein Panoramafenster direkt auf den Munzerkogel, sondern auch über ein kleines Eckfensterchen, ähnlich einer Schießschanze im dicken Mauerwerk, schmal und geheimnisvoll. Durch diese Fensterscharte brach sich eine rotgoldene Morgensonne Bahn. Clara hatte geschlafen wie ein Stein, wie fast alle Menschen, die die erste Nacht auf den über tausend Höhenmetern verbrachten. Der Kreislauf brauchte Ruhe, um sich an die neuen Sauerstoffverhältnisse zu gewöhnen. Meist folgten – war die erste Phase der Trägheit erst einmal vorbei – dann ein paar schlaflose Nächte mit Herzklopfen.

Was allerdings bei Clara zur Schlaflosigkeit und zum Herzklopfen führen sollte, war ihr an diesem Bilderbuchmorgen noch keineswegs klar. Auch nicht, was sie heute erwarten würde, denn sie hatte ja keine sportlichen Pläne gemacht. Hausdame Sylvie allerdings schon, weshalb beim Frühstück in einem lichtdurchfluteten, verglasten Terrassenanbau mit schnörkellosen Designertischen und -stühlen auch ein Prospektchen auf dem Teller lag. Clara hatte einen ihrer neuen Pullover in Hellblau an, wodurch ihre Augen einen Extrakick Blau bekamen, sowie eine weiße, enge Skihose, und wähnte sich im Glück, weil die Nostalgiker von Engeldorf innenarchitektonisch nicht in den 1950ern oder 1970ern hängengeblieben waren. Das Frühstück wurde serviert, kein Gerenne an ständig bevölkerten Büffets, der Service war perfekt, und Clara hatte tatsächlich nichts anderes zu tun, als sich ihrem Frühstücksei und dem Prospekt zu widmen. »Gustl macht's« stand in derben Buchstaben auf einem Foto, das ein paar Holzskier aus den Anfängen des Trendsports zeigte. Wendete man den Prospekt, der auf rauem, mattem Karton gedruckt war, konnte man einen Mann in Cordhose und Norwegerpulli beim Telemarken bewundern. Darunter standen Preis und Art der Unterrichtsstunde und eine Telefonnummer. Clara betrachtete das Bild des jungen Mannes eingehend, als Sylvie mit jenem entwaffnenden Lächeln an ihren Tisch trat, das jede Kritik oder Beschwerde von vornherein in Rauch aufgehen ließ.

»Darf ich Ihnen den Gustl buchen, Frau Kull? Gell, da kriegt man Appetit drauf?« Sylvie strahlte noch mehr und Clara musste lächeln. Welchen Appetit hatte dieser Sonnenschein gemeint? Auf den knusprigen Neohippie mit seinen langen braunen Locken und seinem Hipster-Vollbart oder auf die wiederentdeckte Technik des Telemarkens?

»Wenn'S sich ned sicher sind, können'S auch mal eine Schnupperstunde nehmen, die kostet nicht ganz so viel. Und dann können'S immer noch entscheiden, ob der Gustl was für Sie ist!«

Ach Sylvie, der Gustl ist ganz bestimmt was für mich und gerne würde ich an dem mal schnuppern, dachte Clara, aber eigentlich wollte sie ja mit dem ganzen Skizeugs nichts am Hut haben. Doch dann sagte sie zu ihrer eigenen Überraschung: »Ja, bitte machen Sie mir doch einen Termin für heute Mittag mit ihm, wenn er da überhaupt noch was frei hat. Vielleicht ist es gar nicht so schlecht, die ersten Schritte in die Berge mit Begleitung zu machen!«

»Da haben'S recht, Frau Kull!« Sylvie sprach's und flötete bereits in ein geradezu vorsintflutliches Walkie-Talkie – ja, wo kein Handy, da muss das gute alte Funkgerät her. Binnen wenigen Minuten war klar, dass Gustl anscheinend nicht überbucht war und Clara sich schon einmal bereit machen sollte, schließlich bräuchte man noch Skier. Stimmt, Clara war ohne Skier losgefahren, allerdings wären auch nur *Big-Foot*-Rutscherl in ihren Mini reingegangen.

»Essen'S in Ruhe auf und dann holen'S Ihre Sachen, Sonnenbrille und Creme nicht vergessen. Der Gustl wartet in einer halben Stunde an der Pforte auf Sie!« Süß, wie Sylvie die große gläserne Eingangstür, die den Übergang zwischen Hotelhalle und draußen scheinbar aufhob, als Pforte bezeichnete. Alles war in diesem Engeldorf so gemütlich, und Clara konnte sich nicht gegen das Gefühl wehren, bereits jetzt derart verwöhnt zu sein, dass Denken zur Nebensache wurde. Fast ein wenig aufgeregt war sie, als sie sich ihren neuen, ultraleichten Daunenanorak holte, brav Sonnencreme auftrug und die Sonnenbrille mit den Riesengläsern ins Haar schob. Wollen doch mal sehen, ob das Bildchen in dem Prospekt gelogen hat, versuchte Clara gegen die Aufregung anzudenken und stapfte ins Foyer.

Als sie die Halle betrat, in der gemächlich einige Skifahrer noch in Fell belegten, weißen Sesseln lümmelten und dem Prasseln des Feuers zusahen, das in der Mitte der Halle in einem ebenfalls minimalistisch schlichten Kamin aus Feuerglas und mattiertem Eisen loderte, blieb ihr fast die Luft weg. Am Tresen der Rezeption lehnte ein Adonis. Mindestens eins neunzig groß, apart bis unwirklich schön, ein wenig wie der Beatle George Harrison in seiner Indienphase, mit über schulterlangen braunen Locken und einem derart gepflegten Vollbart, wie Clara schon lange keinen mehr gesehen hatte. Bart hatte sie bei Männern immer abgelehnt. Doch das war ein Sehnsuchtsbart, der eine magische Anziehungskraft hatte. Das Bartwunder sah sie aus noch dunkleren Augen als der gestrige Dorfpolizist an und bewegte in einer ungeheuer lasziven Bewegung seinen Athletenkörper auf Clara zu. Die Lippen waren leicht geöffnet, seine Handflächen zeigten empfänglich nach oben, als er schließlich kurz vor Clara zum Stehen kam und sie mit eben jenen superlangen schönen Händen bei den Schultern nahm und ihr zwei Küsse auf die Wangen drückte, dass sie jedes Barthaar einzeln hätte benennen können.

»Grüß dich, Clara, du, das ist mir so eine Freude, dass ich dir hier heute ein bissl was zeigen darf!« Die Stimme gab Clara den Rest, ihre Knie zitterten, und sie bekam Herzrasen. Dieser Gustl war eine Wucht, die Stimme leicht rau und tiefster Bass, die Bartlöckchen hatten eindeutig nach Zedernholz geduftet, und mit was auch immer diese Engeldorfer ihre Luft anreicherten, Clara sah Kringel vor den Augen.

»Hoppala, haben wir ein bissl Kreislaufprobleme, denk dir nix, das geht eh vorüber, wenn wir die ersten Kurverl gefahren sind!« Gustls Hand lag unter ihrem Ellenbogen, als wollte er sie stützen, während Clara dümmlich in eins neunzig Höhe lächelte und zu allem nickte wie ein Wackeldackel auf der Hutablage.

Herrschaftszeiten, dachte Clara und trottete, nachdem sie sich wieder gefangen hatte, brav neben Gustl durch die Hauptstraße. Bei »Tonis Brettlbude« schob Gustl sie mit sanftem Druck durch die Tür, die sofort ein munteres Klingeln von sich gab. Drinnen herrschte drangvolle Enge. Toni selbst, ein wie man in dieser Gegend wohl sagen würde »Klachel«, vierschrötig, mit wettergegerbtem Gesicht und schlohweißem Haar, schoss trotz Bauchansatz wie ein Derwisch zwischen Leuten herum, die sich mit Skischuhen und Bindungen herumplagten und entsprechend rotgesichtig keuchten.

»Servus, Toni, schau, wen ich dir mit'bracht hab!« Gustls Bass vibrierte durch den Raum, sämtliche Damen hielten inne bei was auch immer sie gerade waren, sämtliche Herren bekamen einen trüben Blick. Clara dachte kurz, was der Toni wohl auf diese bescheuerte Ansage antworten sollte, als der Toni schon leibhaftig vor ihr stand und mit einer großen Pranke zum Gruß ausholte. Diese Engeldorfer Freundlichkeit war wirklich eine Wucht. Toni umfasste ihre Hand, als wolle er sie gegen alle Unbill der Welt schützen, zog Clara mit sich und platzierte sie auf einem mit Kuhfell bezogenen Hocker in einer Ecke seines Ladens, der mit allem Recht den Namen *Brettlbude* verdiente. Nicht nur die Wände waren aus unbehandelten Fichtenbrettern recht roh und spreiselig, es gab hier fast nur Holz, oder zumindest Holzfurnier, mit spärlicher Bemalung.

»Ja, jetzt hockst dich einmal hierher, schöne Frau, dann seh'mers schon, wo deine Fußerl eini passen!« Der Toni schwang kurz rum und holte ein Paar Lederskischuhe. Clara staunte. Keine Hartschalenschuhe, in denen man wie ein Marsmännchen aussah?

»Da wirst gehen wie ein Glöckerl!« Toni schien ein geradezu erotisches Verhältnis zu seinen Lederschuhen zu haben, so wie er sie hielt und schließlich um Claras Füße zurrte. »Sauber, Madl, passt!« Toni und Gustl schlugen die flachen Hände gegeneinander und beglückwünschten sich wie Buben nach einer gelungenen Aktion.

»Jetzt such ma noch einen taillierten Ski für dich, dann kriegst eine Kabelzugbindung drauf, da hast du ein Gefühl, als wärst du mit dem Schnee eins, da kannst glatt den *Slopestyle* ausführen!«

Clara fühlte sich jetzt schon eins. Eins mit diesem Ort, mit dem Gustl und mit der Welt der telemarkenden Bergvölker dieser Erde, auch wenn sie keine Ahnung hatte, was der *Slopestyle* sein sollte. Da offensichtlich Kunden, die der Gustl anschleppte, bevorzugt behandelt wurden, ging das ganze Skileihgeschäft ruckzuck. Nachdem Clara einen Leihschein unterschrieben hatte und ihre normalen Stiefel als Pfand dagelassen hatte, schulterte der Gustl ihre Skier, Clara nahm die Stöcke in die Hand und stapfte tapfer mit ihrem Begleiter auf die Hauptstraße hinaus. Nach Tonis schummriger Brettlbude, war die von Licht überflutete Hauptstraße ein echter Schock, und Clara stolperte geblendet als erstes einem Herrn in die Arme, der vor dem Geschäft nebenan stand. Weißer Kittel, ein markantes Gesicht mit Dreitagebart und melierten Kurzhaaren, durchdringendem Blick, Halbbrille und einer breiten Brust, an der sich Clara augenblicklich wohlfühlen könnte, wie sie feststellte, als der Herr sie leicht von sich schob und »Hoppla« raunte.

»Grüß dich, Gamsenfeld!« Der Gustl hatte den Zusammenprall bemerkt und war die paar Meter zurückgekommen, die er schon mit weitem Schritt vorausgeeilt war. »Darf ich dir vorstellen, das ist eine Neu-Engeldorferin, die Clara. Und heut pack'mers an mit dem Telemark, kannst schon einmal ein paar Stangerl Traubenzucker bereitlegen. Wenn die Clara dann auf den Geschmack gekommen ist, wird sie nimmer aufhören wollen!«

Gustl und der Mann im weißen Kittel standen rechts und links von Clara, die sich nicht mehr sicher war, ob sie zufällig in die Proben einer Operette gelangt war.

»Entschuldigen Sie, der Gustl ist manchmal ein wenig direkt und fix bei der Sache. Gamsenfeld – Hubert von Gamsenfeld – mein Name. Ich bin hier am Ort der Apotheker ihrer Wahl. Also wenn's zwickt, dann nicht warten, sondern gleich zu mir, werte Clara!« Gamsenfeld redete jene mit eleganten Mundartelementen gefärbte Hochsprache, die Blaublütige zwischen München und Wien schon seit den Tagen der k.u.k. Zeit eint.

Claras Hormonspiegel bekam bedenkliche Ausschläge nach oben. Hatte sie bis eben noch Gustl für das Nonplusultra ihres Engeldorftrips gehalten, so konnte sie sich ebenso gut einen Abend mit Hubert von Gamsenfeld vorstellen, der – deutlich Ende Fünfzig – jene Eleganz und Souveränität ausstrahlte, die reife Herren entwickeln, wenn sie auf sich achten. Doch viel Zeit blieb Clara nicht, dieses neue Engeldorfer Wunder zu begutachten, denn Gustl zog sie mit einem »Man sieht sich« vom silberhaarigen Apotheker weg, Richtung Skilift. Ähnlich wie bei »Tonis Brettlbude« war auch an der Schlange am Skilift für Gustl und seine Begleitung Sonderbehandlung angesagt. Kein Warten, urige Liftwärter winkten sie durch. Im Vorbeigehen schulterte Gustl noch seine eigenen Skier von beeindruckender Länge, und schon schwebten sie in einer Minigondel für zwei Personen den Berg hinauf. Bald schon schaukelten sie über verschneiten Tannen, zwischen denen sich Spuren im Tiefschnee abzeichneten. Schließlich schwebten sie über eine sanft geschwungene Abfahrt mit wenig Neigung. Überall standen kleine Gruppen, die mit seltsamen Verrenkungen eine Kurve fahren sollten, und Clara fragte den Gustl, ob das der Anfängerberg sei.

»Aber nein, Clara, das ist unser Slowmove-Hügel. Hier bei uns in Engeldorf soll sich doch niemand derrennen. Deshalb ist alles recht gemütlich, und auch wenn wir jetzt mit einer Gondel hoch hinauf wollen, dazwischen sind immer wieder kleine Lifte, die einen von einem sanften Hügel zum andren bringen. Und schau, die alle da unten«, Gustl deutete auf eine Anzahl Menschen, die entweder kopfüber im Schnee lagen oder Bewegungen vollführten, als müssten sie aufs Klo, »lernen alle das Telemarken!«

Clara schluckte. Gleich würde auch sie sich zum Affen machen. Das war das Ende der Idylle. Mit einem Rumpeln verlangsamte die kleine Gondel an der Bergstation, der Gustl zog sie mit einem Schwung heraus, und wenige Sekunden später fand sich Clara auf einer flachen Schneekuppe wieder. Der Gustl zeigte ihr, wie man die Skier anzog, streifte ihr die Schlaufen der Skistöcke richtig um, schließlich zauberte er aus seinem Rucksack zwei dicke Pudelmützen und stülpte eine davon Clara über die Haare, nicht ohne ihr vorher die Sonnenbrille auf die Nase zu setzen und mit einem Streichler über ihre Wange zu sagen: »Ich g'spür des, dass du ein Naturtalent bist!«

Davon war Clara nicht ganz überzeugt, doch nach einigen Übungen auf einer kleinen Loipe, auf der sie den Skateschritt lernen musste, und ein paar sanften Bögen auf einem Minihang mit Handschlepper, stieg ihr Zutrauen zu sich und zu Gustls Lehrerqualitäten. Nach zwei Stunden konnte sie ohne hinzufallen auf dem Idiotenhügel so etwas wie einen Babytelemark, und erstaunlicherweise behielt Gustl sein Lächeln bei. Um kurz vor halb vier spürte Clara ihre Kräfte schwinden. Die Sonne schlich sich bereits auf dem Firnschnee davon, um in spätestens einer halben Stunde hinter einem gegenüberliegenden Bergmassiv, das den Munzerkogel um viele hundert Meter überragte, zu verschwinden. Mit ihrer Sehnsucht nach Pause war Clara nicht allein, denn alle Welt strömte plötzlich wie von unsichtbaren Fäden gezogen auf einen Punkt leicht unterhalb des Übungshügels zu. Schnell sah es dort aus wie auf einem Ameisenhügel, Skier, Schlitten, Menschen, Clara hatte das Gefühl, etwas zu versäumen, sollte sie jetzt nicht auch gleich dorthin dürfen.

Als ob Gustl ihr den Wunsch von den Lippen ablesen könnte, fuhr er mit einem perfekten Telemarkslide neben sie, strich ihr mit dem Finger einige Schneetropfen von der Oberlippe und hauchte ihr ins Ohr: »Zeit wird's für einen Besuch beim Wastl. Und ein paar Germknödel könntest du jetzt auch vertragen. So sauber wie du schon herumschwingst hier!« Gustls Lippen berühren sanft Claras Ohrmuschel, sein Bass legte sich wie Schaum auf Claras Unterzucker, und wenn sie sich nicht völlig getäuscht hatte, dann hatten seine Lippen beim Wegziehen vom Ohr ihren Mund gestreift. Das Bizzeln seines Barts hatte noch nicht nachgelassen, als sie in einem zwar noch unsicheren, aber standhaften Bogen hinter ihm herfuhr, eine Kurve hinab, auf jenes weite Schneefeld vor der Hütte, das sich in den letzten zehn Minuten in einen mit Sportgeräten, Anoraks und sonstigen Gerätschaften gepflasterten Ort, einem Thingplatz ähnlich, verwandelt hatte.

5

Auch Gustl und Clara schnallten ihre Skier ab. Natürlich half Gustl, er zog und schob an Claras Fesseln, weit über das übliche Maß an Hilfestellung hinaus. Beim Aufrichten fuhr er mit der ganzen Hand an ihrer Beininnenseite entlang nach oben, zog sie kurz vor dem magischen Dreieck wieder zurück und ließ den Arm überraschend brüderlich auf ihre Schultern fallen, um Clara mit sich in die Hütte zu ziehen. In der Hütte herrschte dicke Luft, nicht stimmungsmäßig, sondern rein sinnlich, und Clara, die in vielerlei Hinsicht überfordert war, konnte bald durch ihre von Glühweindampf, Würstlfett und Hefeteigschwaden getrübte Sonnenbrille kaum mehr etwas sehen.

»Servus, meine Schönen, kommt's rein, es ist schon zünftig!«

Ein typischer Engeldorfer stand vor ihnen und strahlte das Engeldorfer Was-kostet-die-Welt-Lächeln. »Sucht's euch einen Platz, es wird noch voller, aber ihr könnt's ja zammrucken. Gustl, fesch, fesch!« Das Hüttenwunder nickte Gustl verschwörerisch zu und machte eine sicherlich als Kompliment gemeinte Bewegung zu Clara, die langsam wieder den Überblick bekam und sich den Mann nun näher ansehen konnte.

»Das ist der Wastl … Wastl, das ist die Clara!« Gustl, ganz Herr der Lage, behielt trotz chaotischer Zustände in der Hütte die Höflichkeitsregeln bei. Zwischen unglaublichen Anorakbergen und Rucksäcken saßen sicherlich viermal so viele Menschen als für diese ursprünglich als Alm genutzte Hütte gedacht. Tische und Stühle waren kaum mehr zu sehen. Wer keinen Sitzplatz hatte, stand oder flegelte über Lehnen und auf Fensterbrettern. Unbeirrt von Menschen und Dingen schwirrte in regelmäßigen Abständen eine kleine blonde Person umher, mit Tellern und Krügen beladen, mal voll, mal leer.

Wie auch immer dieses Geschöpf es fertigbrachte, zu erkennen, welcher Gast neu hereingekommen war und welcher schon seit Stunden in der brütenden Hitze mit dem Luftalkohol vor sich hin räucherte – innerhalb von zwei Minuten stand sie vor Clara und Gustl und funkelte sie beide ebenso fröhlich wie frivol an.

»Habe d'Ehre, Gustl, wen bringst uns da?«, fragte das Geschöpf, das, so musste Clara neidlos zugestehen, ein Augenschmaus war, der ihr gerade eine kraftvolle, aber zierliche Hand hinstreckte. »I bin die Maria, was darf ich euch bringen? Das Übliche? Einmal das Wastl-Spezial, Jagatee und Germknödel?«

Clara war immer noch fasziniert von der blonden kleinen Frau, die mit ihren Reizen, einem strahlend hellen Gesichtchen mit makelloser Haut, einem zierlichen, appetitlichen Körper und ihrer ganzen knapp gewandeten Erscheinung den Laden sicher im Griff hatte. Trotz des kleinen Mieders, noch kleineren Leder-Hotpants und Bergsschuhen wurde bei ihr niemand übergriffig, alle waren wohl von ihren blitzenden hellblauen Augen gebannt. Über Marias Apfelbrüstchen wippte ein kleines Goldherz mit einem gravierten Rosenzweig an einem Lederschnürchen, an beiden Ohren hatten offensichtlich mehrmals Piercingspezialisten gespielt und viele kleine Stecker in die Ohrränder getrieben – das war eigentlich schon der einzige Makel, den Clara feststellen konnte, die jede Art von Schmuck, auch Hautschmuck, ablehnte.

In der Zwischenzeit hatte Gustl, ohne Claras Antwort abzuwarten, das Wastl-Spezial bestellt und lehnte nun scheinbar absichtslos mit seinem ganzen Oberkörper gegen Clara und spielte scheinbar ebenso absichtslos an einem ihrer Ohrläppchen. Clara konnte sich nicht mehr bewegen, ihr angeschossener Arm begann ein wenig zu pochen. Links von ihr hatte sich ein Trupp braun gebrannter Alt-Telemarker platziert, die alle in dicken karierten Hemden steckten, leicht nach Schweiß rochen, aber grundsätzlich nicht verkehrt aussahen. Es herrschte ein Gedrücke und Geschiebe wie in einer überfüllten U-Bahn, nur musste niemand wohin, sondern alle versuchten den Platz zu behalten, den sie gerade hatten. Aus vorsintflutlichen Riesenboxen, die unter der Balkendecke angebracht waren, donnerte Hubert von Goisern auf sie herab.

Die nach Rum und Rotwein wabernde Luft versetzte Clara, ohne auch nur einen Schluck vom Jagatee genommen zu haben, in einen sanften Rauschzustand. Hinzukamen die leichte Erschöpfung und die Höhenluft. Sie ließ sich wahlweise gegen die Brust von Gustl fallen oder fingerte mit einer ihr nicht bekannten Hand hinter ihrem Rücken. Den Jagatee und die dicken Germknödel, die in einem See aus Vanillesoße schwammen, brachte der Hüttenwirt Wastl persönlich. Dabei drückte er dem Gustl beide Krüge mit Tee in die Hand, stellte die beiden Knödelteller auf einen Balken, der sich in 1,95 Metern Höhe befand und nahm dann Clara bei beiden Schultern. »Schön, dass du da bist, so was wie du hat uns hier noch gefehlt!« Sein Atem roch ein bisschen nach Speckbrot und Zimt, ein Geschmacksduo, das Clara nicht auf Anhieb einfallen würde, hier aber aufs trefflichste harmonierte. Wastls halblange, aber gepflegte silbergraue Haare fielen in dicken Strähnen in sein Gesicht, wenn er sie nicht nach hinten schob und sein Gesicht wieder freilegte, das zwischen kantig, ein wenig verlebt und sonnengegerbt angesiedelt war. Altersmäßig war dieser Wastl weit mehr in ihrer Preisklasse, vielleicht fünfundvierzig, genau konnte Clara es nicht bestimmen. Dazu war Wastls Gesicht jetzt schon viel zu nah vor ihrem, und sie fragte sich gerade, was das werden sollte, als er ihr einen dicken Kuss auf die Lippen setzte, die Hand wieder von ihren Schultern nahm und in der Menge verschwand.

»Jetzt darf ich auch mal, gell? Der Wastl kommt hier eh viel zu viel zum Zug!« Gustls Bart war auf dem direkten Weg zu Claras Gesicht, als Maria sich dazwischen drängte und ihn mit einem »Geh, du Bussitandler, jetzt lass doch die arme Frau erst einmal zu Kräften kommen. Was ihr immer glaubt's. Den ganzen Tag rutscht ma hinter euch die Hügel rauf und runter, und kaum sind die Skier weg, sollen wir slalomküssen!«

Clara musste lachen. »Passt schon, Maria, ich bin ja schon groß und kann mich wehren!«

»Die kennen nix hier oben, diese Höhenluft macht die alle gamsig!« Maria nickte wissend. Clara musste schon wieder lachen, denn dieses kaum achtzehnjährige Geschöpf wusste von den zwischenmenschlichen Verirrtheiten scheinbar mehr als sie mit ihren vierzig Jahren.

»Du bist ein Spielverderber, Maria, ich wollte nur nett sein!« Gustl schob sich maulig in das Gespräch und fuhr mit dem Finger einmal über Marias Ausschnitt und dann über Claras Pulloverrand.

»Nimmst du deine Pratzen weg, Gustl!« Maria schlug gespielt böse zu, und er hielt ihr den Arm fest, genau in dem Augenblick, als ein etwas blasser Bursche zu ihnen trat.

»Lass die Maria los, fass sie nicht noch einmal an!« Die Stimme war so zart wie der ganze Mann selbst, der optisch im völligen Gegensatz zu den übrigen Sportskanonen stand, die die Hütte bevölkerten.

»Hoho!« Gustl nahm abwehrend die Hände hoch und tat reuig. »Immer langsam mit den jungen Hunden, Luis, was machst hier oben, bringst du Nachschub?«

Auf Luis' Gesicht zeigte sich ein Anflug von Röte, und Maria blickte plötzlich unsicher von Gustl zu Luis und schließlich zu Clara.

»Ich muss jetzt weiter.« Hastig nahm sie leere Krüge von Tischen und Bänken und drückte sich wieder durch die Menge in Richtung Küche. Der blasse Luis blieb noch einige Sekunden stehen und versuchte weiter grimmig zu schauen. Clara verstand nicht ganz und wollte so eine Situation eigentlich auch nicht haben, denn diese Friede-Freude-Eierkuchen-Aura, die Engeldorf ausstrahlte, seit sie dem braunäugigen Dorfpolizisten den Eintritt bezahlt hatte, sollte nichts stören. Genau so etwas hatte Clara gebraucht. Nur *Love and Peace*.

Doch bevor sie einen Anflug von Irritation zulassen konnte, war der blasse Mann in der Menge verschwunden, und Gustl widmete sich ihr weiter, indem er sie mit Germknödel fütterte. »Schau, ohne den Luis könnte ich des hier gar nicht tun, Clara, denn der bringt mit seinem Motorschlitten die Teiglinge für diese süße Sünde den Berg hoch. Glaubt man nicht, gell, dass der blasse Kerl einen so robusten Schlitten durch das raue Gelände bewegen kann. Der schaut doch selber aus wie die Heferohlinge, deswegen wird er auch Germer-Luis genannt.« Soweit Gustls Einführung in die Heimatkunde und die regionalen Besonderheiten.

Clara ließ sich von Gustls Bass einlullen. Auch waren die Beats aus den Boxen inzwischen deutlich stärker, denn auch House und Techno hatten ihren Weg in Wastls Hütte gefunden, noch ein Punkt, wo die Engeldorfer ihrem Retro-Prinzip nicht treu geblieben waren, was kein Schaden war. Denn auf Vico Torriani oder DJ Ötzi hatte Clara keine Lust. Die ganze Hütte war plötzlich ein einziger Tanzschuppen – mit Wastl selbst als bestem Eintänzer. Er flirtete sich von Frau zu Frau, bumpte hier und da ein wenig an Hüften und Pos und arbeitet sich so zügig durch den übervollen Raum auf Clara zu. Bald wurde Clara von Wastl im engsten Radius herumgewirbelt, dessen kerniges Gesicht ihr mit jedem Jagatee mehr ans Herz wuchs, während diese Art Welpenflirt, den Gustl vollführte, Clara das Gefühl gab, unendlich begehrenswert zu sein, auch für Jüngere. Zeit war für Clara kein Faktor mehr, der ungewohnte Sport und diese gehaltvolle bis geistreiche – im Sinne von alkoholische – Verköstigung hatten sie auf eine Art willenlos gemacht, wie man sie wohl bei den Trancetänzen der Urvölker kennt.

Das Licht, das durch die kleinen, beschlagenen Kassettenfenster der Hütte hereinfiel, wurde schon merklich dünner, und plötzlich zog sie der Gustl aus den Armen Wastls, der Clara immer mehr angeschmust hatte.

»Mir müssen, Clara, sonst sehn wir nix mehr. Und mindestens zur Gondel müssen wir noch rauflaufen, die letzte fährt in einer Viertelstunde. Am ersten Tag will ich noch nicht, dass du die ganze Abfahrt runterfährst, nicht bei Nacht!« Gustl grinste, wirkte dabei jedoch sehr ernst. Wastl hatte einen Dackelblick aufgesetzt und gleichzeitig ein wenig Kampfhaltung angenommen. So widerstandslos wollte er Clara nicht aus seinen Armen lassen. Zu gern hätte sich Clara jetzt trotzig auf den Boden geworfen und sich gewehrt, denn dieses Kontrastprogramm ohne jede Verbindlichkeit, das sich so sehr von ihrem durch Verbrechen und Unrecht bestimmten Leben unterschied, war wie Balsam für sie. Von den Gunstbezeugungen ganz abgesehen. Auch wenn sie wusste, dass sie darauf so viel geben konnte wie auf die Heiratsanträge nach einem Wiesnbesuch – es tat einfach gut, wenn so viel Berührung möglich war, ohne dass man jetzt gleich mit jemanden ins Bett musste.

Kaum waren sie aus der Hütte draußen, schlug die kalte Luft zu. Wastl verabschiedete sie mit Busserln, und auch Maria gab Clara einen Kuss auf den Mund. In Claras Hirn jagten sich die Sinneseindrücke, jede Muskelfaser tat ihr weh, und nur unter großer Willensanstrengung und weil Gustl ihre Skier schleppte, erreichten sie die letzte Gondel. In der Gondel wurde Clara schlecht, aber sie beherrschte sich, vermutlich auch, weil Gustl sie sehr fest hielt und sich mit der Hand bedenklich weit unter ihrem Arm zu ihrem Brustansatz vorarbeitete.

Wie sie die Schritte von der Talstation des Munzerkogels bis zu Tonis Brettlbude schaffte, wusste Clara nicht mehr. Der kernige Toni händigte ihr die Straßenstiefel aus, klopfte ihr auf die Schulter und meinte: »Kommst morgen wieder, dann schreib ich's an!« Gustl zog sie sanft von dem Kuhfellhocker hoch, drückte ihr einen Kuss auf die Stirn und hauchte: »Bis morgen, du schöne Frau!« Dann trollte er sich, einem Tanzbär nicht unähnlich, davon.

Überrascht, wie der Rausch jetzt ein ziemlich geschäftsmäßig kurzes Ende gefunden hatte, blieb Clara noch eine Weile stehen. Dann raffte sie sich auf, um auf dem Nachhauseweg in der Apotheke noch eine Muskelsalbe zu holen. Hubert von Gamsenfeld bediente sie selbst, nachdem erst ein Angestellter sich nach ihren Wünschen erkundigt hatte. Clara berichtete ihm unter Auslassung irgendwelcher pikanter Stellen von ihrem Tagesprogramm. Gamsenfelds Lächeln war wissend, als er sagte: »Ja, Clara, so sind's, die Burschen hier im Tal. Immer ein bissl vorschnell, und alle wollen zu viel am ersten Tag!«

Clara war nicht ganz klar, ob sich das auf die sportlichen Anforderungen oder die zwischenmenschliche Dynamik bezog und lächelte Gamsenfeld deshalb nur an. Der lächelte zurück, zeigte wunderbare Zähne und legte mit einer leicht angedeuteten Verbeugung die Salbe auf den Tresen. Bei der Geldrückgabe blieb seine gepflegte, aber erstaunlich kräftige Hand eine Spur zu lange auf dem Geld in Claras Handfläche liegen, der Blick einen Hauch zu lange an Claras Augen hängen. Und auch das »Ich hoffe, ich sehe Sie bald wieder« war eine Spur zu geraunt. Aber Clara hatte für solche Feinheiten keinen Sinn mehr, die handgreifliche Erotik der Hütte, der aufkeimende Muskelkater, die Auswirkungen des Jagatees und diese sinnliche Erschöpftheit ließen sie ein »Wer weiß, was ich noch für Cremes brauche?« säuseln. Die Doppeldeutigkeit ihrer Worte war nur Gamsenfeld aufgefallen, Clara hingegen waren in ihrem durch Bergrausch verschuldeten Zustand längst alle Zwischentöne fremd. Sie wollte eigentlich jetzt nur noch eines: ins Bett. Heute noch allein, schoss es ihr durch den Kopf, als sie versuchte, geraden Schritts die Apotheke zu verlassen, nicht ohne sich in der Tür noch einmal umzudrehen und Gamsenfeld einen Augenaufschlag zu schicken.

In Engeldorf waren inzwischen die Lichter angegangen. Dicke Kristallzapfen, die über der Hauptstraße baumelten. Die Hotelfassaden waren mit Minileuchten geschmückt. Clara war selig. In Engeldorf konnte man es aushalten. Sollte sie je einen Anflug von Burnout gehabt haben, hier war er schon nach dem ersten Tag wie weggeblasen.

6

Nach einer seligen Nacht in ihrem eleganten Alpinzimmer – vom Zimmerservice hatte sich Clara abends noch ein sogenanntes Betthupferl schicken lassen, ein mit verschiedenen Gemüsepasten bestrichenes Bauernbrot, das sie mit einem kleinen Bier aus der Minibar vertilgt hatte, um der Pappsüße des Germknödels und des Jagatees wieder Herr zu werden – wachte Clara mit dem Gedanken auf, den gestrigen Tagesablauf möglichst genau so zu wiederholen. Vielleicht mit ein paar intensiveren Nachforschungen bei Gustl, Wastl und eventuell Herrn von Gamsenfeld.

Tatsächlich fand sich Clara keine drei Stunden später auf der Bergstation des Munzerkogels wieder. Gustl hatte bereits in der Gondel erkennen lassen, dass mit Slowflirten jetzt Schluss war und hatte ungeniert seine Zunge über Claras Ohren und Hals kreisen lassen, bevor er sozusagen in einem Telemark die Kurve über den Mund nahm. Er schmeckte nach Zahnpasta und einer Spur Red Bull, auf die Clara hätte verzichten können, aber auch im Paradies sollte man nicht perfektionistisch sein. In der Nacht hatte es geschneit, alles war mit einer komfortablen Schicht Pulverschnee überzogen, und Clara zog ihre Kurven brav hinter Gustl her. Sie hinterließen eine einzige Schwungspur im Schnee. Bei jedem Halt küsste man sich spaßhaft, und bereits um die frühe Mittagszeit war bei Clara ein Zustand erreicht, der nach Wastls Hütte schrie. Etwas missmutig stimmte Gustl einer Pause zu.

»Aber nicht so exzessiv wie gestern, gell, Clara, wir wollen doch heute noch was erreichen!« Gustl hatte neben seinem Ehrgeiz als Casanova auch enormen Ehrgeiz als Skilehrer und ging damit Clara ehrlich gesagt ein wenig auf die Nerven.

»Och, Gustl bitte, bitte, bitte nur ganz kurz einen Jagatee, ein Germknödelchen … und ich bin wieder ganz deine gefügige Schülerin!« Clara erkannte sich selbst nicht. Diese Kleinmädchenstimme und dann diese Anspielung! Diese Engeldorfer Luft setzte tiefenpsychologisch enorme Dinge frei, fand Clara und stellte sich auf die Zehenspitzen, um einen Kuss in den Vanillebart zu platzieren. Gustl knurrte leise, während sie vor Wastls Hütte die Skier abschnallten. Dann hob Gustl Clara einfach über die Schulter und trug sie bis zur Hütte, warum auch immer. Clara hatte den Verdacht, dass Gustl ganz den Steinzeitmann markieren wollte, um zu zeigen, wer hier der Stärkere war, Wastl oder er. *Jungs*, dachte Clara, als sie abgestellt wurde und beinahe in eine Steige Germknödelteiglinge gefallen wäre, die der blasse Luis, der gestern Maria so waidwund angesehen hatte, dort abgestellt hatte.

»Passen'S doch auf!« Luis rettete mit einem schnellen Griff die Teiglinge vor einem Unfall und starrte Clara panisch an.

»Sorry, tut mir total leid, aber ist nichts passiert, oder? Sie sind der Luis, gell?«

»Hm.« Luis Gesicht zeigte einen Hauch von Regung, ansonsten starrte er immer noch, als hätte Clara eine klaffende Wunde am Kopf.

»Geh, Luis, alte Wurschthaut, jetzt machst dich mal locker! Merkst du nicht, was du für eine Z'widerwurzen bist. Des passt doch gar ned hierher, und zu dir passt es auch ned, nur weil die Maria ned deine Kragenweite ist, brauchst doch uns nicht leiden lassen!« Der Bass Gustls überdröhnte alles, und es blieben schon ein paar andere Hüttengäste stehen, um sich das Schauspiel nicht entgehen zu lassen. Clara versuchte, beschwichtigend den Arm um Gustl zu legen, gleichzeitig wollte sie das Gesicht dieses Hefeteiglieferanten nicht aus den Augen lassen. Irgendwas stimmte nicht mit dem. Hübsch war er, aber so unendlich blass, obwohl er doch immer jeden Tag hier hochkam. Warum nur blieb die Engeldorfer Sonnigkeit so ohne jede Spur bei dem Jungen? Clara hielt ihn für knapp zwanzig, aber der ernste Zug um seine Augen ließen ihn älter erscheinen.

»Mach du deinen Job, ich den meinen, Gustl!« Mit einem Schwung nahm Luis die Steige mit den Teigen auf und drängte sich ins Innere der Hütte, wo die Stimmung bereits wieder am Kochen war.

»War schon immer ein komischer Kauz, der Luis«, murmelte Gustl, als er Clara hinter sich in die Hütte zog, direkt in die Arme des Hüttenwirts, der über ihren erneuten Besuch mehr als nur geschäftlich begeistert war. Er drückte Clara fest an sich, bis sich seine grauen wilden Haare wieder über ihr Gesicht legten. Da war er wieder, der Duft nach Speckbrot und Zimt, und Clara gab der Kombination den klaren Vorzug vor Zahnpasta mit Red Bull. Schon erstaunlich: Da bekommt man so ein leckeres Bürschchen wie den Gustl quasi auf dem Präsentierteller serviert und würde das Präsent glatt gegen einen verlebten, deutlich griffigeren, aber auch sichtlich souveräneren Hüttenwirt eintauschen. Clara wunderte sich nur noch – und am meisten über sich selbst. Wo war ihre wilde, irrationale Seite all die Jahre gewesen?

Jahrein, jahraus rannte sie hinter Mördern, Erpressern, Kidnappern, Betrügern her und hatte allen Grund, misstrauisch gegenüber allen und jedem zu sein. Und jetzt würde sie am liebsten mit jedem, der ihr schöne Augen machte, ins Bett gehen. War es diese Befreiung von finanziellem Druck, die Abwesenheit von Arbeit oder einfach wirklich der Zauber von Engeldorf? Oder, wie Gracia behauptete, womöglich die wahre Leidenschaftlichkeit der mittleren Jahre? Clara schluckte diese wirklich weitgreifenden Fragen mit einer großzügigen Portion Jagatee in die Tiefen ihres Inneren zurück und widmete sich den irdischen Dingen, die sich ihr boten. Gustl, leicht hinter ihr, mit den Händen auf dem Weg unter ihren Pullover, und Wastl vor ihr, mit ähnlichem Ziel.

»Sagt's einmal, wollt ihr die Clara zerdrücken, ich glaub', es hackt!« Maria schob ihren auch heute in einem Minidirndl kaum verhüllten Körper zwischen Wastl und Clara und zog Gustl derart am Bart, dass er seinen Logenplatz unter Claras Pullover aufgab und sich mit einem geradezu kindischen »Aua« an den Bart fasste.

»Du narrisches Huhn, lass des, das kannst mit deinem Luis machen, ah, na … geht ja ned, der hat ja noch kein Bart!« Gustls Spott saß. Maria funkelte ihn böse an.

»Lass den Luis aus'm Spiel!«

»Ich tu ihm eh nix!« Gustl hatte Freude daran, Maria mit dem Hefespezialisten aufzuziehen, das sah man.

»Wird auch besser so sein.« Maria verschwand, und Wastl und Gustl tauschten Blicke wie »Frauen halt!«, während Gustl hinter Maria herlief, wohl um sich bei ihr zu entschuldigen.

»Was ist denn mit dem Luis?« In Clara erwachte neben aller Erregung auch wieder ihr kriminalistisches Gen, vielleicht auch, weil Leidenschaft auch eine Art von Thrill braucht.

»Mei, der Luis steht halt auf die Maria … wie wir alle.« Er lachte heiser. »Und jetzt versucht er ihr Tempo mitzumachen, und ich hab das Gefühl, das packt er nicht!« Wastls Ton hatte etwas Abschätziges, und da er heute anscheinend seine Pflichten als Wirt nicht ganz so wichtig nahm, hatte er immer noch die Hand an Claras Hüften.

»Welches Tempo?« Clara verstand nicht ganz.

»Die Maria hat abends noch einen Zweitjob, und der Luis meint, er müsste so etwas wie ihr Bodyguard sein. Jetzt muss er mit wenig Schlaf auskommen, und er war schon immer ein Zarter. Das Transportieren der Teiglinge ist auch nicht ohne … Und die Maria, mei, die ist ihm doch haushoch überlegen.« In Wastls Stimme schwang nun neben einem Schimmer von Mitgefühl auch Erregung mit, während seine Hand zu Claras Pobacken wanderte, als gäbe es dort etwas zu kneten.

»Du kannst jetzt wieder loslassen, ich bin nicht aus Hefe!« Mit einem leichten Dreher versuchte sich Clara aus Wastls Greifarm zu befreien. Anscheinend war das Motto des Tages eine Art Zügellosigkeit.

»Du magst es doch auch«, raunte ihr Wastl stattdessen ins Ohr und drückte sie gegen sein Flanellhemd, unter dem Clara ordentliches Brusthaar spüren konnte. Nicht unapart, urig, jetzt, wo alle Welt sich rasierte, als wären Haare schädlich für was auch immer.

Über Wastls Schulter hinweg konnte Clara endlich mal in Ruhe die Hütteneinrichtung studieren, Fleckerlteppiche, die zu Sitzkissen verarbeitet waren. An den Wänden alte Fotografien aus der Ursprungszeit des Telemark, Geweihe und Skispitzen, Blechgeschirr und Trockensträuße Edelweiß. Wastls Hände wanderten inzwischen, genauso wie Gustls vorhin, unter ihren Pullover, den sie heute aus dekorativen Gründen weit und im Norwegerstil gewählt hatte, und Clara machte sich größere Sorgen über ihr verschwitztes T-Shirt und kleinere über ihre Moral. Da es in der Hütte brechend voll war, war »Eingesehen werden« ihr geringstes Problem. Die Handflächen des Hüttenwirts waren rissig, aber nicht ohne Sensibilität. Ganz sanft suchte er unter dem Pullover nach dem Verschluss ihres BHs. In einem Augenblick geistiger Klarheit erkannte Clara, dass sie mitten in einer Skihütte mit gefühlten hundert anderen, ihr fremden Menschen stand, und der Hüttenwirt, den sie so gut wie nicht kannte, versuchte, sie im Schutz ihres dicken Skipullovers auszuziehen. Sie hatte früher oft von ekstatischen Festen gelesen, expressionistischen Zusammenkünften, Opiumhöhlen und rauschenden Kostümbällen, bei denen die Sittsamkeit schnell fiel – so manches Verbrechen hatte sich aus der Hemmungslosigkeit solcher orgiastischen Zusammenkünfte ergeben, das dann Clara aufklären durfte. Hier erlebte sie das erste Mal live, wie schnell eine Situation völlig triebgesteuert werden konnte. Und was noch bedenklicher war: Sie genoss es in vollen Zügen. Ja, sie würde, wenn es möglich wäre, jetzt sofort mit diesem Mann schlafen. Die Lust schoss derart heftig durch ihren Körper, dass Clara aufpassen musste, nicht laut zu stöhnen. Nur eine derbe Cordhose trennte Wastl von der großen Besitznahme, zu der ihm Claras Hand einen taktilen Vorgeschmack gab.

»So, ihr Turteltauben, Finger weg, sag ich immer, auf der Alm da gibt's ka Sünd!« Maria quetschte sich mit einem Tablett – dieses Mal voller übergroßer Teller mit goldbraun glänzendem Kaiserschmarrn – zwischen sie und verhinderte einen Skandal.

Wie auch immer Clara dem Tanz auf dem Vulkan entkommen konnte, ohne ihre nicht mehr vorhandene Unschuld zu verlieren, war ein Geheimnis, das auf dem Berg bleiben muss. Wahrscheinlich war es ganz profan zu erklären, aber danach war Clara nicht zumute. Sie war deutlich angefixt von der heißen Stimmung, und irgendetwas sagte ihr, dass sie sich heute noch abreagieren musste. Das Ende der Schmusereien war zu abrupt. Eine defekte Propangasflasche hatte Wastl wieder auf den Boden der Wirklichkeit und endgültig von Clara weggeholt, und Gustl war ohne einen weiteren nennenswerten Annäherungsversuch gleich nach Erreichen der Talstation mit den Worten »War ein Supertag, Clara, aber wir können das noch besser!« im Après-Ski-Taumel Engeldorfs verschwunden.

Nachdem die sensorischen Reize so plötzlich ausblieben, spürte Clara wieder ihren Muskelkater. Sie brachte die Skier zurück, und als sie aus Tonis Brettlbude herauskam, flackerte im selben Augenblick die Außenbeleuchtung über der Apotheke vor ihr auf: *Gamsen-Apotheke*, in geschlungenen Neonlettern mit einem Gamskopf, ebenfalls als Neoninstallation. Ein Zeichen! Ach, den Herrn Apotheker hatte sie kurzzeitig ganz aus dem Gedächtnis verloren. Sie schritt die drei kleinen Stufen zur Apothekentür hinauf, versuchte das Ziehen der Muskeln zu ignorieren und setzte ihr schönstes Lächeln auf. In der Apotheke ging die Post ab. Latschenkiefersalben, Murmeltierfett, Hirschtalg, aber auch Kopfschmerztabletten und Magnesiumpräparate gingen in großen Mengen über den Tresen, an dem vier Angestellte, aber kein Apotheker Gamsenfeld zu sehen waren. Clara verließ enttäuscht den Laden, ohne neue Creme eingekauft zu haben.

Doch ihr Hunger nach Austoben war nicht gestillt. Sie würde sich jetzt in ihrem Alpe Art Hotel ein frühes Abendessen gönnen, dann ihre teils geschundenen, dabei unbefriedigten Glieder in eine Badewanne hängen und später mal das Nachtleben dieses entfesselten Dorfs erkunden. Bei einem Plakat, das an der Brücke befestigt war, über die sie zum Hotel gelangte, blieb sie kurz stehen. *Ü 40 in der Cyber-Tenne* zog sich die Headline in kringeligen Buchstaben über eine Illustration, die eine junge Dame beim dynamischen Sturz in den Tiefschnee zeigte und ganz offensichtlich von einem Künstler aus den 1960er Jahren stammte. Hier bin ich richtig, dachte Clara, und ignorierte das Verkrampfen ihrer Beinmuskeln, die eine völlig andere Sprache sprachen als das Ü-40-Bauchgefühl der Kriminalerin im Ausnahmezustand.

Sylvie, die ein untrügliches Gespür für die Befindlichkeiten ihrer Gäste hatte, begrüßte Clara mit einem Päckchen Meersalz-Bademischung und dem *Eventbericht Engeldorf*, ein Service, der Clara bisher entgangen war. Vielleicht bekommt man ihn aber auch erst am zweiten Tag, wenn man sich akklimatisiert hat und nicht nach jeder kleinsten Anstrengung sofort in Tiefschlaf fällt.

»Da müssen'S hin, Frau Kull, das ist bestimmt ein großer Spaß. Unsre Cyber-Tenne ist umgebaut wie das Raumschiff Orion, wissen'S, diese Kultserie aus den 1960ern. Und heute

Abend legen die auch Musik quer durch die vergangenen fünf Jahrzehnte auf.«

Na, bravo, dachte Clara bei sich, *das kann ja eine echte Museumsveranstaltung werden.* Hoffentlich würden sich nicht zu viele Ü-60er dazu aufgerufen fühlen, mit ihr tanzen zu wollen. Clara nahm Badesalz und Zettel dankend mit aufs Zimmer und bestellte beim Zimmerservice ein Wiener Schnitzel, das wenig später unter einer silbernen Haube gebracht wurde. In einen weichen, weißen Hotelbademantel gehüllt, verputzte Clara das goldbraune Schnitzel samt der Wiener Garnitur, einem Sardellenfilet auf einer Scheibe Zitrone, in solcher Windeseile, dass sie sich über sich selbst wunderte. Anschließend überließ sie sich Sylvies Badesalzen und den Nachträumen der Berührungen des Tages. Wenn dieses Tanz-auf-dem-Vulkan-Gefühl auch für die Nacht galt, konnte das noch heiter werden.

Drei Stunden, ein Powernapping und ein Abend-Make-up später – es war kurz vor zehn Uhr – stand Clara in der Schlange vor der Cyber-Tenne und bibberte leicht in ihrem schwarzen Hängerchen, das sie zu schwarzen Strumpfhosen und Stiefeln unter dem Mantel trug. Das Publikum schien sich um die Altersbezeichnung Ü 40 nicht zu kümmern, wahrscheinlich war das Ü 40 auch nur ein Hinweis auf die Musikauswahl. Kurz glaubte Clara, Hubert von Gamsenfeld gesehen zu haben, auch der Gustl blitzte einmal in der Menge auf, als sie endlich in das Innere der Tenne gelangte. Wummernde Bässe, Lichtspiele, sogar Diskokugeln und jede Menge Trockeneis erinnerten sie an Diskobesuche ihrer Jugend. Die Tanzflächen, die sich wie Kaskaden ineinander schoben, waren tatsächlich in Silber und Weiß gehalten und ließen entfernt an ein Raumschiff denken. Die Stehbereiche rund um die Bar waren blau illuminiert, wie Polarlichter glitten Lichtbänder an Möbeln und Spiegeln entlang und verloren sich in Schummerecken, in denen bereits Paare kurz vor der Verschmelzung zuckten.

Clara arbeitete sich zum brechend vollen Tanzflächen-Areal vor und fing einfach an, mitzutanzen. Sylvie hatte nicht gelogen, hier rockten die 1970er. Aber Clara genoss es, dieses powervolle Schütteln hatte ihr Körper jetzt gebraucht, dabei suchte sie die Ränder der Tanzfläche nach bekannten Gesichtern ab. Der Kopf des Apothekers hob sich kurz aus der Menge, doch bevor sie ihn erreicht hatte, war Gamsenfeld verschwunden. Dafür sorgte Musikwechsel für neue Aufmerksamkeit, nicht zuletzt, weil ein silberner Käfig von der Decke schwebte, in dem unendlich anziehend eine ziemlich ausgezogene Maria gogotanzte. Goldene Hotpants und ein Bustier glitzerten, wenn sie die Beine – als wäre es nichts – stehend in den Spagat dehnte oder sich in eindeutigen Bewegungen an den Gitterstäben zu schaffen machte. Dieses Vortanzen verfehlte auf den Tanzflächen unten seine Wirkung nicht.

Nach zwei Liedern entschwebte Maria wieder. Wenig später sah Clara sie in der Nähe der Bar. Doch in dem Augenblick, als sie zu ihr gehen wollte, um sie für ihre Performance und ihre anscheinend unendliche Energie zu loben, legten sich von hinten zwei Hände um ihren Hals. Unvorhersehbare Dinge – zum Beispiel unbekannte Hände an ihrem Hals – machten sie panisch. Mit einem schnellen, professionell angesetzten Griff hatte sie die Handgelenke gepackt, von ihrem Hals gezogen und sich blitzschnell umgedreht.

»Jessas, Süße, ich tu dir doch nix!« Vor ihr stand Gustl und versuchte seine Hände aus ihrem Klammergriff zu befreien. »Du bist ja ganz schön stark, so siehst gar nicht aus, aber ich mag des!« Gustl bekam seine Hände wieder frei, zog Clara auf die Tanzfläche, wobei sie sich noch einmal umdrehte, ob Maria noch am alten Platz an der Bar stand. Sie sah gerade noch, wie das Mädchen einen blassen jungen Mann von sich stieß und im Dunkel der Kulissen verschwand. Der blasse Mann war Luis, der sich nach dem Rempler einen doppelten Wodka geben ließ und ihn auf ex leerte.

Doch nicht alles heile Welt hier, schoss es Clara durch den Kopf, während Gustls Hände plötzlich überall waren. Doch das Timing stimmte nicht. So spitz Clara auf der Alm gewesen war, die Sache mit den Händen am Hals und der Streit zwischen Luis und Maria hatten sie etwas abgekühlt. Es wäre alles nur kurzer Rausch, und morgen würde sie sich elend fühlen. Die alte Clara bekam wieder Oberhand und wünschte nun außer ein wenig Abtanzen eigentlich keine weiteren Intimitäten mehr. Ein interessantes Gespräch, ja, das wäre es jetzt vielleicht gewesen, möglicherweise hätte der Apotheker gepasst, das hatte Clara im Gespür, aber der war nirgends mehr zu sehen. So blieb ihr nichts anderes übrig, als eine WC-Pause für den Abflug zu nutzen, denn Gustl hatte jetzt nur noch einen Ehrgeiz und der war Claras Bett. Auf eine stürmische Auseinandersetzung mit ihm hatte sie jedoch keine Lust, und so verließ sie heimlich die wummernde Cyber-Tenne und stapfte durch erneuten leichten Schneefall in ihr Hotel zurück, wo nur der Nachtportier verschwörerisch und – sollte Clara sich nicht täuschen – verwundert guckte. Wahrscheinlich, weil kein Skilehrer und kein Hüttenwirt an ihrem Arm hing, um sie zu vernaschen. Morgen würde sie sich alles mal mit kühlem Kopf ansehen, sich allein auf die Piste wagen und nur eventuell auf einen klitzekleinen Jagatee beim Wastl vorbeischauen. Clara hatte den ersten passiven Engeldorfrausch hinter sich und glitt gerade in Phase zwei.

7

Was gestern nicht geklappt hatte, könnte doch heute funktionieren? Claras Gedanken kreisten aus unerfindlichen Gründen um den Apotheker Gamsenfeld, als sie ihr Frühstücksei köpfte und Salz und Pfeffer auf die beiden Eihälften rieseln ließ. Im Frühstücksraum herrschte Aufbruchstimmung. Einige tatsächlich in Lederhosen gehüllte Mittvierziger, die zu ihren altmodischen Beinkleidern auch noch langtaillierte Tweedjacken trugen und ihre grau melierten Haare mit hochgeschobenen Gletscherbrillen interessanter gestalteten, wollten offensichtlich keine Zeit verlieren, die frisch überzuckerten Pisten mit Spuren zu marmorieren. Es herrschte fast so etwas wie Hektik im morgendlichen Art Alpe Hotel.

Clara ließ sich davon nicht die Balance rauben. Ihr steckten noch der gestrige Skitag und ihr beinahe ausschweifendes Nachtleben in den Knochen – wohl jene Sehnsucht nach befriedigender Berührung, die durch die diversen *Warming-ups* geweckt worden war. Durch das Glasdach schickte ein knallblauer Himmel so ungeheuer helles Licht in den Raum, das man glatt eine Sonnenbrille zum Frühstück hätte aufsetzen können.

Der Eventbericht sprach von fast zweistelligen Minusgraden, doch auch – durch den Neuschnee nachts – von einem herrlichen Pulverschnee, »g'führig«, wie man das hier nannte. Claras Bedarf nach Telemarken hielt sich in Grenzen. Die guten alten Alpinbretter würde sie sich heute beim Toni ausleihen, dann ein paar Bögerl am Munzerkogel, oberhalb von Wastls Hütte, fahren, wo ein paar harmlose Schlepplifte völlig unehrgeiziges Skifahren möglich machten, ohne dass man sich wie ein Anfänger fühlte. Dazu würde sie Gustls Dienste nicht benötigen, auch wenn der vermutlich schon wieder wie ein junger Hund unten in der Hotelhalle auf- und ablief. Na gut, schließlich war sie auch ein zahlender Gast, und bei Einzelbehandlung war der Tagessatz gar nicht so klein. Gegen Honorar wären ihm die locker vierzehn Jahre Altersunterschied vermutlich schnuppe, und er würde ambitioniert sein Bestes geben. Sie würde ihm also das mit der heutigen Auszeit schonend beibringen, notfalls würde sie ihm den Tag bezahlen, denn vermutlich hatte er mit ihr gerechnet und keinen anderen Auftrag angenommen. Das erinnerte sie daran, heute mal den ganzen Geldbeutel einzustecken und nicht immer nur die paar Scheine für Liftkarten und Essen.

Nach dem Frühstück warf sich Clara in einen ziemlich auf Figur geschnittenen, leuchtend weißen Einteiler aus glänzendem Material, dünn gefüttert und federleicht, von einer Firma, die bis vor zehn Jahren noch Arbeitskleidung gefertigt hatte und heute zu einer angesagten italienischen Outdoormarke avanciert war. Dazu eine Fellohrenmütze, wie man sie in Russland oder Kanada trug, welche die Eleganz des Outfits ein wenig konterkarierte, ihren Körper jedoch zierlich erscheinen ließ. Beim Blick in den Spiegel war Clara nicht unzufrieden. Dieser Overall würde Annäherungsversuche erschweren. Und das Wimmerl – wie man hier zu der kleinen Gürteltasche sagte, die sie sich um die Taille geschnallt hatte – würde zusätzlich Distanz bringen. Heute wollte *sie* mal die Aktive sein und sich aussuchen, wer ihr näher treten durfte. Als erstes würde sie selbst dem Herrn von Gamsenfeld näher treten, denn der elegante Herr schien ihr entdeckenswert. Magnesiumtabletten, so etwas wäre unverfänglich und nebenbei nützlich.

Zügig durchquerte Clara die Hotelhalle, das Thema Gustl wollte sie so schnell wie möglich hinter sich bringen. Allerdings konnte sie ihn nirgends entdecken. Vermutlich würde er dann beim Brettl Toni auf sie warten. Auch gut.

Klirrend kalte Luft verschlug ihr den Atem, als sie aus der Tür trat, sie hatte das schon nachts beim Heimkehren bemerkt, dass die Temperaturen sich weit nach unten bewegt hatten; die Schneeflocken hatten eine Leichtigkeit, wie sie nur bei großer Kälte zu sehen ist, und waren noch lange schön geformt auf ihrem Mantel liegen geblieben. Doch jetzt, zusammen mit der Sonne, empfand sie die Kälte als unwirklich. Einerseits strahlend schön, andererseits gab es nichts, was nicht von einer mattkristallinen Eisschicht bedeckt war. Schneekristalle hingen in Mustern zart wippend an Zaundrähten und Schnüren. Eisblumen klebten zwischen den Doppelfensterscheiben wie Spitzenvorhänge. Die Rauchwolken, die beim Atmen aufstiegen, nahmen Clara die Sicht, ebenso wie die Tränen, die der Kälte geschuldet waren und sich an ihren Wimpern, am Schal, den sie vor den Mund gebunden hatte, und an den Rändern der Pelzmütze zu Eis kristallierten.

»Ja, um Gottes Willen, liebe Frau Kull, was haben Sie denn?« Hubert vom Gamsenfeld kam eilig hinter seinem Tresen hervor und betrachtete eingehend Claras Gesicht, indem er es vorsichtig am Kinn anhob und in seine Richtung drehte. *Davidoff*, dachte Clara, als sie Gamsenfelds Duft wieder riechen konnte, weil die Nasenlöcher ihre Schutzfunktion gegen die Kälte aufgegeben hatten und nun ordentlich Wassertropfen abgaben. Gamsenfeld zückte aus seinem weißen Kittel ein frisch gebügeltes hellblau-weiß kariertes Taschentuch mit kleinen aufgestickten Gemsen in Rosa und überreichte es Clara, die sich geräuschvoll in das edle Stöffchen schnäuzte, dessen eine Ecke die Initialen F v G zierten.

»Entschuldigung, ich mache das sonst nicht, also das Schnäuzen in fremde Tücher.« Clara sah von Gamsenfeld immer noch etwas verheult in die Augen, aber bereits mit einem Lächeln. Schließlich waren ja ausschließlich mechanische Reize schuld an ihrem Zustand gewesen.

»Normalerweise reiche ich meinen Kunden ein Packerl Tempo!«, konterte Gamsenfeld, ebenfalls lächelnd, und Clara musste schon wieder die Zahnreihen bewundern. Sehr hübsch, außerdem roch Gamsenfeld neben *Davidoff* ein kleines bisschen nach Orangenpastillen. Um die Augen lagen im Gegensatz zur letzten Begegnung leichte Schatten, und man konnte sehen, dass Gamsenfeld mehr den 1960ern zuneigte als den 1950ern. Trotzdem oder vielleicht deswegen ungemein attraktiv. Manche Männer altern edel, Gamsenfeld war so einer. Clara konnte sich gar nicht sattsehen, was vermutlich etwas penetrant wirkte, denn Gamsenfeld konnte ihrem Blick nicht weiter standhalten und verzog sich mit einer leichten Verbeugung wieder hinter seinen Tresen. Außer ihnen beiden war niemand in der Apotheke.

»Sie dürfen das Tuch gerne behalten, was führt Sie zu mir … äh«, er rang mit dem Namen, »… Clara, richtig?«

Clara nickte und entgegnete: »Nein, nein, das kann ich nicht annehmen, ich werde es im Hotel waschen und bügeln lassen und Ihnen wieder vorbeibringen. Man hat ja hier doch sowieso einen erhöhten Bedarf an Artikeln aus Ihrem Sortiment.« Sie lächelte Gamsenfeld weiter an, und der senkte ein wenig den Blick, als wolle er sagen: *Mein und Ihr Schaden sollte das nicht sein.* Tatsächlich fragte er Clara aber nach ihren Wünschen.

»Ein Magnesium bräuchte ich und vielleicht eine Kältesalbe für die Lippen. Ich will heute mal allein auf den Munzerkogel und ein bissl alpinfahren, ohne diesen Telemarkschnickschnack, schließlich sollte man hier am Abend auch noch fit sein.« Clara versuchte ihre Ironie noch mit einem Augenzwinken zu begleiten, was aber durch den Tränenfluss mehr wie ein Blinzeln rüberkam.

»So, so, auf den Munzerkogel wollen Sie, da scheint heute ein rechter Betrieb zu sein. Vielleicht auch ein Unfall, es stehen Polizei und Krankenwagen an der Talstation. Hubschrauber hat man auch schon gehört.« Hubert von Gamsenfeld plauderte darüber, als würde es sich um etwas völlig Alltägliches handeln.

Claras altes Ich erwachte augenblicklich. »Wirklich?«

»Na, Sie werden es ja sehen, Clara, lassen Sie sich auf keinen Fall Ihre Urlaubslaune verderben, das wäre schade um Ihr bezaubernd strahlendes Gesicht!« Er schob das Röhrchen Magnesiumtabletten zu ihr hin und raunte entschuldigend: »Das macht 4,50.«

Clara starrte geistesabwesend das Röhrchen an, denn sie war in Gedanken bereits auf dem Berg.

»Ach, Herr von Gamsenfeld, ich nehm' das heute Nachmittag auf dem Rückweg mit.« Sie kramte das Geld aus einer ihrer Anoraktaschen und legte es auf den Tresen. Doch

Gamsenfeld schob seine Hand so schnell zu dem Geld, dass er ihre Hand gerade noch so berühren konnte und antwortete: »Was halten Sie davon, wenn ich Ihnen heute einmal die Gastronomie Engeldorfs zeige, liebe Clara? Sie holen mich und das Röhrchen um sechs, wenn ich schließe, hier ab und dann erzählen Sie mir von Ihrem Skitag, oder was auch immer Sie da oben erwartet … heute!«

In Gamsenfelds Augen war eine Art Neugierde, die Clara komplett auf sich bezog, schließlich war sie ja mit genau diesem Ziel in die Apotheke gekommen. Im Geiste ging sie die Möglichkeiten durch, die diesbezüglich Engeldorf bot: Trenkerstuben, Wirtshaus *Beim Munz*, Cyber-Tenne. Sollte Engeldorf ein gastronomisches Geheimnis haben, das sich nur Eingeweihten erschloss?

»Gerne!« Umständlich schob Clara ihre Hände wieder in die Handschuhe und strahlte den Apotheker an. *Dann wäre ja alles geklärt*, dachte sie und sagte: »Der Berg ruft, bis später!« Gamsenfelds Gesicht überzog sich mit einer Mischung aus Charme und etwas, das Clara nicht deuten konnte und im Augenblick auch nicht wollte. Jetzt war sie hin- und hergerissen zwischen beruflicher Neugierde und einer Art Abschiedsschmerz. Engeldorf war ihr in den letzten Tagen so unverletzlich vorgekommen, die Harmonie so vollkommen, bis auf die kleinen zwischenmenschlichen Scharmützel, die sie beobachtet hatte. Eigentlich spürte sie so etwas wie Wut in sich aufsteigen. Was auch immer es sein mochte, was sie da am Berg erwartete – es würde etwas vom Zauber Engeldorfs nehmen.

Tatsächlich standen an der Talstation einige Einsatzfahrzeuge und ein Krankenwagen. Clara, die auch beim Brettl Toni, wo sie sich Carvingski geliehen hatte, überraschenderweise auf keinen Gustl gestoßen war, kaufte eine Tageskarte und überließ sich nach kurzer Anstehzeit einer der Gondeln, die sie hoch über die Tannenwipfel hinauftrug, zur Bergstation des Munzerkogel. Ohne die Annäherungsversuche Gustls konnte sie die Aussicht einmal so richtig genießen.

Eigentlich durfte sie heute zufrieden mit sich sein, sie hatte aktiv für eine Abendverabredung gesorgt, und zudem einen selbstbestimmten Tag vor sich. Wäre da nicht das große Unbekannte, das sie erwartete. Clara sah aus den kleinen Gondelfenstern hinunter auf den Wald, der sich lichtete und Schneefelder freigab. Kurze Schlepplifte zogen sich wie Perlenschnüre die Hänge hinauf, die leicht unterhalb der Bergstation einen kleinen Mikrokosmos bildeten, in dem man sich ohne große Anstrengung den Tag vertreiben konnte. Von allen Liften führten Abfahrten, Verbindungshänge oder schmale Ziehwege zum zentralen Ort des Munzerkogels, zu Wastls Hütte, dem Hotspot der Engeldorfer Bergwelt. Doch im Gegensatz zu sonst bildete kein Gemenge aus Skiern und Menschen, Liegestühlen und Bierbänken einen Ring um die beliebte Hütte. Die Umrisse des Anwesens waren heute zum ersten Mal gut erkennbar: ein Haupthaus, ein angrenzender kleiner Schuppen, eine Reihe uriger Toilettenhäuschen, die nur aus Brettern, verriegelbaren Schwingtüren und Plumpsklos bestanden, eine Terrasse und eine Forststraße, die ganz offensichtlich die Hütte mit dem Tal verband. Der Versorgungsweg, wenn das Essen nicht gerade mit dem Motorschlitten gebracht wurde.

An der Stelle, an der die Forststraße einen Schlenker zu Wastls Hütte machte, stand ein Jeep, den sie bei ihren letzten Besuchen gar nicht bemerkt hatte. Na gut, ihre letzten Besuche waren ein taumelndes, fast nie nüchternes Spiel der Erotik gewesen. Schrankenlos. Jetzt flatterte um die ganze Hütte ein rotweißes Plastikband. Ein Band, wie Clara es von ihren Ermittlungen nur zu gut kannte.

8

Mit ungewohnter Leichtigkeit – die Alpinskier passten wie angegossen, und das normale Wedeln verlernt man eben nicht – schwang Clara den kleinen Hügel zu Wastls Hütte hinab. Rund um das Band standen mittlerweile Menschentrauben, die von einer kleinen Schar Polizisten in auffallend unpassendem Schuhwerk daran gehindert wurden, näher zu treten. Einen der Polizisten erkannte Clara gleich, es war der schokoladenäugige Wachtmeister. Clara rutschte auf Skiern näher. Tatsächlich war um das ganze Hüttenensemble ein Absperrband gezogen, das man an Holzstangen, die sonst zur Schneehöhenmessung eingesetzt werden, befestigt hatte. Clara wollte sich das näher ansehen, und schnallte die Skier ab.

»Da können Sie nicht stehen bleiben, gehen Sie weiter!« Der schokoladenäugige Schutzmann kam zu Clara, ganz offensichtlich erkannte er sie. »Sie schon wieder!« Dabei lächelte er ein wenig.

»Was ist denn passiert?«

»Ich kann Ihnen nix sagen, die ersten Untersuchungen laufen noch.«

Der Wachtmeister verhielt sich korrekt, so hätte sie es auch gemacht. Aber sie war ja nicht irgendwer. Clara zupfte aus der Innentasche ihres Overalls ihren Geldbeutel hervor und zeigte ihm ihren Dienstausweis. Welcher siebte Sinn hatte ihr heute eingeflüstert, den Geldbeutel mitzunehmen?

»Ich bin von der Polizei, ich würde mir das Ganze gern näher ansehen, wenn's geht!« Zur Abwechslung setzte Clara mal ihr Dienstgesicht auf. Freundlich, aber bestimmt.

»Ach, das ist doch jetzt nicht wahr – eine Kollegin!« Der Wachtmeister lächelte, und Clara musste auch lächeln, denn er trug Halbschuhe und war offensichtlich vom Bürojob zur Bergermittlung gerufen worden. Er schien sichtlich zu frieren und war nicht erpicht auf lange Diskussionen.

»Moment, ich muss den ermittelnden Kollegen fragen.« Er entfernte sich unsicher und rutschte auf einen mittelalten Mann zu, der verdammte Ähnlichkeit mit ihrem Exkollegen Zimmermann hatte. Mittelalt, mittelgrau, mittelschlecht angezogen, ein Gesicht zum Vergessen, so uninteressant. Clara war die letzten Tage verwöhnt worden, was attraktive Männer betraf. Der hier gehörte in die Kategorie »Graue Maus«, die gab's auch bei Männern. Die graue Maus näherte sich Clara.

»Geschätzte Kollegin«, er gab ihr ihren Ausweis zurück, »meinen'S nicht, dass Sie weiter Ihren wohlverdienten Urlaub genießen sollten, statt uns Konkurrenz zu machen? Ich kann mir ja vorstellen, was Sie denken: Diese Dorfpolizisten, wie sollen die das gescheit machen? Aber glauben'S mir, auch wir sind nicht auf der Brennsuppen daher g'schwommen.« Er plusterte sich ein wenig auf und glich einer grauen Tanzmaus bei der Dressur.

Clara lächelte ihn entwaffnend an. Das wollen wir doch mal sehen, dachte sie sich, ob ich hier mitermitteln darf oder nicht.

»Aber Sie können mir doch wenigstens sagen, was geschehen ist. Wissen Sie, ich könnte meinen Urlaub weit besser genießen, wenn ich wüsste, dass all jenen nichts passiert ist, die ich in den letzten Tagen kennenlernen durfte. Und ich war doch einige Male hier in Wastls Hütte.«

»So, waren Sie das?« Die graue Maus strich sich über das ebenfalls grau gesprenkelte Kinn, und Clara sah deutlich den

Unterschied zwischen einem gepflegten Dreitagebart, wie ihn der Wastl trug, und dem schlampig rasierten Bart eines muffligen Dorfkriminalers. »Dann können Sie uns sicher sagen, in welchem Verhältnis die Tote zu dem Hüttenwirt stand?«

Clara musste schlucken. Eine Tote, es wird doch nicht … Oder wollte sie der Dorf-Sherlock-Holmes auf die Probe stellen?

»Wer ist die Tote?« In Claras Stimme war deutlich die Sorge zu hören.

»Eine gewisse Maria Pfandel, sie soll hier als Bedienung gearbeitet haben!« Der Kriminalbeamte las das alles von einem schmierigen, kleinen Zettel ab, den er aus seiner Jackentasche gezogen hatte. So konnte er erst mit Verspätung sehen, wie es Clara die Knie wegzog.

»Gehen'S, was haben'S denn, ich denk', Sie sind Kriminalbeamtin!« Wahrscheinlich sah es wirklich ein wenig unprofessionell aus, wie Clara sich vor Überraschung und Schock einfach in den Schnee gesetzt hatte. Der junge Schokoladenaugenwachtmeister kam zu ihr und half ihr auf, während die graue Maus keinen Finger rührte. Na, der wurde ihr ja immer sympathischer. Clara hörte ihr eigenes Blut in den Ohren rauschen, und immer noch tanzten schwarze Flecken vor ihren Augen. Doch plötzlich kam Bewegung in den Bereich vor der Hütte. Clara, die sich wieder im Griff hatte, sah einen sichtlich angeschlagenen Wastl aus der Hütte wanken, in Begleitung von zwei Polizeibeamten.

»Bitte lassen Sie mich jetzt durch zum Wastl, vielleicht kann ich ja mehr für Sie herausbekommen, schließlich kenn' ich den Wastl und die Maria …« Clara stockte, denn sie spürte Tränen aufsteigen. Was heißt schon kennen, und doch waren die wenigen innigen Szenen eindrücklich gewesen. Ihre Gedanken verwirrten sich. Nicht dieses frische junge süße Mädchen, das allen den Kopf verdrehte, fleißig war, ja, aber auch frivol und lebenslustig. Die so viel von der Welt zu kennen schien, obwohl sie hier in diesem Engeldorf, zwischen Hütte und Cyber-Tenne, eigentlich in einem permanenten Komödienstadel lebte … gelebt hatte. Und vielleicht könnte man es sogar einen Knödelstadel nennen, denn Clara fielen die Unmengen Germködel ein, die Maria in ihrem kurzen Leben serviert hatte.

»Bitte zeigen Sie mir die Tote. Wo liegt sie?« Claras Ton ließ jetzt keinen Widerspruch mehr zu.

»Das wird nicht mehr möglich sein, Frau Kollegin, denn die Leich' ist schon im Sarg!«

»Wie im Sarg? Und die Spurensicherung?« Clara war verunsichert.

»Haben wir alles fotografiert, Spuren gibt's keine, denn«, er beschrieb mit dem Arm einen großen Halbkreis, der das gesamte Tal mit einschloss, »es hat nachts geschneit. Und gefroren, da finden Sie gar nichts.« Er ließ einen zufriedenen Gesichtsausdruck erkennen, mit ein wenig Schadenfreude. Der Kollegin aus der Stadt würde er mal zeigen, was es heißt, im Winter und dann noch am Berg zu ermitteln. Da brauchte man ihm gar nichts erzählen, das waren erschwerte Bedingungen, unter denen sich die ganzen »Stadterer« nichts vorstellen konnten.

»Aber irgendwas muss doch passiert sein. Wie ist sie denn gestorben?«

»Das wissen wir, wenn die Gerichtsmedizin sie untersucht hat. Das kann dauern, denn dazu müssen wir die Leiche in die Kreisstadt fahren.«

»Die Maria muss doch aber irgendwelche Verletzungen aufgewiesen haben.«

»Schon, eine zerdrückte Stirn, einen Striemen am Hals und Erfrierungen am ganzen Körper. Das heißt, die ist, wenn sie erschlagen oder erwürgt wurde, noch nicht ganz tot gewesen, sondern dann langsam erfroren … nicht schön!«

Clara wurde übel, so nüchtern sie sonst Kriminalfälle nahm, das war furchtbar. Zehn Meter hinter dem Polizisten sah sie immer noch den Wastl mit hängenden Schultern dastehen, reglos.

»Also, jetzt haben Sie mir schon so viel erzählt, jetzt komme ich doch mal zu Ihnen rüber«. Clara nahm das Absperrband in die Hand.

Widerwillig lüpfte nun auch der Kommissar das rotweiße Plastikband und ließ Clara darunter durchschlüpfen. Sie dankte ihm, ließ ihn aber dann stehen, weil er ihr mit seinen rutschigen Ledersohlen sowieso nicht schnell genug nachgekommen wäre, und ging, so schnell es ihre klobigen Skischuhe zuließen, auf Wastl zu, der graugesichtig, mit tiefen Schatten unter den Augen starr dastand, als wäre kein Funke Leben mehr in ihm.

»Wastl, was für ein Unglück! Was ist passiert?« Mit einer Hand berührte Clara Wastls Schulter. Was gestern zu einer Explosion der Sinne geführt hätte, war heute Mitleid gewichen. Wastl zuckte mit den Schultern, schüttelte den Kopf und war scheinbar außerstande, etwas Vernünftiges beizutragen.

»Ich … ich … hab … sie … heut … früh … gefunden … da … da … ist sie gelegen!« Er deutete auf eine Stelle hinter einem Ster Holz, dem Vorrat, von dem das Heizmaterial für den großen Kamin im Inneren der Hütte herkam. Clara konnte fast nichts erkennen. Eine kleine Kuhle im Schnee, ein ganz kleiner Flecken Blut, der sich durch den neuen Pulverschnee gearbeitet hatte.

»Ich hab sie erst gar nicht gesehen, weil es doch geschneit hat in der Nacht. Sie war ganz bedeckt von Schnee, und dann habe ich die Hand gesehen und dann die ganze Maria, fast nackt, nur diese Goldhotpants an, ihre … wie hat sie immer gesagt … Dienstkleidung in der Cyber-Tenne! Geschüttelt hab ich sie, aber sie war schon ganz steif!«

Wastl begann hemmungslos zu weinen und vergrub sein Gesicht in Claras Overall. »Ich hab doch das Mädel geliebt! Wer hat sie nicht geliebt, so schön, so frech, so sexy, so fleißig!« Wastls Worte kamen nur noch stoßweise. Der wuchtige Mann bebte, und Clara konnte ihn kaum halten, wie er da so an ihrer Schulter zuckte und seinen Schmerz herausschrie.

Inzwischen waren auch die Polizisten zu den beiden getreten.

»Herr Grantner, wir müssen Sie mitnehmen aufs Revier. Sie müssen eine Aussage machen und die auch unterschreiben. Bis auf Weiteres wird die Hütte mal geschlossen. Wir müssen ja innen auch noch einmal alles untersuchen.« Der graue Kommissar, der sich bisher noch nicht einmal mit Namen vorgestellt hatte, nickte gewichtig zu seinen eigenen Worten, als wollte er sagen: »Schauen Sie, Frau Kollegin, alles hat seine Ordnung. Die Spurensicherung wird schon noch ihre Arbeit tun.«

»Aber es ist Hochsaison, ich kann meine Hütte jetzt nicht schließen … In drei Tagen haben wir ein Riesenevent hier, die Sendung *Berg-Charts* wird dann bei uns aufgezeichnet!« Wastl war aus seiner Trauer erwacht und wieder ganz geschäftstüchtiger Hüttenwirt. So schnell geht das, dachte Clara und beobachtete die Verwandlung des Wastl Grantner mit Interesse.

»Also, heute geht gar nichts, morgen schauen wir mal.« Der Graue genoss es sichtlich, Herr über Weh und Ach anderer Leute zu sein.

Clara hatte das Gefühl, sich auch einmal einbringen zu müssen.

»War es denn sicher ein Mord oder gar ein Unfall, Herr …?« Dabei sah sie die den Kommissar mit einem gewissen Nachdruck an.

»Auch das ist unklar derzeit, aber wir dürfen jetzt eh nichts sagen, Sie haben schon viel zu viel gehört und gesehen, Frau Kull!«

Wastl sah zwischen dem Kommissar und Clara hin und her und kapierte gar nichts.

Clara nahm den Kriminalbeamten beiseite und raunte ihm zu: »Jetzt sehen Sie mich doch nicht als Konkurrenz, sondern als Sonderermittlerin, sozusagen *undercover*. Ich bin Gast hier, niemand weiß, dass ich Kriminalerin bin, und die Leute werden mir mehr erzählen!« Sie sah dem Kommissar tief in die mausgrauen Augen, in denen sich nichts zu regen schien. »Ich bin Ihre Chance!«

»Na gut, wenn Sie sich unbedingt den Urlaub versauen wollen, helfen'S mit. Hier ist meine Karte, ich erwarte Ergebnisse!«

Der Ton dieses Polizeioberkommissars Karl Truxler – so stand es auf der Karte – gefiel Clara nicht, aber die Aussicht, hier verdeckt zu ermitteln, schon. Dazu lag ihr der Fall zu sehr am Herzen – und auch das Schicksal dieser seltsamen Engeldörfler.

»Dann müssen Sie mich aber auch mit den Informationen der Gerichtsmedizin versorgen. Ich wohne im Alpe Art Hotel, dort können Sie anrufen und mich erreichen. Digital ist es ja hier nicht so weit her in diesem Tal der Vergangenheit!«

Karl Truxler sah sie spöttisch an: »Sie scheinen wohl andere Besoldungsklassen in der Stadt zu haben, dass Sie sich das Alpe Art leisten können, Frau Kollegin!«

»Nicht so laut, Karl. Ich darf doch Karl zu Ihnen sagen? Niemand soll wissen, was ich mache, und zu Ihrer Beruhigung: Wir verdienen alle gleich, Beamter bleibt Beamter. Aber ich habe geerbt, Sie verstehen?«

Truxler nickte widerwillig. »Na schön, Sie sind ja so ein lästiges Wimmerl, Sie geben ja keine Ruh', wenn ich Sie nicht mitmachen lasse.«

So ist's brav, dachte sich Clara und tätschelte den Arm des Kommissars, ebenso widerwillig, wie er ihr die Infos geben würde.

»Dann will ich mich mal im Dorf unten umhören, denn den Wastl nehmen Sie ja jetzt mit, gell?« Clara setzte ihren Ich-bin-ja-so-eine-gute-Kollegin-Augenaufschlag ein und ließ den Kommissar stehen. Mit einer Umarmung verabschiedete sie sich vom Wastl und flüsterte ihm ins Ohr: »Ich schau morgen mal nach dir, ja?« Wastl ließ seine Arme träge auf Claras Schultern liegen und nickte schwerfällig. Es war eindeutig, der Vorfall hatte ihn gebrochen. Mit Wehmut sah Clara den starken Mann vor sich, der gestern noch einem Vulkan glich und heute ein Häufchen Elend war.

Wenn es Mord war, dann konnte sich Clara nicht vorstellen, dass es der Wastl war. Andererseits: Der Tatort war hier, und wer bitte sollte sonst in der Nacht auf dieser Hütte sein?

Aber wie war Maria hier rauf gekommen, nach ihrem Auftritt in der Cyber-Tenne, nach ihrem Streit mit dem Luis? Sie musste diesen Luis erwischen, so viel war klar, und sich eine Geschichte zurechtlegen für den Herrn von Gamsenfeld heute Abend. So richtig in Stimmung für eine lockere Begegnung war sie jetzt nicht mehr, aber vielleicht würde das noch kommen. In Clara schlug heftig das Ermittlerherz.

9

Trotz mangelnder digitaler Kommunikationsmöglichkeiten hatte sich die Nachricht von Marias Tod wie ein Lauffeuer im Tal verbreitet. Und als Clara eineinhalb Stunden später an der Talstation ankam – sie war tatsächlich die ganze Abfahrt auf ihren zwei Brettern gefahren und hatte nicht die Gondel benutzt – sah sie schon die Grüppchen von Engeldorfern und Gästen herumstehen und diskutieren, mutmaßen und verdächtigen. So schnell geht es also, dass sich ein paradiesisches Bergdorf mit seinem Retrocharme in einen Hexenkessel verwandelt, in dem plötzlich jeder vom anderen ein Geheimnis, das ihn verdächtig macht, zu wissen glaubt.

Als Clara die Skier zurückbrachte, begegnete sie dem Gustl, der mit dem Brettl Toni die Köpfe zusammensteckte. Die beiden fuhren auseinander, wie wenn sie bei etwas ertappt worden wären.

»Grüß dich, Clara, mei, hast schon gehört, furchtbar, oder, die Kleine!« Gustl fiel Clara um den Hals wie keine zwei Stunden vorher der Wastl. Ein von Tränen nasser Bart ließ sie echte Trauer spüren. So weint man doch nicht, wenn man jemanden umgebracht hat! Sie verabscheute sich für ihr Verhalten, bei einem Mordfall grundsätzlich jeden zu verdächtigen. Vielleicht, so hoffte sie, war es doch ein Unfall? Claras Verstand lief rund, wog ab, versuchte zu verstehen, was gar nicht so einfach war, denn Gustls Hand suchte – sicherlich nur zum Trost, wie sich Clara einredete – an ihrem Pullover etwas zum Festhalten. Clara versuchte, ernst zu bleiben, und schob den großen jungen Mann ein wenig von sich.

»Du hast doch die Maria gestern auch noch in der Tenne gesehen, oder?« Clara wollte den Gesprächsverlauf jetzt doch ein wenig professionalisieren und sah zwischen Gustl und Brettl Toni hin und her, die ebenfalls Blicke tauschten.

»Ja, klar … ich hab sie gesehen, wie sie wieder ihre Verrenkungen über unsren Köpfen gemacht hat, aber dann nicht mehr. Keine Ahnung, wo sie hin ist.«

»Na, sie hat sich mit dem Luis gestritten, hast du das nicht mitbekommen?« Clara musterte Gustl, während der um eine Antwort rang.

»Mei, schau, Clara, wir kennen uns hier alle so gut, und da gibt's eben auch mal Streit, die Maria war ein begehrtes Mädchen. Jeder hätte gern mal … na du weißt schon …« Gustl ließ ein Schnalzen hören. »Die Maria war halt auch kein Kind von Traurigkeit!« Und dabei grinsten der Brettl Toni und der Gustl im Duett jenes Männergrinsen, das sie zu Verschwörern in der weiten Welt der Trieberfahrung machte.

Wartet mal ab, dachte Clara, als sie dem Grinsen ein mildes, verzeihendes Lächeln entgegensetzte und ganz nebenbei fragte. »Wo warst jetzt du eigentlich gestern Abend, Gustl? Ich hab dich auf der Tanzfläche gar nicht mehr gesehen.«

Auf Gustls Gesicht erstarb das Lächeln, und der Brettl Toni wandte sich hastig einer neuen Kundin zu, die unbedingt Langlaufen lernen wollte.

»Ich hab hinter der Bar ein bissl ausgeholfen, es ging ja bärig zu gestern. Und später, als dann der große Ansturm rum war, hab ich dich gesucht, wirklich, Clara, ich hab mich schon so an dich gewöhnt!« Gustl kam mit rudernden Armen auf sie zu und umschlang sie, dass ihr kurzzeitig die Luft weg blieb, weil ihre Nase in einem naturweißen, grobmaschigen Pullover mit Zopfmuster feststeckte und das Wollfett, zusammen mit einem Hauch Redbull ihr den Atem nahm. Sie schob den Skilehrer ein wenig auf Abstand und hielt seine Hand fest.

»Ich glaube, wir sollten uns alle ein wenig beruhigen. Vielleicht gibst mir morgen wieder ein paar Lektionen telemarken, Gustl, ja, und dann sind wir vielleicht alle schon viel schlauer. Aber heute, das hat mich mitgenommen, ich muss mich jetzt ausruhen. Ist einfach ein Schock, euer schönes Engeldorf, der ganze Frieden ist jetzt dahin …« Clara machte eine bekümmerte Mine, die Gustl sofort als Einladung zum Küssen auffasste, aber Clara konnte sein Gesicht wenige Zentimeter vor ihrem Mund aufhalten und bewegte den Zeigefinger hin und her. »Nein, nein, Gustl, heute nicht, mir ist nicht danach!«

Gustl nickte, Schmollen und Trauer gaben seinem Gesicht einen Welpenausdruck. Clara tätschelte seinen Unterarm. »Bis morgen, mein Gustele, erhol dich auch!« Dann verließ sie Tonis Brettlbude mit einem leicht schlechten Gewissen. Natürlich war ihr der Appetit auf die Männerwelt nicht ganz vergangen, aber Dienst ist Dienst und Schnaps ist Schnaps, sie musste jetzt erst einmal diesen Luis finden, bevor ihn der tölpelhafte Kommissar in die Mangel nahm oder ihn irgendwelche Leute verunsicherten. Clara war überzeugt davon, dass Luis einer der letzten war, die Maria lebend gesehen hatten. Fragt sich nur, ob das in der Tenne war oder doch am Berg, schließlich verfügte Luis über ein Gefährt, das den Berg auch nachts hochkommt, wenn keine Lifte gehen.

Als sie die Hauptstraße von Engeldorf entlanglief, führte sie sich kurz die geografischen Gegebenheiten vor Augen. Die Cyber-Tenne lag in einer Nebenstraße, die zu Füßen des Munzerkogels leicht den Berg hinaufging. Halb in den Hang gebaut war die Tenne von außen eine urige Scheune von veritablen Ausmaßen und das markante Ende der Gasse, zumindest der offiziellen. Clara war einem Impuls gefolgt und in die kleine Straße eingebogen. Wenige Minuten später stand sie vor der verständlicherweise geschlossenen Tenne und betrachtete den Bergvorsprung, der darüber aufstieg. *Ein Felsabbruch, drohend oder schützend über die Tenne kragend, man kann es auf zwei Arten sehen, wie so vieles*, schoss es Clara durch den Kopf. Der Haupteingang der Tenne, vor dem sich gestern noch Menschen aller Altersklassen gedrängt hatten, war mit einem Emailleschild »Closed« geschmückt.

Clara lief an der Fassade entlang. An der linken Seite befanden sich Eingänge, vermutlich für das Personal. Auf der rechten Seite lagerten Bierfässer aus Aluminium, Getränkekästen und Plastiksteigen, in denen Salat, Gemüse oder eben auch Teiglinge geliefert werden. Clara erinnerte sich, dass es in der Tenne kleine Snacks zu essen gab, an denen sich nicht wenige Ü40-Jährige festhielten, um nicht tanzen zu müssen. Irgendwie war sie enttäuscht über die Aluminiumfässer: wenn schon Retro, dann doch Holz! Aber die Tenne hatte ja auch auf die 1960er Jahre und futuristisches Design gesetzt, was in seiner Art auch retro war.

Hinter dem Versorgungshof der Tenne endete die Gasse, allerdings nur im Sinne von befahrbarem Weg. Eine Schranke aus rostigem Stahl, ehemals rot gestrichen und jetzt merklich abgeblättert, verhinderte, dass Hinz und Kunz weiterfuhren. Laufen durfte man aber. Ein Holzschild gleich hinter der Schranke war mit einem Wanderer-Symbol gekennzeichnet und gab an: Munzerkogel Hütte 2 1/2 Stunden. Clara dachte über den Zeitverlauf des gestrigen Abends nach. Um einiges nach Mitternacht war sie ins Hotel zurückgekehrt. Sie hatte Maria um etwa 23 Uhr an der Bar gesehen, danach nicht mehr. Um 22 Uhr hatte sie sich in die Reihe der Wartenden vor der Tenne gedrückt. Zwischen 22 und 23 Uhr hatte Maria ihre luftigen Verrenkungen abgezogen. Sollte sie dann tatsächlich zu Fuß auf den Munzerkogel gelaufen sein? In Hot Pants und Goldmieder? Bei Schneefall und sinkenden Temperaturen? Nach einem Arbeitstag auf der Hütte und dann als Gogo-Girl? Clara hielt das für unwahrscheinlich. Sie lief den Weg hinter der Schranke ein kurzes Stück bergan. Hier waren die Spuren von einigen Einsatzfahrzeugen zu sehen. Natürlich hatten sie alles zerstört, was es eventuell an anderen Spuren geben hatte, vorausgesetzt, der Schneefall hatte überhaupt welche übrig gelassen. Clara wusste nicht, wonach sie suchen sollte. Es hätte auch der Nadel im Heuhaufen geglichen, also kehrte sie wieder um. Auch ihre eigenen Boots hinterließen jetzt Spuren, und Clara bedauerte die meteorologischen Verhältnisse, die ohne Schneefall alles viel einfacher gemacht hätten. Als sie an der Tenne vorbeikam, streckte eine Frau in ihrem Alter den Kopf aus der Tür mit dem Schild »Closed«.

»Suchen'S was?« Ihre Stimme klang nicht unfreundlich, aber doch reserviert, als wollte sie eigentlich sagen: »Was tun Sie da?«

»Ach, ich wollte nur schauen, wohin die Straße führt.«

»Auf die Munzerkogel-Hütte, aber zu Fuß bei der Witterung nicht zu empfehlen!« Die Frau trug schwarze Leggings, einen schwarzen Rollkragenpullover und hatte die straff zurückgekämmten Haare, die in einem Pferdeschwanz steckten, deutlich nachgefärbt. Ein Hauch zu viel Schminke rundete das Bild ab: Diese Frau war nachtaktiv, das sah man auch an den tiefen Ringen unter den Augen. Ab einem Gewissen Alter rächt sich der falsche Biorhythmus am Chassis, sagte Gracia immer.

»Haben Sie schon das von der Maria gehört?« Clara wagte einen Versuch, vielleicht wusste diese Frau mehr über den Verbleib Marias gestern Nacht. So streng die Frau bisher gewirkt hatte, so sehr zerfiel nun die Fassade. Sie schluchzte laut auf und nickte. Clara trat näher, ging die Stufen zur Tür hinaus und nahm die fremde Frau in die Arme.

»Es ist furchtbar, ich weiß, die Maria, die hat ja bei Ihnen gearbeitet. Hab sie doch gestern noch so toll tanzen sehen!« Clara war ganz die verständnisvolle Freundin.

»Sie …war … so … eine Liebe, aber … die Burschen …. und sie … das … hat … nicht … gut … gehen … können!« Die Frau rang um Fassung und schob Clara ein wenig von sich. Wimperntusche rann ihr an den Wangen herab und neben ihrem Mund hatten sich tiefe Falten eingegraben.

»Ich hatte das Gefühl, dass Maria die Jungs eigentlich ganz gut im Griff hatte!« Clara wollte die Aufgelöstheit der Frau nutzen, um mehr zu erfahren.

»Ich kenn die Maria schon seit ein paar Jahren, hab sie vom hässlichen Entlein zum schönen Schwan heranwachsen sehen. Sie war so eine Tapfere und hat sich nie was aus dem Gerede der Leut' gemacht.«

»Gab es denn was zu reden?«

»Na, sie war halt ein Andenken!«

»Ein Andenken?«

»Ein Ausrutscher, das Ergebnis von zu viel Gastfreundschaft!« Die Frau zeigte so etwas wie ein bedauerndes Grinsen.

»Sie meinen, die Maria wurde unehelich geboren? Aber das ist doch heutzutage kein Thema mehr!«

»Nicht hier, wir sind hier nicht in der Stadt, Frau …, also ich bin die Walli Palicek und bin Geschäftsführerin in der Cyber-Tenne!«

»Ich bin die Clara Kull und mache bei euch Ferien. Also, ich versuche es, und es war ja bis gerade eben auch noch so ein Traum!«

»Das ist der Kummer, der jetzt für uns, die wir hier vom Tourismus leben, noch obendrauf kommt: Unser mühsam aufgebautes Image, Slowmoving, Abchillen wie früher, Retro-Skifahren … alles im Eimer. Uns werden die Gäste davonfahren, denn niemand braucht einen Mord im Paradies!« Walli Palicek schüttelte den Kopf, dass ihr langer dünner Zopf wie eine Viper herumsprang.

»Na, wenn die Polizei vorsichtig ermittelt, dann werden doch die meisten gar nichts merken! Und noch ist ja nicht gesagt, dass es ein Mord war, oder?« Clara Kull versuchte harmlos zu klingen.

»Sie glauben doch nicht, dass der tramplige Truxler vorsichtig vorgehen wird?« Der Zopf hüpfte weiter hin und her.

»Sie kennen den Kommissar?«

»Wer kennt den nicht, der kommt von hier. Früher hat er als Skilehrer gearbeitet und hat nichts anbrennen lassen. Doch jetzt, wo er seit Jahren im Polizeidienst versauert, ist er neidisch auf jeden, der tagsüber an die frische Luft darf!«

Clara musste schmunzeln. Genau so geht's, wenn man in einem Büro sitzt, Tag ein, Tag aus auf die Postkartensammlung des Kollegen blicken muss und nichts als schlechte Charaktere um sich hat. Dass dieser Truxler allerdings mal einem Gustl ähnlich gesehen haben könnte, konnte sich Clara beim besten Willen nicht vorstellen.

»Und jetzt noch einmal zurück zur Kindheit von der Maria …« Clara musste sich zügeln, nicht wie eine Ermittlerin zu klingen. »Also, ich meine, war das schlimm, die Herkunft? Kann man sich irgendwie heutzutage nicht mehr vorstellen.«

»Was heißt schlimm, ihre Mutter, die Fanny Pfandel, hat sich gekümmert und so gut sie konnte die Tochter groß gezogen. Und kaum war sie groß, übernahm Maria die Regie. Die Mutter hat jetzt ein kleines Andenkengeschäft in einer der Nebengassen.«

»Ein Andenkengeschäft? Wie originell.« Clara musste schmunzeln, die Mutter von Maria schien auf Andenken spezialisiert. Doch dann riss sie sich wieder zusammen.

»Die Mutter lebt hier?« Wenn dieser Truxler mit seiner unsensiblen Art die Todesnachricht überbringen würde, wie würde die Frau reagieren? Sie musste unbedingt vor ihm oder zumindest zur selben Zeit bei ihr sein. Und wenn der Truxler auch von hier ist, dann müsste er doch die Pfandel kennen, zumindest von früher, als beide noch jung …

»Wo ist denn das Geschäft, Walli?«

»Gleich wenn'S hier wieder Richtung Hauptstraße herunter gehen und dann links in die Munzergasse. Ein hübsches Schild hängt heraus, ein kleines Herz mit einer Rose drauf. Die arme Frau! Nach Marias Geburt hat man sie wohl mit keinem Mann mehr zusammen gesehen. Überhaupt hat Marias Mutter nie mehr recht den Anschluss an die Dorfgemeinschaft gefunden. Fast ein Elendsfall waren sie beide, sie und ihre Tochter, haben wohl lange in bitterer Armut gelebt, bis die Maria das Arbeiten angefangen und ihr bald schon das kleine Geschäft ermöglicht hat!«

Ganz kurz leuchtete in Clara der Gedanke auf, wann denn die Maria mit dem Arbeiten angefangen haben musste, dass sie innerhalb so kurzer Zeit ein Startkapital für die Mutter beieinander hatte … Denn Maria war jetzt mit zarten achtzehn Lenzen verstorben. Man fängt in unsren Breitengraden auch unter widrigen Umständen nicht vor vierzehn an, regelmäßig so viel Geld zu verdienen, dass man sich eine nennenswerte Summe ansparen kann. Clara lächelte Walli Palicek milde an, als wolle sie ausdrücken: »So ein schlimmes Schicksal.« In Wahrheit sortierte Clara bereits die wenigen Fakten, die sie hatte. Und irgendwie musste sie jetzt einen eleganten Abgang schaffen, sie wollte unbedingt vor oder zumindest gleichzeitig mit dem Kommissar bei der Mutter von Maria eintreffen. So schnell, wie die Nachricht im Dorf herumging, war es wahrscheinlich, dass irgendein wohlmeinender Mitbürger der armen Frau den Schicksalsschlag im Hauruckverfahren beibringen würde.

»Walli, was werden Sie denn jetzt machen ohne die Maria? Sie war wohl recht gut in der … Kunst, die sie da vorführte?«

»Mei, ich hab mir noch keine rechten Gedanken gemacht, und heute wird eh niemand Lust auf Feiern haben. Nach zwei Tagen legt sich vielleicht die Betroffenheit, und dann kommen sie wieder alle, aber schon aus Pietätsgründen werde ich heute die Tenne geschlossen lassen.«

Walli schnäuzte sich geräuschvoll in ein Taschentuch, das dem Tüchlein nicht unähnlich war, welches Gamsenfeld ihr heute früh zur Verfügung gestellt hatte. Vielleicht haben alle Engeldorfer diese Schnäuztücher? Andere Gemeinden lassen sich kracherte T-Shirts oder alberne Hüte machen, Engeldorf setzt auf die neue Bescheidenheit und fertigt Schnäuztücher – für den Abschiedsschmerz, wenn man das Dorf auf dem einen oder anderen Weg verlässt?

»Dann sehen wir uns vielleicht wieder, wenn Sie wieder auf haben, Walli, seien Sie tapfer!« Clara winkte mit der behandschuhten Hand, und Walli deutete so etwas wie ein Winken mit dem Tüchlein an. Dabei sah Clara die Initialen HvG aufblitzen und kam wieder ein wenig ab von der Idee des dorfübergreifenden Marketings. Entweder ging Hubert von Gamsenfeld gerne auf »Tuchfühlung« oder das Ganze war ein simpler Zufall.

Mit raschen Schritten lief Clara die Stichstraße hinunter, Richtung Hauptstraße, dann bog sie links ab in die Munzergasse. Keine Sekunde zu früh, wie sie gleich sah, als sich von der anderen Seite ein Fahrzeug mit Blaulicht auf dem Dach näherte. *Typisch Truxler, dass er einen mausgrauen Skoda fährt.* Clara beschleunigte ihre Schritte und ging geradewegs auf den Eingang des Geschäfts zu, über dem tatsächlich ein schmiedeeisernes Herz mit einem eingravierten Rosenzweiglein hing. Genau dasselbe Zeichen, das auch Maria an einem Lederbändchen um den Hals getragen hatte, als sie noch lebte.

Auch Truxler hatte offensichtlich einen Zahn zugelegt und eilte so schnell hinter Clara her, dass sie die Klinke der Ladentür zur selben Zeit zu fassen bekamen. Seine Hand war auffällig weich und etwas feucht.

»Frau Kollegin, dynamisch, dynamisch, ich muss schon sagen! Nicht dass es jetzt immer ausschaut wie bei dem Hasen und dem Igel!« Er lachte rau, aber gutmütig, musste sich

Clara eingestehen, vielleicht unterschätzte sie diesen Truxler, er kann ja auch nichts dafür, dass er keinen Geschmack hat. Dabei zog sie ihre Hand unter seiner hervor und sagte: »Nach Ihnen, Herr Truxler, und lassen Sie das bitte mit der Kollegin, es soll ja nicht bekannt werden, dass wir zusammenarbeiten!«

Truxler grinste schief und öffnete die Tür, die dabei ein helles Kuhglockengeläut erklingen ließ.

Im Laden sah es ein wenig aus wie beim Wastl in der Hütte. Alles war mit rohen Balken ausgekleidet, auch der Boden bestand aus unbehandelten Bohlen, die offensichtlich immer mit Sand gescheuert wurden und sich samtig anfühlten, sogar unter den dicken Gummisohlen der Winterstiefel. An den Wänden zogen sich in verschiedenen Abständen derbe Bretter entlang, auf denen in Weidenkörben, Emailledosen oder großen Einmachgläsern nette, aber meist sinnlose Dinge zu finden waren. Kleine Igel in Skifahrerkluft, Minimurmeltiere in Plüsch, Schneekugeln mit der Skyline von Engeldorf, Skiabzeichen mit altmodischen Buchstaben und Bildern, Edelweiße zum Aufbügeln, kleine Kuhglocken als Schlüsselanhänger, Miniaturtaschenmesser, Hirschhornknöpfe, mal zur Abwechslung rot geblümte Schnupftücher, passenderweise auch kleine Steingutgefäße mit Schnupftabak. Außerdem Dosen mit Murmeltierfett, Latschenkieferöle in kleinen Glasflaschen und Weckgläschen mit Zwetschgenmus. »Kaiserschmarrnliebe« prangte handgeschrieben auf den Etiketten, und auf anderen Weckgläsern, die mit schwarzen und weißen feinen Körnchen gefüllt waren, stand »Germknödellust«, vermutlich eine Mohn-Puderzucker-Mischung, wie man sie über die drallen Hefeknödel streut, um der süßen Sünde einen sanften herben Ton zu verleihen. Das war es, was Clara bei einem ersten schnellen Rundblick erkennen konnte. Der ganze Laden roch angenehm nach Kiefernholz und Bienenwachs, denn an mehreren Stellen im Laden waren kleine Arrangements aus Tannenzweigen, Wabenkerzen und winterlichen Ästen mit roten Beeren dekoriert. Man hätte sich hier richtig wohl fühlen können, dachte Clara, wenn der Anlass nicht ein so trauriger gewesen wäre. Da räusperte sich Truxler auch schon und krächzte: »Frau Pfandler?«

In einem unbeleuchteten Eck des Ladens, das Clara kaum bemerkt hatte, regte sich etwas.

»Grüß Gott, ja bitte?« Truxler und Clara sahen beide gleichzeitig in die Ecke, aus der die Worte kamen. Hinter einem kleinen Tisch aus narbigen, aber polierten Brettern saß eine Frau, die erst Mitte Fünfzig war, allerdings wie aus einer anderen Zeit wirkte. Vielleicht auch, weil sie ein fast schwarzes Dirndl trug und die bereits stark ergrauten Haare zu einer klassischen Zopffrisur um den Kopf geschlungen hatte.

Sie hatte sich leicht erhoben. Neben ihren Händen, die sie auf den Tisch stützte, lag Strickzeug, auf dem grau-grüne Stutzen gefertigt wurden, wie sie die Männer im Alpenraum zu den traditionellen Trachten tragen.

»Kann ich Ihnen helfen, suchen'S was Bestimmtes?« Die Stimme der Frau klang tonlos, aber nicht unfreundlich. Clara bemerkte, dass neben dem Strickzeug auch einige Tablettenschachteln lagen. Etwas gegen Heiserkeit und ein Nasenspray mit Meersalz. Offensichtlich war die Frau erkältet, deshalb auch die leise Stimme.

»Sind Sie die Frau Fanny Pfandel? Also, mein Name ist Truxler, ich bin von der Kriminalpolizei und das ist meine Ko… , also das ist die Frau Kull. Wir kommen …«, Truxler räusperte sich und sah sehnsüchtig zu den Halswehtabletten oder vielleicht auch nur in ein neutrales Eck im Raum, um der Frau nicht in die Augen sehen zu müssen. Kannte er sie aus früheren Zeiten und tat jetzt nur so, als wären sie sich noch nie begegnet?

Egal, dieser Truxler ist doch wirklich ein Stoffel, dachte Clara und ärgerte sich wie schon so oft über die männlichen Kommunikationslegastheniker in ihrem beruflichen Umfeld. Dann ging sie ein paar Schritte auf Frau Pfandel zu, um ihr die Hand zu reichen.

»Ich bin Clara Kull. Frau Pfandel, war vor uns schon jemand heute bei Ihnen?«

Die Frau schüttelte langsam den Kopf. »Nein, ich bin gleich von der Wohnung herunter, ich schlaf immer ein bissl länger und schließ den Laden so gegen zwölf auf.« Sie deutete nach oben an die Holzdecke und meinte vermutlich das Stockwerk darüber. »Und seitdem sitze ich hier und warte. Aber das ist immer so, Andenken werden ja eher am späten Nachmittag gekauft.«

Clara fand es erstaunlich, dass wirklich noch niemand vor ihnen zur Mutter von Maria gelaufen war, um ihr die Nachricht brühwarm zu überbringen. Entweder hatte sich keiner getraut oder die Frau Pfandel gehörte nicht so richtig zur Dorfgemeinschaft. Sie nahm sich vor, diesem Detail später mehr Aufmerksamkeit zu schenken.

»Frau Pfandel«, Clara setzte noch einmal an, nachdem der Truxler wie ausgestopft in der Ecke stand und sich mit seinen ausdruckslosen Augen an den Auslagen in den Körben, Dosen und Gläsern festgesaugt hatte. »Wir haben einen schlimme Nachricht, Frau Pfandel, und ich bitte Sie, sich zu setzen.«

»Ist was mit der Maria?« Die Augen der Frau weiteten sich, und sie griff unsicher an der Tischkante entlang. Clara sprang zu ihr und zog sie auf den Stuhl zurück, auf dem sie gesessen hatte, als Clara und der Kommissar den Laden betreten hatten.

»Die Maria ist heute früh nahe der Munzerkogelhütte gefunden worden. Sie ist tot. Es tut mir so leid, Frau Pfandel, Ihnen diese Nachricht überbringen zu müssen. Bitte verzeihen Sie uns, ich wollte, wir hätten uns anders kennengelernt.«

Schon zahllose Male hatte Clara Todesnachrichten überbracht und wurde auch gerne dafür eingesetzt. Dass sie jedes Mal auch selbst einen kleinen Tod gestorben war, wurde ihr erst jetzt bewusst. Diese Situation stand in so krassem Widerspruch zu der Ausgelassenheit der vergangenen Tage, dass Clara sich wunderte, was alles in kürzester Zeit auf der Gefühlsskala der Menschen passieren kann. Auch kein Wunder, dass die Verarbeitung dieser Erlebnisse immer deutlich hinterherhinkt und sich erst Bahn bricht, wenn man es gar nicht mehr erwartet.

Bevor sie Inventur in ihrem Gefühlshaushalt machte, musste sich Clara aber erst einmal um Frau Pfandel kümmern, deren Gesicht die Farbe von altem Schnee angenommen hatte. Sie war auf dem Stuhl zusammengesunken, ihre Hände spielten ziellos mit dem Strickzeug, bis die Nadeln einzeln herausfielen.

»Was, was … warum?« Die Stimme brach.

»Frau Pfandel, wir wissen leider noch gar nicht viel, außer dass die Maria noch ihre, sagen wir, Berufskleidung aus der Tenne anhatte und mehrere Gewaltmerkmale aufweist. Haben Sie eine Ahnung, ob die Maria Feinde hatte?« Clara versuchte so weich und unprofessionell wie möglich zu klingen, wobei der Inhalt ihrer Frage sich kaum verbessern ließ.

»Hatte die Maria Streit? Frau Pfandel, das ist wichtig, wenn Sie was wissen, dann sagen Sie es uns und zwar gleich!« Truxler war aus seiner Meditation über die Souvenirs erwacht und fuhr Clara mit seiner unsensiblen Art in die Parade. Die Wirkung war kaum zu übersehen.

Frau Pfandel erhob sich. Ihre Hände zitterten, und Clara sah deutlich die Anzeichen eines Schocks. In ihrem schwarzen Dirndl und mit der strengen Zopffrisur wirkte sie wie eine der Erinnyen aus einem griechischen Drama. Ihre Hände flatterten über dem Strickzeug und den Tablettenschachteln, dann ging ihr Zeigefinger ein paar Mal über den Schachteln auf und nieder, und sie rief mit überraschend kräftiger Stimme: »Da ist das Unglück!«

Dann brach sie zusammen. Clara konnte sie gerade noch auffangen, dass sie nicht mit dem Körper auf dem Tisch aufschlug. Im Fallen hatte sie das Strickzeug und die Tablettenschachteln vom Tisch gewischt. Truxler war ebenfalls hinzugesprungen, doch Clara scheuchte ihn zum Polizeiauto, er solle über Funk einen Krankenwagen kommen lassen.

Das war ja genauso gelaufen, wie es Clara vermeiden wollte. Dieser Truxler war ein Trampel. Jetzt konnten sie rätseln, was sich hinter dem ominösen »Da ist das Unglück!« verbarg, denn Frau Pfandel war, so wie es aussah, die nächsten Tage sicher nicht vernehmungsfähig. Clara konnte sich auch nicht verkneifen, genau das dem Truxler zu sagen, der zerknirscht so lange am Einsatzort blieb, bis der Krankenwagen eintraf.

Clara aber machte sich auf den Weg zurück ins Hotel, wobei ihr einfiel, dass sie ihr eigentliches Ziel noch überhaupt nicht angesteuert hatte: den Luis. Aber vielleicht sollte sie auch erst einmal die allwissende Sylvie fragen, wo sie ihn finden könnte. Sie würde sich das für morgen vornehmen. Und dann sollte sie sich umziehen, bevor sie den Apotheker Gamsenfeld abholen würde. Es war fünf Uhr, und in einer Stunde würde sich Gamsenfeld mit einem galanten Handkuss über ihre Hand beugen, die jetzt ebenfalls zitterte. Einerseits vor Aufregung, andererseits vor Unterzucker, sie hatte seit dem Frühstück nichts gegessen. Gamsenfeld würde geduldig mit ihr sein müssen, hungrig konnte sie zur Hyäne werden. *Macht nichts, sieht er gleich, was er an mir hat,* dachte Clara und ließ Truxler, der mit der in Agonie verfallenen Frau Pfandel sichtlich überfordert war, mit einem knurrigen »Schönen Feierabend« stehen.

10

Bereits in der Hotelhalle war die Neuigkeit des Tages an allen Ecken unübersehbar angekommen. Erneut musste Clara an die ahnungslose Frau Pfandel denken. Marias Tod pfiffen die Spatzen von den Dächern, und die eigene Mutter lebte in der Munzergasse in einer eigenen Welt.

»Mei, Frau Kull, haben Sie's schon gehört, furchtbar, nicht wahr? Sie war so eine Liebe, die Maria!« Sylvie war den Tränen nahe, und Clara sah die kleine Frohnatur tatsächlich zum ersten Mal ohne ihr strahlendes Lächeln. Vielleicht eine gute Gelegenheit, aus ihr etwas herauszubekommen. In der Trauer sind die Leute schwach und vergessen ihre antrainierte Diskretion.

»Ja, Sylvie, ich bin auch ganz erschüttert. Ich war sogar oben am Munzerkogel und habe es dort vor Ort geseh... äh gehört!«

»Nein, gehen'S, wie schrecklich, und es war alles voller Blut, gell?« Sylvies Augen weiteten sich ob des vorgestellten Thrills, ganz so, als würde es sich um einen Actionfilm handeln. Da ist sie wieder, die angeborene Sensationsgier der Menschen, dachte Clara und sah Sylvie fest in die Augen, bevor sie ihr fast wahrheitsgemäß antwortete.

»Na ja, eigentlich nicht, es war gar nichts zu sehen. Aber ich bin jetzt so erledigt von diesem Tag, ich brauche jetzt erst einmal was zu essen.« Clara dachte kurz darüber nach, dass anderen Menschen wahrscheinlich erst einmal der Appetit vergangen wäre, aber da schlug bei ihr doch die Routine zu. *Es macht gar keinen Sinn, seinen Körper mit Kummerdiät zu stressen, wenn rund um einen die Welt zusammenbricht.*

»Natürlich, das versteh ich. Soll ich Ihnen was aufs Zimmer bringen lassen?«

»Also, den größten Heißhunger hätte ich auf Germknödel. Aber ich muss nachher noch einmal weg, da wird mir das vielleicht zu viel.« Clara schämte sich ein wenig für ihre künstliche Überleitung, aber der Zweck heiligt eben die Mittel. »Sagen Sie, Sylvie, die rohen Germknödel, lasst ihr die auch liefern oder macht ihr die selbst?« Scheinbar ziellos kurvte Clara um das Thema Germknödel herum, denn sie wollte um keinen Preis einen Verdacht aufkommen lassen, wenn sie jetzt zum Beispiel plump nach dem Luis fragte.

»Nein, die Teige lassen wir tatsächlich liefern, das wäre einfach zu viel Arbeit.« Sylvie schien ein wenig verwundert, schließlich war für sie die Gedankenkette Maria – Mord – Knödel nicht zwingend nachzuvollziehen.

»Ach, und da gibt es wohl eine Bäckerei vor Ort, die diese Teiglinge macht? Denn die sind ja hier ausgezeichnet, so gute Germknödel findet man selten.« Ein Lob würde vielleicht die Zunge lockern.

»Ja, der Gruber ist unser Hefemeister hier am Ort, und sein Sohn fährt die Teiglinge aus. Die haben ihre Bäckerei in der Munzergasse hinter der Hauptstraße.«

»Ist das der Luis, der Sohn?« Clara wunderte sich über die erneute Bedeutung der Munzergasse. Bisher hatte sie die kleine Gasse hinter der Hauptstraße noch gar nicht richtig wahrgenommen.

»Ja, ein bissl ein komischer Kauz und wie alle Bäcker immer so blass wie Mehl!« Sylvie musste kichern und schlug sich gleich entschuldigend die Hand vor den Mund, als wäre es unrecht, an diesem Tag zu lachen.

»Ach, der ist auch Bäcker?«

»Ja, eigentlich schon, aber jetzt macht er nur noch die Transporte. Ich glaube, es hat was damit zu tun, dass die Teiglinge teils auch nachts ausgefahren werden müssen. Und er kann ja schlecht bis Mitternacht Teiglinge ausfahren und ab vier in der Backstube stehen!« Mit einer entschuldigenden Geste wandte sich Sylvie einem anderen Gast zu, der eine Massage buchen wollte.

Morgen würde Clara der Munzergasse einen erneuten Besuch abstatten. Jetzt aber musste sie sich beeilen, es war halb sechs, für einen Imbiss blieb keine Zeit mehr, sie musste sich umziehen. Sie spurtete die Treppe zu ihrem Zimmer hinauf. Nachdem sie ihre Schlüsselkarte durch den Schlitz gezogen hatte und die Tür mit einem sonoren Schnappgeräusch aufsprang, ließ sie auf dem Weg zum Bad alle Kleider auf den Boden fallen. Durch die Glasfront glitzerten die Engeldorfer Lichter herein. Wippende Leuchtzapfen mit Schneehauben, beleuchtete Häuser, und würde Clara ein Fernglas nehmen, könnte sie von Gamsenfeld in seinem Laden beobachten. Während sie nackt ins Bad lief, schnappte sie sich einen Apfel vom Teller, denn ihre Essensbestellung war in der ganzen Germknödeldiskussion untergegangen. Kauend ließ sie das heiße Wasser an sich herunterlaufen. Das hauseigene Shampoo roch nach einer Mischung aus Sandelholz und Magnolie, und Wärme und Duft brachten es fertig, dass Clara die schrecklichen Momente des Tages abschütteln konnte. Sie strich an sich herunter. Die Ereignisse hatten ihr nicht die Lust genommen, die sich in den letzten beiden Tagen so kontinuierlich aufgebaut hatte. Einerseits durch die unverhofft reichlichen Liebkosungen und andererseits durch die Aura

Engeldorfs. Gut, Letzteres hatte jetzt eine Scharte bekommen, aber vielleicht waren die Selbstheilungskräfte des Ortes ja groß genug und man würde den Fall schnell aufklären.

Dabei schweiften Claras Gedanken zu dem Westentaschenkriminaler Truxler, und augenblicklich schien sich aller Eros zusammen mit dem Seifenschaum in den Abfluss zu verziehen.

Keine halbe Stunde später stand Clara in einer leichten Magnolienwolke vor der Apotheke und betrachtete eingehend Gamsenfelds Lodenmantelrücken, während der sich an dem Gitter zur Ladentür zu schaffen machte, die alsbald mit einem Rasseln ins Schloss fiel. Mit einem bekümmerten Dackelblick wandte er sich zu Clara um, hakte sie unter und führte sie die Dorfstraße entlang.

»Das muss ja fürchterlich für Sie gewesen sein, Clara, die Maria so liegen zu sehen!«

Clara hatte gleich von ihrem Gipfelerlebnis erzählt, Gamsenfeld seinerseits war bereits im Bilde, da die Flüsterpost von Engeldorf bestens funktionierte. Bis auf die Munzergasse, die anscheinend in einem Funkloch lag.

Gamsenfeld hatte nicht nur seinen lodenummäntelten Arm bei Clara untergehakt, sondern auch vorsorglich eines seiner blauweiß karierten Taschentücher gezückt. Warum auch immer, dachte Clara, die aus alter Berufserfahrung bei Mordfällen weit weniger am Wasser gebaut war als so manch anderer. Aber Gracia hatte ihr eingeschärft, sich auch einmal schwach zu zeigen, sonst würde das nie was mit den Jungs. Und ihr letzter Kandidat hatte es ja auch recht treffend auf den Punkt gebracht. Allerdings löste das Taschentuch des Apothekers bei

Clara einen anderen Reflex aus. Diese Walli Palicek hatte ja auch in so ein Taschentuch hineingeschnieft. Clara sah Gamsenfeld von der Seite an. Er hatte ein starkes Profil, eine hohe Stirn mit einer markanten, aber schmalen Nase. Die Augenbrauen wölbten sich buschig und graumeliert über seinen braunen Augen, von denen viele kleine Falten strahlenförmig ausliefen, ohne dem ebenmäßigen Gesicht etwas anhaben zu können. Gamsenfeld war ein schöner Mann, ohne Zweifel, ein edler Kopf, nur das Mahlen der Kiefer, das sich an kleinen Bewegungen seiner Ohren ablesen ließ, passte nicht recht zu der aristokratischen Souveränität, die der Apotheker an den Tag legte. Er wird aufgeregt sein, dachte Clara, die eigentlich jetzt nicht über den Fall reden wollte, obwohl es sicher eine gute Gelegenheit wäre, mehr über den Zusammenhalt in Engeldorf zu erfahren. Nirgendwo wird so viel getratscht wie in einer Apotheke. Und im Bett, schoss es Clara durch den Kopf, ein Umstand, den sie wohlwollend in ihre Recherche miteinbeziehen wollte.

»Weiß die Polizei schon, wer es war?« Gamsenfelds Stimme klang nach neutralem Interesse, nicht leidenschaftlich, nicht überneugierig.

»Nein, sie tappen wohl noch im Dunklen, aber der zuständige Kommissar scheint auch keiner von der dynamischen Truppe zu sein!« Claras Antwort ließ Gamsenfeld lachen. »Das wird wahrscheinlich der Truxler sein. Wie der das überhaupt bis zu dem Posten geschafft hat, ist ein Rätsel!«

Clara hätte gute Lust gehabt, dem Mann an ihrer Seite sofort zuzustimmen, riss sich aber im letzten Augenblick zusammen, schließlich sollte ihr wahrer Beruf ein Geheimnis bleiben, auch bei Gamsenfeld oder gerade bei ihm. Denn

Claras Interesse an dem flotten Apotheker wuchs mit jedem Schritt. Der Mann gefiel ihr, er hatte Klasse. Warum der allerdings unbeweibt durch die Gegend lief? Clara wollte den Gedanken fairerweise nicht fortsetzen, schließlich lief sie ja auch unbemannt durch ihr halbes Leben und man konnte sie ja auch nicht der Kategorie »schwer vermittelbar« zuordnen. Weder optisch, noch mittlerweile pekuniär.

Es hatte schon wieder zu schneien begonnen. Engeldorf mit seinen Zapfenlaternen und den vielen bauernhausähnlichen Häusern schien direkt aus einem Katalog für Modelleisenbahnen gefallen. Eng an Clara geschmiegt stapfte Gamsenfeld über die schneeverzuckerten Bürgersteige und wartete anscheinend immer noch auf die Antwort seiner Begleiterin.

»Ach, Herr von …«

»Sagen Sie Hubert zu mir, bitte, ich komme mir sonst so alt vor!« Er verbeugte sich leicht, so gut das ging, wenn man untergehakt ist.

»Gerne, Hubert, ich wollte nur sagen, das ist ja so traurig mit der Marie. So jung, und die arme Mutter …, die scheint ja sowieso keinen leichten Stand hier zu haben im Dorf.«

Sie wandte ihrem Begleiter den Kopf zu. Gamsenfelds Augen bekamen einen Schleier, und die Backenbewegungen nahmen zu, das ließ sich nicht leugnen, so sehr schien es ihn aufzuwühlen. *Ein Sensibler.* Clara hätte am liebsten nun ihrerseits dem Apotheker ein Taschentuch gereicht. Weinende Männer bei Schneefall im Märchendorf, bitte, mehr Romantik geht nicht. In Clara breitete sich jene Wärme aus, die ihr schon immer den Verstand vernebelt hatte. Sie kannte das Gefühl. Sie liebte und sie hasste es. Einerseits war es die Grundvoraussetzung, dass sie sich überhaupt auf etwas einließ, auf der anderen Seite machte es sie eigentlich handlungsunfähig.

»Ja, ihre Mutter hat den Anschluss an die Dorfgemeinschaft nie mehr geschafft, das ist schon wahr!«

»Aber ist das nicht untypisch? Ich meine, sie hat ja nichts Unrechtes getan!«

»Aus heutiger Sicht vielleicht nicht, selbst in so einem Bergnest wie dem unsrigen hat sich einiges getan. Auch wenn wir alles tun, es auf dem Stand von 1850 zu halten!« Gamsenfeld lachte heiser auf, und Clara entdeckte Grübchen an seinen Mundwinkeln, die sie sich gerne einmal näher ansehen wollte. »Schauen Sie, Clara, damals war es ein Skandal, vor allem, weil die Pfandel ja so ein Geheimnis um den Vater ihres Kindes machte. Viele nahmen an, dass sie gar nicht wusste, von wem eigentlich das Kind war. Schließlich war sie auch Skilehrerin gewesen, zwar immer nur für die Zwergerl, aber die wurden ja von Vätern abgeholt und gebracht. Gelegenheiten gab's also viele für sie, Männer anzusprechen und für sich zu interessieren. Sie hat dann, nachdem sie schwanger wurde, ihren Job verloren und den Ort verlassen. Ja, und dann hat man sie im öffentlichen Leben von Engeldorf eigentlich erst wieder bemerkt, seit sie den Laden hat.«

»Geht der denn, ich finde ja, diese Munzergasse liegt ein bissl ab vom Schuss …«

»So, so, ab vom Schuss«, Gamsenfeld schüttelte belustigt den Kopf, und das Backenmahlen ließ sichtlich nach. »Und was würden Sie, Clara, hierzu sagen?«

Während des Redens waren sie in Richtung Ortsausgang gelaufen und schließlich in eine Gasse eingebogen, die Clara bislang überhaupt noch nicht wahrgenommen hatte, was vermutlich daran lag, dass sie sich in den ersten beiden Tagen ihres Aufenthalts eigentlich nur zwischen drei abgesteckten Zielen bewegt hatte: Hotel, Tonis Brettlbude, Munzerkogelstation. Von der Cyber-Tenne einmal abgesehen.

Sie waren an einem niedrigen Haus angekommen, in das ein ebenso gedrungener Eingang führte. Clara konnte nirgends ein Schild sehen, ob es sich um ein Lokal oder um ein Privathaus handelte. Die gesamte Fassade war aus Holz, ein kleiner Balkon zog sich den ersten Stock entlang. Unter dem schindelgedeckten Dach musste sich wohl noch ein Mansardenzimmer verbergen, wenn Clara das Fensterchen richtig deutete. Kleine Kassettenfenster neben der Eingangstür gaben dem Haus so etwas wie ein Gesicht. Über dem Balken der Tür war das für diese Gegend typische K+M+B des Besuchs der Heiligen Drei Könige mit Kreide verzeichnet und darüber war die Jahreszahl 1567 eingekerbt und mit rotem Lack hervorgehoben.

»Ist das alt!«, entfuhr es Clara.

»Das älteste erhaltene Haus im Dorf, natürlich denkmalgeschützt, was seine Vor- und seine Nachteile hat!« Gamsenfeld hatte aus seiner geräumigen Manteltasche einen Schlüsselbund gezogen, und Clara ging ein Licht auf.

»Herr von … Hubert, wollten Sie mich nicht zum besten Abendessen von Engeldorf ausführen?«

»So ist es!«

»Aber ganz offensichtlich ist das kein Lokal!« Clara zog ihren Arm ein wenig unter Gamsenfelds Arm hervor und setzte einen leicht entrüsteten Gesichtsausdruck auf, wenn ihr auch die Vorstellung gefiel, mit Gamsenfeld allein zu sein. Dass die Männer in Engeldorf offensichtlich ein ganz anderes Tempo vorlegten als in der Stadt, war ihr ja schon in den vergangenen Tagen aufgefallen.

»Meine Perle Antonia kocht sicherlich besser als alle Wirtshäuser am Ort. Das sollten Sie sich nicht entgehen lassen, und ich bin ja kein Unhold, der Sie jetzt in seine Höhle schleppen will!« Clara wurden die Knie weich. »Antonia hat gekocht, und wir essen jetzt bei mir in der Stube. Sehen Sie, ich muss den ganzen Tag so viele verschiedene Gesichter sehen, da bin ich am Abend froh, wenn ich mich auf eines konzentrieren darf. Eines, das so sympathisch ist wie Ihres, Clara …« Gamsenfeld führte Claras Hand bis kurz vor den Mund, hauchte einen Handkuss darüber und bat sie einzutreten. Für heute, das nahm sich Clara vor, würde sie alle Ermittlungsarbeit fahren lassen und das Hier und Jetzt genießen. Nicht nur den wunderbaren Apotheker, sondern auch das ebenso wunderbare Haus, das bereits am Eingang erkennen ließ, dass es jemand mit ausgesuchtem Geschmack her- und eingerichtet hatte.

Der kleine Flur, dessen Boden aus gebrannten Lehmziegeln bestand, war nur spärlich möbliert. Ein paar alte Eisenhaken dienten als Garderobe, an die Gamsenfeld Claras und seinen Mantel hängte. Auf einem Flickenteppich konnte man die Schuhe abstellen und in riesige Filzpantoffeln schlüpfen, die in appetitlichen bunten Farben nebeneinander standen. Allerdings passten sie überhaupt nicht zu Claras Outfit, einem Shortkleid in türkisgrün und schwarzen Kringeln und einer dunkelblauen Slimjeans. Mit den Pantoffeln kam sich Clara vor wie ein Kobold, und auch Gamsenfeld konnte sich ein Zucken der Mundwinkel nicht verkneifen, als er ihre schmalen Beine und die großen Filzschuhe sah. Aber die Beleuchtung war gnädig. Verschiedene Lichtquellen, die Clara auf Anhieb nicht orten konnte, fluteten den Eingangsbereich mit warmen Farben. Gamsenfeld schob sie sanft in einen Raum, der von der Diele abging und sich als kombiniertes Wohn- und Esszimmer herausstellte. Sämtliche Möbel waren derb und doch deutlich als Designerteile zu erkennen. Tradition und Moderne kamen harmonisch zueinander. An einer Wand hing unscheinbar ein Flachbildschirm. Die Wärme strahlte aus einem Kachelofen, der vermutlich von der anderen Seite, also der Küche her gespeist wurde.

Auf dem schmalen langezogenen Tisch, der leicht diagonal den Raum durchtrennte, war auf der einen Seite für zwei Personen gedeckt. Schöner als in jedem Restaurant, wie Clara zugeben musste. Weiße Leinensets, auf denen unregelmäßig geformte mauvefarbene Teller standen. Wassergläser mit zartem Goldrand und Rotweinballons. Dazwischen waren Tulpenblätter gestreut.

Gamsenfeld bat Clara sich zu setzen, er wollte nur kurz nach dem Essen sehen, das Antonia warm gestellt hatte. Clara konnte ihr Glück nicht fassen. Das war genau das, was sie sich immer erträumt hatte. Ein altes Haus, mit Geschmack eingerichtet. Ein Mann mit Stil und Manieren, der gut roch und gut aussah. Plötzlich hatte sie nicht mehr die geringste Lust auf diesen Mordfall, der sie ehrlicherweise auch nichts anging. Sollten die Engeldorfer ihre Fälle selbst lösen, schließlich kannten sie sich alle mehr oder weniger.

Gamsenfeld kam zurück mit einer Flaschen Champagner und zwei Kelchen, sowie einer Platte mit Fingerfood. Clara nahm ihm die Platte und die Kelche ab, Gamsenfeld entkorkte den *Dom Perignon brut* und ließ ihn in die Gläser sprudeln, die sie ihm hinhielt. Dann gab er mit einer Fernbedienung einem Laptop, das in einer Wandvertiefung stand, einen Befehl, und brummiger Blues kroch satt aus der Mauernische.

»Auf Sie, liebe Clara! Auf das Schicksal, das Sie in unser Engeldorf gespült hat! Und auf diesen Abend!« Er hob das Glas, ließ es gegen das von Clara klingen, die kurz verschämt die Augen senkte und Gamsenfeld dann anstrahlte. Beide tranken, Gamsenfeld stellte beide Gläser ab. Dann nahm er ein *Amuse gueule* aus Blätterteig von der Vorspeisenplatte und hielt es Clara bis kurz vor den Mund. Das war unmissverständlich, Clara sollte direkt abbeißen. Sie musste nicht lange dazu überredet werden und versuchte einen Bissen zu nehmen, so bröselfrei wie möglich. Die andere Hälfte ließ Gamsenfeld selbst in seinem Mund verschwinden.

»Antonia hat ein Pilzgulasch gemacht und kleine Semmelknödel, ich wusste, nicht ob du … Sie …?« Er räusperte sich.

»Bitte, ja, bleib beim Du!« Claras Verstand löste sich gerade in Blätterteig auf.

»Ich wusste nicht, ob du Vegetarierin bist. Ich weiß überhaupt so wenig von dir und deshalb ist alles ein wenig fleischlos heute. Was nicht heißt, dass Fleisch hier keine Rolle spielt!«

»Alles gut, Hubert, ich habe Bärenhunger, mit oder ohne Fleisch!«

»Du Ärmste, du bist fast verhungert, und ich langweile dich mit meinem Vorspeisengeplänkel!« Er eilte erneut in die Küche und holte tiefe Teller, in denen ein goldbraunes Pilzgulasch und je drei winzige Semmelknödel schwammen. Reichlich Petersilie gab dem Gericht ein munteres Muster.

Gamsenfeld stellte die Teller auf die Unterteller. In Claras Kopf und leerem Magen hatte der Champagner ganze Arbeit geleistet. Das Gulasch erzeugte Gaumenexplosionen aus der

Herbe und Waldigkeit der Pilze zusammen mit der Sahne und einem Hauch von Preiselbeeren. Die Knödel waren auf den Punkt, griffig mit Muskatnote. Ein dunkelroter Brunello loderte in den Weingläsern. Clara aß viel zu hastig. Ganz langsam schob sich Gamsenfelds Hand mit einem Taschentuch über den Tisch und wischte ihr einen Soßenspritzer von der Wange.

»Ich hätte nie gedacht, dass ich Taschentücher einmal so anziehend finden würde!« Clara lächelte Gamsenfeld grenzumnachtet an.

»Du hast ein Gesicht, das ist für Taschentücher wie gemacht!«

Sie mussten beide lachen und stießen mit dem Rotwein an. Huberts Augen blieben lange an Claras Gesicht hängen. Einmal sah sie kurz weg, um dann dem Blick standzuhalten und das Spielen seiner Finger auf ihrem Handrücken zu genießen. Der Brunello auf den Champagner ließ sie mutig werden, denn die kleinen Köstlichkeiten hatten noch keine Grundlage gebildet und somit den Alkohol direkt wirken lassen. Leider auch mit der häufigen Begleiterscheinung der Taktlosigkeit.

»Wie kommt es, Hubert, dass du zwar eine Perle hast, aber keine Frau, keine Familie?«

Clara hätte sich auf den Mund schlagen könne. Doch nicht jetzt, nicht solche Fragen! Wenn irgendetwas den Eros tötet, dann dieses ewige Abklopfen der Lebensumstände zu Beginn einer Beziehung. Sie benahm sich wie ein Sparkassenbeamter bei der Bonitätsprüfung seines Kunden.

»Entschuldige, vergiss meine Frage, es geht mich überhaupt nichts an. Und es ist auch nicht wichtig, wirklich,

Hubert!« Clara hatte bemerkt, dass das Mahlen der Backenknochen bei Hubert von Gamsenfeld wieder zugenommen hatte. Am Essen konnte es nicht liegen, die Semmelknödel zerfielen auf der Zunge.

»Es ist doch völlig richtig, dass du fragst, schließlich habe ich dich in mein Haus geführt, vielleicht ja mit der Absicht, dich zu verführen?« Hubert nahm nun ihre beiden Hände und führt sie sich zum Mund, fuhr mit weichen Lippen über ihre Fingerkuppen. »Und das passiert nicht alle Tage, das musst du mir glauben. Meine Frau ist tot, und ich …« Er ließ seinen Kopf auf Claras Hände sinken. Clara zog ihre Hände unter seinem Gesicht hervor und legte sie um seinen Nacken, drückte sein Gesicht an ihre Brust und hielt diesen stattlichen Mann fest, der seine Arme um sie geschlungen hatte. Als er den Kopf hob, hatte er gerötete Augen. Oder täuschte sich Clara? Das nahm die falsche Wendung. Sie küsste deshalb seine Lider und liebkoste mit ihren Händen seine Ohren, seinen Haaransatz, bis er mit einer geschmeidigen Bewegung gleichzeitig ihre Brüste berührte und sie mit großem Verlangen küsste. Nein, man hielt sich hier nicht mit Vorspeisen auf, schoss es Clara durch den benebelten Kopf.

»Clara, Clara …« Hubert von Gamsenfeld gab sich sichtlich Mühe, nicht zielstrebig zu wirken, aber sein Atem ging stoßweise, seine Lippen suchten nach den weichsten Stellen an Claras Hals. »Du duftest nach einer Blume, und es klingt so albern, wenn ich jetzt das Wort Nektar in den Mund nehme, oder?« Hubert von Gamsenfeld sah kurz auf, suchte ihren Blick, zog mit einer Fingerkuppe ihre Augenbraue nach. »Ich lebe hier quasi als Eremit zwischen meiner Arbeit und einem Heim, das mir von einer Perle in Schuss gehalten wird.«

Ich will das alles glauben, schoss es Clara durch den Kopf, *bitte, bitte, lass es die Wahrheit sein, und ich erwecke diesen Rohdiamanten, der als Witwer bereits mit dem aktiven Balzen abgeschlossen hat.* Wäre sie bei Verstand gewesen, also satt und nüchtern, statt trunken von Brunello, Champagner und Hormonen gepaart mit einem nicht ausreichend gefüllten Magen, hätte sie die Idealbesetzung ihres persönlichen Kammerspiels vielleicht kritischer gesehen. So aber wurde jeder Blick Gamsenfelds zu einem Versprechen, jede Berührung ein Impuls direkt in ihr Tiefparterre. Clara gab ein Stöhnen von sich, als auch schon seine Hände unter dem Kleid waren und nach den Schließen des Büstenhalters suchten. Gleichzeitig ertappte sie sich dabei, wie sie zielsicher ihre Hände an seinem Bauch bis in den Schritt gleiten ließ. Großes, ja sehr großes Verlangen. Spürbar, mächtig. Clara ließ sich fallen, suchte die Schnalle an Gamsenfelds bordeauxfarbenem Ledergürtel, kniete vor ihm, bis er zu ihr auf den Boden kam und sekundenschnell seinen Weg fand. Claras Brunello-Betäubung ließ sie die Holzplanken nicht spüren, auf denen sie sich rhythmisch bewegte, während der Apotheker in den Tiefen ihrer aphrodisierten Mitte auf und ab ging, bis sie beide in einer erstickten Bewegung verharrten, um den ungeheuren Wellen nachzuspüren, die sie zeitgleich erlebten. *Das war der beste Orgasmus, den ich je hatte,* schoss es Clara durch den Kopf, und sie kam sich sofort schäbig vor. Solches Rankingdenken, nach dieser Wucht! »Du hast mich beglückt wie nie jemand zuvor!« Hubert raunte in Claras Ohr, dass ihr weitere Wolllust die Kraft nahm, sich aus der Verknotung zu lösen, obwohl sie die Dielen unter sich nun ganz genau spürte. Und auch die aufgescheuerten Stellen. Clara versuchte zu begreifen, wie sie Augenblicke vorher noch – komplett paralysiert von Hormonschüben – sich einem Mann hingeben konnte, ohne auch nur einen Moment an Verhütung und Schutz zu denken. Sie stöhnte auf. Einerseits, weil das Wollen kein Ende nahm, und andererseits, weil sie sich hätte ohrfeigen können. Als ob Gamsenfeld ihre Zweifel ahnte, schob er ihr die Haarsträhnen aus dem verschwitzen Gesicht und lächelte sie an.

»Wir haben ganz schönen Blödsinn gemacht, was?« Clara nickte heftig. »Keine Angst, ich habe keine ansteckenden Krankheiten. Aber ich weiß nicht, wie fruchtbar wir beide sind. Ich bin ja schon ein älteres Semester, aber du bist idealjung und idealalt für entzückende Kinder!« Er hielt inne und sah Clara an. »Oder hast du etwa schon welche? Ich bin so ein Stoffel, nichts habe ich dich gefragt, nur eines gewollt – dich!«

Clara drückte sich an ihn. Sie war rettungslos verknallt. Welche tickende biologische Uhr hatte sie das Thema Verhütung so komplett vergessen lassen? Dazu Huberts Worte, keine Vorwürfe, sondern eher ein Aufmuntern, es gleich noch einmal zu machen, denn »idealalt« und »idealjung«, hieß das nicht, dass er es auch wollte?

Sie schob sich noch einmal zwischen seine Beine, und tatsächlich war da erneute Begierde, dieses Mal durfte sich der schöne Mann die Schürfwunden am Boden holen. Anschließend saßen sie in eine kuschelweiche Kaschmirdecke gehüllt vor dem Kamin und bestrichen ihre Wunden mit einer Krankenhauspackung Salbe. Zwei Brunellogläser später hätte Clara ohne mit der Wimper zu zucken einen Heiratsantrag angenommen, wäre da nicht ein Restchen Verstand in ihr gewesen.

»Und wenn ich jetzt ein Andenken zurückbehalte?« Sie sah Gamsenfeld mit einer Mischung aus Provokation und Neugierde an.

»Dann würde ich dich heiraten!« Gamsenfeld griff sich ans Herz, verbeugte sich so gut es hockend ging und steckte Clara das ringförmige Drahtgestell an den Finger, das den Korken bei der Champagnerfasche gehalten hatte.

»Madame Perignon, es wäre mir eine Ehre, Sie die nächsten dreihundert Jahre beglücken zu dürfen!«

Ach, alles wird gut, manchmal muss man auf die wirklich guten Männer warten, ging es Clara durch den Kopf. Dann zog sie den Drahtring enger um ihren Finger. Andererseits sollte man nichts überstürzen.

»Du musst sicher morgen früh raus.« Clara strich Hubertus über die Wange.

»Ja, leider, in der Saison muss ich die Apotheke um halb acht Uhr öffnen!«

»Dann verlass ich dich heute noch einmal, ja? Ich hab auch nichts anderes anzuziehen da, und was würde Hoteldame Sylvie dazu sagen, wenn ich morgen erst ins Hotel käme?«

»Nichts vermutlich, womit ich nichts über die nächtliche Betriebsamkeit Engeldorfs gesagt haben möchte!« Hubert zog verschwörerisch lächelnd mit dem Zeigefinger Claras Wangen-, Hals- und Schulterlinie nach, was bei ihr wohlige Schauer auslöste, während sie versuchte, alle ihre Kleider zusammenzusuchen. Hubert tat es ihr nach und steckte ihr ein Stück Strudel in den Mund, den Antonia, die Perle, wohl als süßen Abschluss geplant hatte.

Es war dann nicht ganz einfach, unter den vielen Umarmungen und Liebesgaben den Weg in die Kleider und schließlich in den Mantel zu finden. Auch Hubert zog den Lodenmantel über.

»Ich bring dich noch bis zum Hotel!«

»Hast du Angst, dass ein Serienmörder unterwegs ist?« Claras Frage sollte eigentlich scherzhaft klingen, doch angesichts der toten Maria klang es eher makaber. Huberts Backenknochen fingen wieder an zu mahlen, und Clara beeilte sich, ihn zu küssen.

»Sorry, ich wollte die wunderschöne Stimmung nicht zerstören. Ich bin so blöd …«

»Nein, geh, du hast ja recht. Ehrlicherweise hatte ich gar nicht daran gedacht, ich wollte nur noch länger mit dir zusammen sein!«

Clara biss ich auf die Lippen. Meine Güte, war das lieb. Alle Vorsichtsregeln, alle Sensoren für Stolperfallen schienen bei Clara gleichzeitig auszufallen, als sich Hubert von Gamsenfeld zu ihr herunterbeugte und ihr ins Ohr flüsterte: »Ich will die Mutter meiner zukünftigen Kinder beschützen. Ich ticke so altmodisch, nenn es *old fashioned*, aber du musst auf Händen getragen werden!«

Claras sonst tadellos funktionierender Verstand bekam Risse. Sollte heute Abend das Wunder geschehen sein, auf das sie vierzig Jahre gewartet hatte? Ein Mann, ein Traum?

Die Nachtluft umfing sie mit –12 °C, was selbst bei heftiger Romantik eine Herausforderung war. Hubert umarmte Clara, mühsam bahnten sie sich einen Weg durch das mucksmäuschenstille Engeldorf, in dem nur mehr die strahlenden Zapfenlampen leise schaukelten und die Käuzchen der nahen Wälder einsam riefen. Immer wieder blieben sie stehen, um sich zu küssen. Ab und zu richteten sie ihre Blicke in den verschwenderisch glitzernden Winterhimmel, von dem sich die Sternbilder abhoben.

»Die richtige Frau zu finden, ist wie die Milchstraße nach einem besonders schönen Stern abzusuchen. Es ist fast unmöglich!« Huberts Stimme klang heiser, er flüsterte, trotzdem hatte Clara das Gefühl, die Wände Engelbergs würden die Worte hundertfach wiedergeben.

»Aber du hattest doch schon eine Frau?« Clara hätte sich gleich wieder auf die Lippen beißen können.

»Ach, das ist lange her. Ich war jung, wir haben uns verändert, und wäre sie nicht gestorben, wir wären wahrscheinlich nicht mehr zusammen!«

Krampfhaft versuchte Clara die Klappe zu halten. Keine indiskreten Fragen mehr, nicht jetzt. Sie waren bis zu der kleinen Brücke gekommen, die hinüber zum Hotel führte.

»Vielleicht trennen wir uns hier? Sonst wird dir die Nacht zu kurz, Hubert, du musst morgen fit sein, während ich Engeldorfer Höhenluft genießen kann und mir von Gustl wieder das Telemarken zeigen lassen kann.« Sie verschwieg natürlich, dass sie zunächst den Luis suchen würde, um mehr über sein Verhältnis zu Maria herauszufinden. Sie kam sich schäbig vor. Bereits in den ersten Stunden ihrer Beziehung hinterging sie Hubert, sagte sie ihm nicht die Wahrheit. Aber der Traum sollte doch halten, und die Wahrheit ist meist kein guter Stoff für Träume, wenn man einmal von diesem Abend absieht. Clara drehte vorsichtshalber an dem Drahtring an ihrem Finger, um sicherzugehen, dass das alles stattgefunden hatte.

Hubert hob drohend den Zeigefinger. »Nimm dich in Acht vor dem Gustl, der hat es faustdick hinter den Ohren. Alles, was du je über Skilehrer gehört hast, entspricht bei ihm der

Wahrheit. Was nicht bei drei auf einer Tanne sitzt, gehört ihm – und zur Not klettert er hinterher. Und denk jetzt nicht, dass aus mir der Neid des alten Mannes spricht!« Hubert lächelte, strahlenförmig breiteten sich Fältchen von seinen Augen aus. Clara hätte jedes einzelne küssen wollen und musste dabei lachen, wenn sie an Gustls welpenartige Annäherungsversuche dachte. Es würde schwierig werden, ihn auf Distanz zu halten, aber nicht unmöglich. Zu schroff allerdings sollte sie es auch nicht anstellen, schließlich wollte sie auch ihn ausfragen.

»Gute Nacht, mein Gamsenfeld!«, gurrte Clara und wunderte sich über sich selbst.

»Gute Nacht, schönste Schneefee! Ich danke Ihnen so sehr für einen wundervollen Abend. Und mögen Sie sich keine Sorgen machen …« Hubert strich über Claras dicken Daunenmantel, dort wo er den Bauch vermutete. »Sollte unsere Unvorsichtigkeit Folgen haben, wäre es mir eine Ehre, an Ihrer Seite zu sein!« In seinem Gesicht mischten sich Begehren, Fürsorge und Ritterlichkeit zu einer Aura, die ihre Wirkung bei Clara nicht verfehlte.

Die Torschlusspanik hatte sie anscheinend voll getroffen. Und sie konnte sich nicht dagegen wehren. Nicht nach diesem Abend. Und nicht einmal nach diesem Tag, an dem so viel passiert war.

Clara ging rückwärts die Brücke entlang, winkte so lange in die dunkle Nacht, bis sie sicher war, Hubert nicht mehr sehen zu können, dann erst drehte sie sich um und sah gerade noch, wie Luis mit einem Stapel Steigen aus dem Hotel kam und zu einem kleinen Subaru ging, der mit laufendem Motor am Lieferanteneingang des Hotels stand. Sie blieb stehen. In dem Augenblick, als Luis hinter das Steuerrad rutschen wollte, tauchte eine andere Gestalt aus der Dunkelheit der unbeleuchteten Hotelrückseite auf. Clara hörte Stimmen, Worte wurden heftig gewechselt. Nach dem dritten »Du hast Maria …« wusste Clara, dass sie sich das nicht entgehen lassen konnte. Sie versuchte sich an die Hausmauer zu drücken, um ungesehen zu bleiben. Kurz vor dem Subaru verbarg sie sich hinter einem Schneehaufen, von wo sie zwar nichts sehen, wohl aber alles hören konnte.

»Du weißt genau, wie sie war!«

»Nichts weiß du, sie hat nur mit euch gespielt!«, stieß Luis gepresst aus.

»Deine Naivität möchte ich haben!« Auch Wastls Stimme verriet Aufregung.

»Was hätte sie mit dir gehabt? Einen, der jede angräbt! Der seinen Schwanz …« Es waren knirschende Schläge zu hören, heftiges Atmen, das Rascheln aneinander reibenden Nylons, bis wieder dieselbe Stimme, allerdings merklich atemloser, zu hören war.

»Ich hab sie geliebt, du hast sie ausgenutzt und ihre Situation … und jetzt ist sie tot … und gefunden hat man sie bei dir und nicht bei mir, alles wird rauskommen, alles, ich schwöre dir …«

Dann hörte Clara die Autotür schlagen und den Motor aufheulen, was in der stillen Engeldorfer Nacht wie ein Raketenstart hallte. Als sie sich vorsichtig hinter ihrem Schneehaufen hervortraute, sah sie die Rücklichter des Subaru über die Brücke schießen, und in dem dahinter aufstobenden Pulverschnee lief Wastl, der Hüttenwirt, fluchend hinterher. Dann hatten die Dunkelheit und die lärmdämpfende Wirkung des Schnees sie beide verschluckt.

Die Wirkung von Brunello und Hormonen war verpufft, Clara war hellwach, als sie beim Nachtportier klingelte und sich von ihm noch einen Post-It-Block geben ließ. Es wurde Zeit, den Personen dieses Kammerspiels ein Profil zu geben, mit dem man ihre Handlungen einschätzen konnte. Die einzige, deren Handlungen Clara derzeit nicht einschätzen und nicht vorhersehen konnte, war sie selber, doch diesem Problem würde sie sich stellen, wenn es soweit war. Sie war bereits auf dem ersten Treppenabsatz, als der Nachtportier hinter ihr herlief und ihr einen Umschlag überreichte.

»Frau Kull, das wurde heute Abend abgeben. Schlafen'S gut!«

Clara nahm die Treppe zu ihrem Zimmer und riss den Brief auf. Als sie die handgeschriebenen Zeilen sah, hatte sie die Hoffnung, Hubert hätte ihr, auf welchem Weg auch immer, noch etwas zur Guten Nacht geschrieben, doch dann sah sie das behördliche Grau des Umweltpapiers. Der Brief war von Truxler.

11

Die Nacht war kurz gewesen. Mit einer mühsamen Handbewegung schob Clara die Bettdecke zur Seite. Durch die Fensterfront strahlte der Munzerkogel mit der Morgensonne um die Wette. An der glatt lackierten Seitenwand von Claras Zimmer bewegten sich sieben gelbe Post-Its in der aufsteigenden Wärme der Fußbodenheizung. Clara musste tatsächlich einen Augenblick verschärft nachdenken, wie die dorthin gekommen waren. Ganz langsam sickerte die Erinnerung an gestern Abend durch. Ihre schnelle Nummer mit Hubert, trotzdem das große Gefühl, alles richtig zu machen, die Begegnung von Luis und Wastl und schließlich der Brief vom Truxler.

»Frau Kollegin, Volltreffer, die Pfandel war schwanger!« Mehr Info hatten die krakeligen Zeilen vom Truxler nicht hergegeben. Aber eben auch nicht weniger. Darauf hatte Clara noch in der Nacht die *Post-Its* mit allen bisherigen Informationen aufgehängt, ihre eigenen Eindrücke ebenfalls.

Wastl: Hüttenwirt, übergriffig, viel Charme, Maria seine Angestellte. Wirklich nur seine Angestellte? Was sollte der Spruch »Es wird alles rauskommen«?

Luis: Bäcker und Germknödellieferant und angeblich Freund von Maria. Ist er der Vater des Kindes? Farblose Erscheinung, aber anscheinend nicht ohne Temperament, was der Zusammenprall mit Wastl beweist.

Gustl: Skilehrer, ging mit Maria auf die Schule, waren langjährige Bekannte, was nichts heißt. Auch er den Frauen zugetan.

Hubert von Gamsenfeld: schönster, charmantester, gescheitester Mann von ganz Engeldorf, ach von der Welt!

Clara musste lachen, als sie den Zettel, nüchtern und im Lichte des Morgens besah. Was hatte ihr der Hubert ins Glas getan, dass sie so einen Schwulst schrieb? Oder war sie tatsächlich über beide Ohren verliebt? Sie spürte in sich hinein und … ja … da war das satte und selige Gefühl wieder. Trotzdem war das *Post-It* in dieser Form natürlich Müll und als Profil unbrauchbar. Clara schnappte sich den *Post-It*-Block und notierte:

Gamsenfeld: Apotheker, erfährt viel, wurde aber schweigsam, als es um die Maria ging, Mahlbewegungen mit den Kiefern.

Schon besser, Job ist Job und Schnaps ist Schnaps.

Walli Palicek: Nachtclubbetreiberin, sichtlich ergriffen von Marias Tod.

Fanny Pfandel: Mutter der Ermordeten, seltsam entrückt, kein Mitglied der Dorfgemeinschaft, steht unter Schock.

Maria Pfandel: fleißige Bedienung und Gogo-Girl, aber offenherzig und den Männern zugetan. Wo kam das viele Geld her, um der Mutter einen Laden zu finanzieren? Was sollte der Satz »Da ist das Unglück«?

Die *Post-Its* brachten zwar optisch Ordnung in das Engeldorfer Personal, aber die Verbindungen waren Clara ein Rätsel. Von wem war die Maria schwanger? Der Truxler musste einen Vaterschaftstest ansetzen. Vielleicht war das alles ein Eifersuchtsdrama, zwischen dem Wastl und dem Luis? So sehr sie der Munzerkogel anlachte, der würde warten müssen, denn zuerst musste sie sich diesen Luis schnappen, um herauszubekommen, wo der in der fraglichen Nacht war und warum er mit Maria gestritten hatte.

Und zuallererst muss ich in die Apotheke, überlegte Clara, als sie die wunde Stelle an ihrem Rücken betastete. Also wirklich, Sex auf rohen Holzplanken! Wahrscheinlich hatte das der Hubert mit Absicht inszeniert, damit sie gleich am nächsten Tag bei ihm eine Heilsalbe holen musste. So ein Schlawiner! Doch dann musste sie wieder an seine Worte denken. *Die Mutter meiner zukünftigen Kinder … also entweder ist der ein noch größerer Romantiker als ich oder er hat einen Knall oder er meint es ernst.*

Sie hatte sich angezogen und betrachtete sich zufrieden im Spiegel. Heute mal die weiße Kombination, naturfarbener Strickpulli, weiße Skihose, hellgrauer Anorak. Sonnenbrille ins Haar. Schneebraut. Clara mochte, was sie sah, wäre nicht dieser ungeklärte Schicksalsschlag, sie würde sich unsinnigen Träumen hingeben. So aber würde sie die umtriebige Touristin geben müssen, die so erschüttert über Marias Tod ist, dass sie alles darüber in Erfahrung bringen muss. Hauptsache, der Truxler fuhr ihr mit seiner tollpatschigen Art nicht dazwischen, aber wie es aussah, legte er tatsächlich Wert auf ihre Hilfe. Warum sollte er ihr sonst die Nachricht zuspielen? Oder war das nur als kleiner Happen gedacht, damit sie Ruhe gab?

Diesem Alpenclown ist eigentlich alles zuzutrauen, dachte Clara, als sie sich die Dynamik der letzten drei Tage vor Augen führte. Sie war auf dem Weg zum Frühstück, als Sylvie sie schon von weitem begrüßte: »Frau Kull, warten'S einen Augenblick, das wurde für Sie abgegeben!« Sylvie nestelte an einem in orangefarbenes Papier eingewickelten Blumenstrauß herum, den sie in einer Vase hinter ihrem Rezeptionstresen deponiert hatte.

»Sie scheinen sich hier gut eingelebt zu haben, Frau Kull!« Sylvies Gesichtsausdruck war eine Mischung aus Neugierde und Stolz, schließlich waren glückliche Gäste ein Verdienst Engeldorfer Gastfreundschaft. »Danke, Sylvie, könnten Sie sie mir aufs Zimmer bringen lassen? Halt, das Kärtchen nehm ich mit zum Frühstück!« Sylvie gab ihr den kleinen Brief, der an dem Strauß hing, und sagte »Freilich, mach'mer gern!«

Ein Müsli und drei Tassen Kaffee später las Clara zum vierten Mal die Zeilen: »Liebste Clara, wir haben Wunden davongetragen, die schönsten Wunden, die ich mir vorstellen kann. Wenn du dir eine Wiederholung vorstellen magst, würde ich heute mal zur Abwechslung das Schlafzimmer heizen. Das Bepanthen soll dir die Zeit bis zur persönlichen Handauflegung verkürzen. 19.00 Uhr? Im denkmalgeschützen Liebesnest? Dein H.«

An der kleinen Karte klebte ein Probetütchen, wie man sie in Apotheken geschenkt bekommt. Dieser Hubert wusste, wie man die Klaviatur spielt, natürlich würde sie kommen. Und praktischerweise hatte sie bis dahin alle Zeit der Welt, um im »Fall Maria« weiterzuermitteln. Natürlich nur, wenn sie jetzt in die Puschen kam. Clara steckte Karte und Cremepäckchen ein und machte sich auf den Weg durch die Hotelhalle, als ein kräftiger Männerarm sich bei ihr unterhakte.

»Pack mer's heut wieder!«

Gustls gut gebräuntes Jungsgesicht mit dem Hipstervollbart strahlte sie an. Auf dem Kopf eine gestrickte Mütze wie aus den 1930er Jahren, dazu ein beiges Tweedsakko und Cordhosen in Überweite. Perfekte Kostümierung für das Engeldorfer Slowmarketing. Den Jungen hatte sie ja völlig vergessen. Schon erstaunlich, welche Amnesie die Begegnung mit Hubert bei ihr ausgelöst hatte.

»Gustl, servus, mein Guter.« Clara tätschelte seinen Arm, wie man einen großen Hund die Flanken klopft, was er als Aufforderung zum Dialog verstand.

»Traumwetter, und beim Wastl oben müsst doch jetzt langsam auch wieder alles auf normal sein, oder?«

»Na, so schnell wird die Polizei das nicht freigeben«, sagte Clara und musste sich selbst am Riemen reißen, nicht zu viel Polizeiroutine erkennen zu lassen. »Aber lang kann es sicher nicht mehr dauern, und der Skibetrieb ist ja nicht eingeschränkt!«

»Aber ich hab gedacht, die haben keine Spuren gefunden, wegen dem vielen Schnee?«

»Da weißt du mehr als ich, Gustl, was sagt man denn so?« Clara spürte die Chance des Augenblicks.

»Also ... entweder ist die Maria erfroren oder erschlagen worden, so hab ich's jedenfalls gehört. Ich glaub, da stochert die Polizei noch im Dunklen! Ich tipp ja auf erfroren, so nackt, wie die da oben lag. Wahrscheinlich hat sie wieder mit dem Wastl eine Nummer geschoben und ist dann irgendwie gestolpert und dann erfroren!«

Süß, dachte Clara, *wie er sich das so zurechtlegt. Wozu auf die Arbeit der Polizei warten, wenn die Erklärungen so einfach sind?*

Engeldorf ist offensichtlich auch kriminalistisch stark retro – Spurenanalyse, Gerichtsmedizin, wer hätte hier je davon gehört.

Clara versuchte Gustl liebevoll anzusehen, damit sein Redestrom nicht versiegte. »Wie kommst du darauf, dass es die Maria mit dem Wastl hatte?«

»Mit wem hat es die Maria nicht gehabt? Und mit wem der Wastl nicht?«

Gustls Antwort erstaunte Clara. Sie hatte die Maria zwar als aufreizend, aber dennoch patent in Erinnerung.

»Bist du sicher, Gustl? Die Maria schien mir so abgeklärt, was die Männer betrifft!«

»Ja eben, sie kannte sich aus. Sie kannte die Männer quasi in- und auswändig!« Gustl musste über seinen eigenen Witz herzhaft lachen, bis er innehielt und sich mit seiner Riesenpranke auf den Mund schlug: »Mei, man soll über Tote ja nichts Böses sagen, aber die Maria hat … glaube ich … auch das ein oder andere Mal nicht ganz umsonst mit den Herren geschlafen!«

»Bist du sicher?« Jetzt war Claras Interesse geweckt. Das würde jedenfalls erklären, wie in kurzer Zeit so viel Geld zusammenkommen konnte. Was sie sich nicht erklären konnte, war, warum Wastl für solche Dienste bezahlen sollte. Vorausgesetzt, das war alles wahr.

»Sag mal, und dieser Luis, der war aber trotzdem Marias Freund?«

»Ach, der Luis, der hätte das gerne gehabt, aber schau ihn dir an und schau dir die Maria an, das geht doch nicht zusammen!«

Wenn du dich mal nicht täuschst, du kleine Frohnatur, schoss es Clara durch den Kopf, *die Liebe geht oft unergründliche Wege.*

Unwillkürlich musste sie an die Nacht mit dem Apotheker denken, bei dem sie innerhalb kürzester Zeit alle Vorsicht und jede Vernunft über Bord geworfen hatte.

»Hast du denn mit der Maria auch etwas gehabt, Gustl?« Jetzt war es raus, aber schließlich wollte sie sich ein Bild machen. Clara musste breit grinsen, was Gustl als scherzhafte Untermalung der vorangegangenen Frage verstand.

»Mei, Clara, ein Gentleman schweigt und genießt, weißt eh?«

Mit dem klitzekleinen Unterschied, dass du von einem Gentleman so weit weg bist wie Engeldorf von der Jetztzeit, dachte Clara, die immer noch grinste.

»Also ja?«

»Jetzt bohr doch nicht so, sonst sag ich gar nichts mehr!« Gustl versuchte, sie scherzhaft in die Taille zu kneifen.

Mit einer schnellen Handbewegung wehrte Clara ihn ab und strahlte ihn an: »Wer ins Körperliche ausweicht, hat was zu verbergen!«

»Ich weich doch ständig ins Körperliche aus«, meinte Gustl und hob die Schultern zur Entschuldigung. »Und weil ich so körperlich bin, würd' ich dir jetzt gern wieder das Skifahren beibringen, Clara Schatzi, denn das Rumgestehe in der Halle bei dem Wetter ist a Sünd!«

Schon erstaunlich, wie schnell der Gustl das Thema wechseln konnte. Dass seine ehemalige kleine Bettgenossin nun in einem sehr kalten Bett lag, schien ihn nicht tiefer zu berühren. Die flüchtige Empathie hat auch Vorteile, so jemanden kann man schnell ablenken.

Fieberhaft dachte Clara nach, wie sie die Skistunde abwehren konnte, schließlich wollte sie jetzt endlich den Luis aufsuchen. Aber vielleicht konnte ihr der Gustl auch dabei helfen. Gegen den Gustl hatte der Luis offensichtlich nichts, und wahrscheinlich wüsste er auch, zu welcher Stunde der Luis anzutreffen wäre. Sie musste sich allerdings dem Gustl gegenüber augenblicklich was zurechtlegen, um nicht verdächtig zu wirken.

»Sag einmal, Gustl, ich recherchiere über alpenländische Originalrezepte Und da wollte ich …«

»Du machst was?« Gustl zog vor Erstaunen die Augenbrauen zusammen.

»Kochen, Backen, all so was … und dazu suche ich nach ursprünglichen Rezepten. Und ihr habt hier in Engeldorf so fantastische Germknödel. Jetzt hab ich gehört, dass die alle im Familienbetrieb vom Luis entstehen, der sie dann ausfährt, ist das richtig?«

Gustl hätte wahrscheinlich weniger irritiert geschaut, wenn sie ihn nach seinen möglichen SM-Praktiken gefragt hätte.

»Jetzt fang dich wieder, Gustl, ich muss ja auch von was leben, damit ich mir dann sündhaft teure, altmodische Skipraktiken beibringen lassen kann!«

»Ja, also, dass du Kochbücher schreibst, hätt' ich jetzt nicht gedacht.«

Dem Gustl hatte es die Sprache verschlagen, und Clara hätte sich ohrfeigen könne, dass ihr nicht ein passenderes Neuprofil eingefallen war. Noch dazu würde das in Engeldorf auf den verschlungene Wegen der stillen Post wahrscheinlich seine Runde machen, bis hin zum Apotheker, der dann eventuell ihre Kochkünste live erleben wollte. Clara wurde es heiß. Das hatte sie nicht bedacht. Sie hatte solide

Grundkenntnisse in kulinarischen Dingen, aber von einer Expertin für alpenländische Deftigkeiten gar war sie weit entfernt. Und sie würde sich dieses Wissen noch nicht einmal auf die Schnelle anlesen können, in diesem internetlosen Tal.

»Ach, Gustl vergiss es, komm, lass uns zumindest schon mal die Skier holen, und dabei kannst mir doch sagen, wann und wo ich mal den Luis treffen könnte, um ihn nach dem Geheimnis der Germknödel zu fragen.«

Sie schob den schlacksigen, jungen Mann vor sich her, aus der Hoteltür, Richtung Brücke, auf der in der Nacht die kleine Verfolgungsjagd von Luis und Wastl stattgefunden hatte.

»Der Wastl bezieht wohl seine Germknödel auch vom Luis, ich hab ihn doch mal oben auf der Munzerkogel-Hütte gesehen. Würdest du sagen, dass der Luis und der Wastl gute Freunde sind, oder ist das eine reine Geschäftsbeziehung?« Clara versuchte so harmlos wie möglich zu klingen. Glücklicherweise war Gustl doch weitgehend einfach gestrickt und sprang sofort auf den neuen Zug auf.

»Der Luis liefert eh mittags beim Wastl aus. Wenn wir uns beeilen und deine Skier beim Toni schnell abholen, schaffen wir vielleicht noch ein paar Schwünge vorher!«

»Hat denn der Wastl schon wieder auf?«

»Soviel ich gehört hab, ja!«

Clara dachte kurz über die Engeldorfer »Stille Post« nach, die jedem Glasfaserkabel Konkurrenz machen könnte, dabei aber nur in geschlossenen Netzwerken kursierte, und nickte.

»Ja, dann, packen wirs!« Schweigend stapften sie über die Brücke, die Dorfstraße entlang, an der Apotheke vorbei, in die Clara liebend gerne einen Abstecher gemacht hätte, wenn nicht neben ihr ein völlig irritierter Gustl gelaufen wäre, den ihre Biografie mehr erstaunte als alle Bett- und Mordgeschichten zusammen. *Man sieht nicht rein in die Leute,* dachte Clara, *und manche Leute wollen auch nicht rausschauen. Sehen nur, was sie sehen wollen.* Wahrscheinlich war sie bis zu ihrem Outing beim Gustl irgendwo zwischen reicher Managerin oder Unternehmerin einsortiert gewesen. Das Image einer Foodredakteurin wollte da nicht so recht in sein sexy Weltbild passen. Aber ihr sollte es recht sein, wenn die Hefeteiglinge und ihre eher hausfrauliche Profession ihn wieder ein wenig runterkochen würden. Sollte er ihr mal schön bei der Recherche behilflich sein. Dabei kamen Clara weitere Gedanken. Wieso hatte der Truxler die Hütte schon wieder freigegeben? War die Todesursache so eindeutig? Hatte er den Mörder gefunden? Wieso diese Eile?

Wie in Trance nahm sie die vom Toni bereitgestellten Skier und zockelte hinter Gustl her. In seiner Anwesenheit würde sie nie die Fragen stellen können, die sie dem Luis gern stellen würde. Und was war mit der Mutter von der Maria? Den Truxler musste sie auch irgendwie treffen.

Und außerdem hatte sie Sehnsucht nach Hubert. Es passte alles nicht zusammen, und Clara spürte eine Unruhe in sich. Wenn sie genau darüber nachdachte, ging ihr der Gustl eigentlich heute auf den Zeiger.

»Gustl, du, ich glaub mir ist gar nicht gut. Keine Ahnung, der Föhn vielleicht oder zu viel Skiwasser …«

Gustl blieb stehen und musterte sie besorgt.

»So plötzlich?«

»Ja, so plötzlich, vielleicht durch das Rauf und Runter beim Skischuh anziehen!«

Gustl zog sie an sich. »Ich kann mir ein Rauf und Runter vorstellen, das dich wieder aufrichten würde!«

Sie schob ihn mit ziemlich viel Kraft von sich. »Gustl, ehrlich, ein andermal gerne, aber nicht heute. Ich bring die Skier auch gleich wieder zurück und den Tag bezahl ich dir auch. Dann hast du keinen Ausfall!«

Ein ganz klein wenig hellten sich Gustls Züge auf.

Alle käuflich hier, dachte Clara und musste an Marias Liebesdienste denken. Ob die Engeldorfer beim Brainstorming für ein neues Marketingkonzept einfach zusammenwarfen, was sie besonders gut können? Skifahren, Anbaggern, Hinterwäldlerisch sein? Wie aber passte da die Geschichte von Maria und ihrer Mutter rein, eine Frau die geschnitten wurde, weil sie sich mit einem Gast eingelassen hatte, ein »Andenken« davontrug und fortan von der Dorfgemeinschaft ausgeschlossen war? Bis schließlich dieses »Andenken« flügge wurde, sich in kurzer Zeit ein kleines Vermögen erschlief und offensichtlich die Geheimnisse jedes Einwohners von Engeldorf und einiger Herren mehr kannte.

Mit einem angedeuteten Bussi auf die Wange und fünfzig Euro auf die Hand wünschte sie Gustl einen schönen Tag. »Bis Morgen, da ist es sicher besser!«

Dann drehte Clara auf dem Absatz um, machte einen Abstecher über Toni, der ebenfalls verwundert war über die frühe Rückgabe seines Retro-Equipments, und marschierte anschließend wieder mit vernünftigen Schuhen Richtung Munzergasse. Sie würde auf dem Weg zu der Teigwerkstatt von Luis' Vater bei Marias Mutter im Laden vorbeischauen, wahrscheinlich hatte man ihr im Krankenhaus etwas Beruhigendes gegeben und sie wieder nach Hause gebracht.

Zwar konnte sich Clara nicht vorstellen, die arme Frau so früh schon im Laden anzutreffen, aber vielleicht würde sich trotzdem etwas Erhellendes ergeben. Vielleicht könnte sie auch oben in der Wohnung klingeln.

Verstohlen blickte Clara beim Vorbeigehen in die Sternenapotheke. Hubert hantierte mit Tablettenschachteln, während er einer älteren Touristin bei ihren Leidensgeschichten zuhörte. Es juckte sie in den Füßen, da einfach hineinzugehen und ihn vor allen Kundinnen zu küssen. Stattdessen riss sie sich zusammen und suchte nach dem Taschentuch, das sie von Hubert bekommen und natürlich noch nicht wie versprochen gewaschen und gebügelt hatte. Sie schnüffelte ersatzweise ein wenig daran. Es roch nach Hubert, Waschpulver und Rasierwasser. Dass die Walli Palicek auch ein Gamstücherl mit Initialen hatte, gab Clara einen Stich ins Herz.

Dann war Clara an der Munzergasse angelangt. Würde sie linksherum reingehen, käme linker Hand bald das Geschäft der Frau Pfandel. Rechtsherum, ganz am Ende, lag die Wiege der Teiglinge. Dazwischen ging als Stichstraße die Gasse zur Cyber-Tenne ab. Das Andenkengeschäft wäre jetzt um zehn in der Früh sicher noch geschlossen, dafür stünden eventuell die Chancen groß, den Luis beim Einladen der Teiglinge anzutreffen. Clara entschied sich für rechtsherum. Die Munzergasse verlief nicht gerade, sondern mäanderte die Häuser entlang, die im Laufe der Jahrhunderte mal mehr und mal weniger weit in die Straße hineingebaut worden waren. Manche von ihnen waren holzverschalt und mit überhängenden Dächern, wieder andere im Alpenstil, dazwischen schmucklose 1950er-Jahre-Architektur und Fassaden, die das Gepräge spätmittelalterlicher Bauernhäuser hatten, mit winzigen Fenstern, die nach außen aufgingen, und rundgelaibten Türen, deren Rahmen zweifarbig in gleichmäßigen Mustern gestrichen waren. Viele der Häuser in der Munzergasse schienen nicht bewohnt zu sein, was Clara wunderte, es waren Schmuckstücke darunter. Aber wahrscheinlich war genau das die Krux mit ihnen. Denkmalschutzauflagen machten Renovierungen zum Balanceakt zwischen »erlaubt« und »notwendig«. Kurz erinnerte sie sich an Huberts Andeutungen. Nicht jeder hatte Geschmack, Geduld und schließlich Geld genug, ein altes Haus in ein bewohnbares zu verwandeln.

Clara versuchte gerade, bei einem der Häuser durch die kleinen Stubenfenster zu blicken, als am Ende der Munzergasse ein Subaru mit rasantem Tempo zu erkennen war. Die Munzergasse war schmal, und wie Clara schon bei ihrem ersten Besuch hier bemerkt hatte, immer enger werdend. Richtige Fußsteige gab es keine, man musste sich an den Häusern entlangdrücken, wenn die Straße frei bleiben sollte. Allerdings schienen die Engeldorfer wenig Rücksicht darauf zu nehmen, denn ab und zu parkten auch noch Autos direkt vor den Häusern, oder große Schneehaufen versperrten den Straßenrand. Hinter dem Subaru sah sie einen ebenfalls beschleunigenden grauen Wagen. Ohne die Fahrer sehen zu können, ahnte Clara, wer hier hinter wem herfuhr. Vorneweg im wendigen Allrad, Luis, dahinter unverkennbar der Truxler, dessen Fahrkünste für heldenhafte Verfolgungsfahrten nicht ausreichten. Sein Wagen schleuderte zwischen den verschiedenen Beschleunigungsphasen von rechts nach links. Clara fürchtete schon um die Fassaden der Häuser, denen der mausgraue Skoda gefährlich nahe kam, während der Subaru vorneweg immer mehr Tempo zulegte. Direkt vor ihr parkte ein Wagen, auf der gegenüberliegenden Seite hatte der Räumdienst von Engeldorf ganze Arbeit geleistet und einen gewaltigen Schneehaufen aufgeworfen. Clara hätte diesem Verfolgungswahnsinn gerne ein Ende gemacht, aber sich einfach mitten in die Straße zu stellen, traute sie sich nicht. Um den Schneehaufen war ein rot-weißes Band gespannt. Clara hechtete auf die andere Straßenseite, zog an dem einen Ende des Bands und lief damit zurück zu dem parkenden Auto auf der anderen Seite. Jetzt spannte sich das Band über die Straße. Natürlich hielt es Clara nur leicht, damit sie im Falle eines Falles nicht mitgerissen würde. Im nächsten Augenblick schoss der Subaru schlingernd in das flatternde Band, denn er hatte tatsächlich abrupt abgebremst. Der Skoda dahinter eierte quer zur Straße, wundersamerweise, ohne auch nur ein Auto, eine Hausfassade oder einen Schneehaufen zu touchieren. *Mehr Glück als Verstand,* dachte Clara, die gleich danach einen hochroten Truxler aus seinem Wagen springen sah.

»Sind Sie wahnsinnig, Frau Kull?«

Das war doch wohl die Höhe, der Truxler beschwerte sich bei ihr, dass sie der Verfolgungsfahrt ein Ende gemacht hatte!

»Wäre es Ihnen lieber gewesen, weiter in halsbrecherischem Tempo durch den Ort zu kacheln, Herr Truxler?«

Clara hatte wenig Lust, mit diesem Dorf-Cop über das Thema Fluchtversuche und Konfliktlösung zu diskutieren.

In dem Subaru saß, über das Lenkrad gebeugt, der Luis und schien dem Dialog gar keine Aufmerksamkeit zu schenken.

»Und Sie … Sie sind überhaupt schuld!« Der Truxler riss die Fahrertür auf, nachdem er Clara mit einem abschätzigen

Blick abgestraft hatte, und zerrte an dem Fahrer. Inzwischen war Clara auch um den Wagen herumgekommen.

»Luis, geht es Ihnen gut, haben Sie sich verletzt?« Clara versuchte sich an Truxler vorbeizudrängen, um Kontakt zu Luis zu bekommen. Der schüttelte den Kopf.

»Steigen Sie doch einfach mal aus, damit wir uns alle beruhigen!« Clara hatte ihre Mediatorenstimme eingesetzt, als der Luis tatsächlich langsam einen Fuß aus dem Wagen schwang, was der Truxler zum Anlass nahm, den ganzen Luis mit einem gekonnten Griff herauszuzerren, ihm den Arm auf den Rücken zu drehen und ihn gegen die Seitentür des Subaru zu drücken.

»Jetzt einmal ganz ruhig, Freundchen! Kannst ja annehmen, wie super sich so ein Fluchtversuch auf deine Unschuld auswirkt!« Truxlers Stimme klang wie einstudiert nach dem Vorbild amerikanischer Kriminalserien, und Clara musste unweigerlich grinsen. So viel Weltläufigkeit hätte sie dem Kollegen gar nicht zugetraut, auch wenn es wie eine Parodie klang.

Sie selbst wollte es besser machen und legte etwas Mütterliches in ihre Stimme: »Was ist denn überhaupt vorgefallen, Luis, wovor laufen Sie denn weg?«

Erneut versuchte sie es mit der verständigen Methode, während sich Truxlers Gesichtsfarbe einem ungesund dunklen Burgunderton näherte.

Luis schüttelte nur den Kopf. Truxler tat es ihm nach.

Clara sah sich das eine kurze Weile an und meinte dann: »So kommen wir nicht weiter! Es muss doch einen Grund geben, dass ihr beide wie die Säue durch eine geschlossene Ortschaft rast!«

»Natürlich gibt es den, Frau Ko…, Frau Kull, oder glauben Sie, das ist eine Art Sport?«

Sicher nicht, das war Clara auch klar, so schlecht wie der Truxler Auto fuhr. In der Zwischenzeit schien Luis wieder zu sich gekommen zu sein und schaltete sich ein.

»Ich mag mich einfach nicht in eine Schublade stecken lassen, von dem da. Denn bei dem ist alles schnell klar, Hauptsache ein Fall ist fix gelöst!«

»Was meinen Sie damit, Luis?«

»Für den ist doch schon wieder logisch, dass ich was mit dem Tod von der Maria zu tun habe. Nur weil ich sie angeblich in der Nacht als Letzter lebend gesehen habe!«

»Ja, wenn's nur das wäre«, gätschte Truxler dazwischen. »Aber die Maria war auch noch schwanger, und es gab Streit zwischen ihnen und der Maria, das haben in der Cyber-Tenne einige beobachten können. Und es ist doch schon verdächtig, dass Sie sich aus dem Staub machen, wenn ich von Ihnen eine Speichelprobe haben möchte!«

Zufrieden verschränkte Truxler die Arme vor der Brust, als würde er pantomimisch den Begriff Polizeimacht nachstellen. *Gar nicht ganz doof, der Truxler*, dachte Clara, *aber eben ungeschickt, überrumpeln ist nicht immer klug.* Allerdings würde sie jetzt die Situation ausnützen, ohne dabei wie eine Polizistin zu wirken.

Sie befreite zuerst den auf den Rücken gedrehten Arm von Luis aus Truxlers Klammergriff, sodass sich der junge Mann umdrehen konnte. Dann wandte sie sich ihm zu.

»Ist das wahr, Luis? War die Maria schwanger von Ihnen? Stimmt es also doch, was sich die Leut' sagen, dass Sie beide heimlich ein Paar waren? Mein Gott, wie müssen Sie leiden,

Luis, es tut mir ja so schrecklich leid!« Mit einem Schritt war Clara bei dem verdatterten Luis, der nicht fassen konnte, welche Wendung die Befragung jetzt nahm. Clara schlang die Arme um den Luis und drückte ihn fest an sich. Dabei tätschelte sie seinen Rücken, dann schob sie ihn leicht von sich und sah, wie ihm die Tränen übers Gesicht liefen. Die rot geränderten Augen in dem eh schon sehr blassen Gesicht zeugten davon, dass es nicht die ersten Tränen in den letzten 24 Stunden waren. Sie nestelte das Gamsentüchlein aus ihrer Tasche, was anderes fand sie auf die Schnelle nicht und reichte es dem Luis, der sich erst die Tränen damit abwischte und dann einen Tick zu lange auf das Tüchlein blickte, als er es Clara zurückreichte. Seine verheulten Augen hatten sich zu Schlitzen verengt. »Das geht euch gar nichts an, gar nichts werdet's ihr erfahren, was ich fühle und denke!«

Clara war klar, der Luis witterte überall Gefahren und Verdächtigungen. Sie hob abwehrend die Hände. »Sorry, ich wollte wirklich nicht indiskret sein, aber einen Menschen, den man gut kannte, zu verlieren, ist ein schweres Schicksal, aber ein geliebten Menschen tot zu wissen, ist kaum zu ertragen. Man muss darüber reden, um nicht verrückt zu werden!« Clara konnte sich bei ihrem pastoralen Gerede selbst nicht zuhören, aber die Worte verfehlten ihre Wirkung nicht ganz, deshalb fuhr sie fort: »Sie kennen doch die Maria schon recht lange, oder? Hatte sie Feinde?«

»Jetzt reden Sie schon, meinen Sie, mir macht das Spaß, hinter ihnen herzurennen und großes Quiz zu spielen?« Natürlich konnte Truxler in der sich gerade entspannenden Situation wieder nicht den Mund halten, und Luis' Züge verhärteten sich erneut.

»Ich hab die Maria gemocht, mehr sag ich nicht!« Trotzig hatte Luis seine Fäuste in die Taschen seiner wattierten weißen Jacke gesteckt, auf deren Brusttasche »Himmel der Germknödel« stand. Clara fiel das erst jetzt auf, und beinahe hätte sie laut herausgelacht, aber Truxler sorgte dafür, dass ihr das Lachen im Hals stecken blieb.

»Na, es wird dir schon noch mehr einfallen, wenn ich dich jetzt mit aufs Revier nehme und wir dort ruckzuck den Vaterschaftstest machen. Das ist doch keine Ratesendung, bei der man mitmachen kann oder nicht!«

Mit einer erstaunlichen Bewegung fixierte Truxler Handschellen um Luis' Handgelenke und zog ihn mit sich zu seinem Skoda. »Und Sie, Frau Kull, könnten einmal den Subaru zur Seite fahren, den Schlüssel können Sie ja seinem Vater hinten in der Bäckerei geben, dann weiß er gleich, wo sein sauberer Herr Sohn heute die Nacht verbringen wird!«

Clara staunte nicht schlecht. Statt seine Kollegen über Funk zu rufen, um eventuell den Wagen auf Spuren zu untersuchen, bat er sie – eine offiziell nicht Beteiligte – das Auto zu parken und den Schlüssel wegzubringen. Das alles war eine Wald- und Wiesenermittlung, wie sie Clara noch nie zuvor gesehen hatte. Ganz abgesehen davon, dass sie nun Mühe haben würde, den Luis zu befragen. Etwas verdattert stieg sie in den Geländewagen und fuhr zur Seite, um Truxlers Skoda durchzulassen, der mit durchdrehenden Reifen die verschneite Munzergasse wie ein Küchenquirl durchpflügte und mit den Hinterreifen bei jeder Gelegenheit ausscherte. Ganz langsam fuhr Clara aus der Parklücke wieder heraus und zockelte die Munzergasse rückwärts, schließlich bot die kleine Straße keinen Platz für ein Wendemanöver.

Sie würde das Auto nicht hier stehen lassen, wenn sie eh die Schlüssel zu Luis' Vater zurückbringen musste. Da konnte sie ihm auch das Auto bringen, das im Inneren den leicht säuerlichen Geruch quellender Heferohlinge verströmte, die unter Tüchern verhüllt auf ihre Bestimmung warteten. Die Tücher waren ebenfalls mit dem aufgestickten Spruch »Himmel der Germknödel« versehen, und Clara fragte sich, ob der Luis seine Aufgabe als Götterbote möglicherweise allzu ernst genommen hatte, weil eventuell die Maria eben keinen kleinen Germknödelschatz unter ihrem Herzen trug, sondern das Kind eines anderen?

12

Als Clara nach einer eiernden Rückwärtsfahrt endlich die ganz am Ende der Straße gelegene Bäckerei erreicht hatte und durch die himmelblaue Einfahrt fuhr, dachte sie zunächst, es wäre gar niemand da. In der Backstube, die sich hinter Milchglasfenstern verbarg, brannte kein Licht. Alle Türen schienen verschlossen, nur eine zarte Rauchfahne stieg vom Dach hoch. Die ganze Bäckerei machte nicht gerade einen einladenden Eindruck, und nichts wies darauf hin, dass hier der Rohstoff für köstliche Mehlspeisen gefertigt wurde. Umständlich stieg Clara aus dem hochachsigen Geländewagen aus und klimperte unschlüssig mit den Autoschlüsseln. Eigentlich wollte sie ja nach dem Zusammentreffen mit dem Luis Marias Mutter aufsuchen, um bei ihr ein Stück schlauer zu werden. Stattdessen war die Befragung von Luis ziemlich unglücklich verlaufen, und sie fand sich mit einem fremden Auto voller Germknödel in einem fremden ungemütlichen Hof wieder.

»Hey, was wollen Sie da?« Eine raue Männerstimme drang aus einer Ecke des Hofs.

»Ja, hallo, ist da jemand?«, fragte Clara in die Ecke des Hofs hinein, aus der sie die Stimme gehört hatte. »Ich bringe Ihnen Ihr Auto und die Schüssel wieder!« Clara hoffte, dass diese überraschende Mitteilung ausreichen würde, um den Mann aus seinem Versteck zu locken. Scheinbar sind diese Luis in allen Generationen recht verschlossene Leute.

»Was haben Sie mit dem Auto von meinem Sohn zu schaffen?«

Hinter einem Stapel Plastiktragen, der mit einer Plastikplane verhüllt war, trat ein Mann mit einem weißen Unterhemd, einer schwarzweißkarierten Bäckerhose und einem weißen Käppi hervor. Das war unverkennbar der Vater vom Luis, denn beide hatten dieselbe blasse Teiglingshautfarbe, dasselbe schmale Gesicht, nur im Falle des Vaters bereits stark von Nachtarbeit und Mehlluft gezeichnet.

»Was wollen Sie hier, geben'S den Schlüssel her! Und wo ist mein Sohn?« Der blasse Mann kam auf sie zu, die schneidend kalte Luft schien ihm trotz leichter Kleidung nichts auszumachen. Clara wich unwillkürlich zurück. Die ganze Situation behagte ihr nicht. Mit Recht war der Mann misstrauisch, auf der anderen Seite machte dieses ganze Anwesen einen zutiefst trostlosen Eindruck. So hatte Clara sich die Wiege der Germknödel nicht vorgestellt, aber vielleicht lag das auch an ihrer verklärten Sicht der Dinge, seit sie in Engeldorf angekommen war und sich vom Retrocharme des Ortes im Allgemeinen und der maskulinen Engeldorfer im Besonderen hatte einfangen lassen. Nein, Clara schüttelte den Kopf, auch ohne die Kulisse des Dorfes hätte sie sich appetitliche Bäckerinnen gewünscht, die in hellblauen Schürzen und Hauben per Hand die Germlinge formen und sie liebevoll in die Träger stapeln, damit der Luis sie dann an die örtliche Gastronomie ausfahren könnte. Jetzt stand sie einem hemdsärmeligen Griesgram gegenüber, der sie aus kleinen hellgrauen Äuglein fixierte und dabei gierig an einer frisch angezündeten Zigarette zog.

»Was hat er schon wieder angestellt, dass Sie jetzt das Auto zurückbringen? Hat er doch was zu tun mit dem Tod von der Maria? Ich hab dem Bub die ganze Zeit gesagt, das Flitscherl ist nichts für ihn. Aber was red ich, jetzt ist's geschehen.« Sein graues Gesicht verschwand in einer Wolke wütend ausgestoßenem Rauch. Clara spürte, dass sie in dieser angespannten Situation mit einigen geschickt gestellten Fragen einiges herausbekommen könnte. Andererseits könnte jedes falsche Wort die Tür zum Himmel der Teiglinge und ihrem Wächter schließen.

»Entschuldigen Sie, dass ich einfach so hereinplatze. Mein Name ist Clara Kull, ich wurde nur zufällig Zeugin eines etwas unglücklichen Zusammentreffens zwischen Ihrem Sohn Luis und Hauptkommissar Truxler, der den Fall Maria untersucht. Es gab wohl ein Wort das andere, jedenfalls musste der Luis ins Kommissariat, und Herr Truxler bat mich, das Auto zurückzubringen. Ich weiß, es klingt ein wenig wirr …« Clara setzte ihr entwaffnendstes Lächeln auf und versuchte den Bäckermeister so aus seiner Starre zu erlösen.

»Ich hab's gewusst!« Mit einem wütenden Tritt zerkleinerte Luis' Vater die weggeworfene Zigarettenkippe. »Ich hab's doch gewusst, dass er zu blöd ist!«

»Inwiefern zu blöd?«, fragte Clara unschuldig.

»Zu blöd für die Weiber und für die Polizei gleich noch dazu!«

»Ich versteh Sie nicht ganz …«

»Mein Sohn ist ein Träumer, gute Frau, einer, der was Besseres sein will als bloß ein Hefebäcker, der nachts sein Tagwerk macht und am Tag ebenso fleißig ist. Wir machen vielleicht himmlische Germknödel, aber von himmlischen Arbeitsbedingungen sind wir weit entfernt. Das mögen die Jungen heute nicht, und der meine mag's schon gar nicht. Und seit diese Maria in seinem Kopf umeinander spukt, hat er ein Hirn wie ein Germknödel!«

Clara musste sich zusammenreißen, um nicht zu lachen. Dieses Gejammere über die unterhaltungssüchtige Jugend, sein Vergleich mit dem Intelligenzquotienten eines Hefeteiglings schien ihr zu sehr aus dem Lehrbuch des Generationenkonflikts: der verachtete Vaterberuf, der dem Sohn nichts mehr bedeutet.

»Aber der Luis hilft Ihnen doch, oder? Irgendjemand muss doch auch die Ausfahrerei übernehmen …«

»Der soll lieber meinen Laden übernehmen und nicht wie wild die Berge rauf und runter fahren, um der Maria hinterherzuspionieren!«

Erschrocken hielt sich der alte Bäcker die Hand vor den Mund. »Das hab ich nicht so gemeint, er hat nur besonders viel Zeit auf der Munzerkogelhütte verbracht … mehr Zeit jedenfalls, als man braucht, um ein paar Tragler mit Teig auszuliefern! Aber das hat ja jetzt auch alles ein End, wobei das arme Ding, bei allem, was ich ihr gewünscht hätte, nicht den Tod verdient hat!«

Der Bäckermeister redet sich noch um Sinn und Verstand, ging es Clara durch den Kopf. Langsam trat sie auf den Mann zu. »Meinen Sie nicht, dass der Luis die Maria geliebt hat?«

»Ach gehn'S, so ein Mädchen fasziniert viele. Das hat sie gewusst und es ausgenützt. Nur mein Herr Sohn meinte, sie retten zu müssen, nachdem sie sich einmal ihm gegenüber freundlich gezeigt hat. Als ob das bei ihrer Mutter damals nicht schon dasselbe gewesen wäre!«

Fieberhaft dachte Clara nach, wie sie die Frage stellen sollte, um mehr über diesen Pfandel-Fluch herauszubekommen.

»War denn die Mutter von der Maria auch ein, sagen wir, leichtes Ding?«

»Leicht ist gar kein Ausdruck, aber das hat sich eigentlich nur auf die zahlenden Gäste beschränkt. Mit uns aus dem Dorf wollte die doch nichts zu tun haben, außer sie waren wohlhabend und aus gutem Haus wie der …« Der Bäcker verstummte augenblicklich.

»Wer?« Clara versuchte einfühlsam zu klingen, doch das »Wer« war ihr mit einer gewissen Schärfe herausgerutscht.

»Nix!«

»War sie attraktiv, die Fanny Pfandel?«

»Mei, es ist lang her, freilich war sie hübsch. Wir sind alle zusammen in die Schule gegangen und haben alle auf sie spekuliert. Und dann hat Engeldorf den Tourismus entdeckt, und die fremden Männer haben die Fanny Pfandel entdeckt. Von da an hat sie uns wie Luft behandelt. Bis zu dem Zeitpunkt, als bekannt wurde, dass sie schwanger war. Endlich hatten wir alle einen Grund, uns ein bissl zu rächen. Und sie zu schneiden und auszugrenzen. Ist doch verständlich, oder?«

Nicht wirklich, dachte Clara, die diese Ich-Zentriertheit der alpenländischen Männer nicht mehr ganz so prickelnd fand.

»Aber so eine Rache verraucht doch auch einmal wieder, oder?« fragte sie deshalb vorsichtig.

»Ja, als sie dann wiederkam und die Kleine schon sechs Jahre alt war, hat keiner mehr die alten Geschichten aufwärmen wollen. Auf der anderen Seite waren die Weiber, die wir in der Zwischenzeit alle geheiratet hatten, mordseifersüchtig auf die Fanny Pfandel, denn sie konnten sich noch gut an die Zeit erinnern, als jeder Kerl im Dorf gamsig auf die war. Es hat dann halt niemand mehr was mit ihr zu tun haben wollen. Oder dürfen.«

Der Bäcker grinste ein schiefes Lächeln, das unzählige Fältchen in der vom Mehl rissig gewordenen Haut hinterließ.

»Die Fanny ist also mit dem Kind zurückgekommen. War sie denn weg?« Clara versuchte die Verständnislücken zu füllen, die aber allmählich einen Sinn ergaben. Fanny Pfandel hatte also nicht ihr ganzes Leben an diesem Ort verbracht. War wahrscheinlich, als die Abneigung gegen sie zu unerträglich wurde, aus dem Dorf fortgezogen. Doch warum war sie dann wieder zurückgekommen?

»Die ist, schwanger, wie sie war, Hals über Kopf aus dem Dorf weg und erst Jahre später wieder hergezogen, als das Kind in die Schule musste, warum auch immer. Glauben'S nicht, dass das Kind es am Anfang einfach hatte, aber sie war ein so herziges Ding«, der Bäcker nickte ein paar Mal, »dass sie bald mit allen gut befreundet war. Bis zu dem Zeitpunkt, als auch sie entdeckt hat, dass man mit den weiblichen Reizen nicht nur die depperten Jungs aus dem Dorf wahnsinnig machen kann, sondern auch die Zugereisten, die Geldigen und die großen Macher im Dorf!«

Er spuckte aus, als ob das letzte Wort ihm die Zunge vergiftet hätte.

»Welche Macher?«

»Kommen'S schon noch drauf!«

»Ich verstehe Sie nicht ganz!«

»Jetzt sag ich nichts mehr, hab eh schon zu viel geredet, habe die Ehre!« Der Bäcker drehte sich um und verschwand mit der Andeutung eines Winkens hinter einer seiner Milchglastüren. Und Clara blieb mit mehr Fragen zurück als sie gekommen war. Warum war Fanny Pfandel mit ihrer Tochter zurückgekehrt, ausgerechnet, als das Kind schulreif wurde? Wo war sie in der Zwischenzeit gewesen? Wer sind die Mächtigen im Dorf? Und warum wiederholt sich das Schicksal fast 19 Jahre später mit solch tödlichem Ausgang?

Langsam kroch Clara die Kälte dieser schattigen Gasse in die Knochen. Ihr Overall war gemacht für sonnige Abfahrten und holzwarme Hüttenwände. Mit raschen Schritten machte sie sich auf den Rückweg durch die Munzergasse. Inzwischen war es Mittag geworden, und ihr Magen meldete sich. Clara musste etwas essen, wollte aber vorher noch einmal nach Marias Mutter sehen, der einzigen, welche die Wahrheit der Vergangenheit wohl vollständig kannte. Eventuell hatte sie ihren Laden trotz des Schicksalsschlags geöffnet. Doch als Clara an dem kleinen Andenkenladen eintraf, über dem das ominöse Schild mit dem Herz und den Rosenzweigen baumelte, sah sie einen Zettel hinter der Scheibe der Tür kleben. Schief mit Tesastreifen befestigt, ein Stück Papier, eilig aus einem alten Schulheft gerissen, was man an der Vergilbung und den Spuren der Fadenheftung erkennen konnte, mit der Schulhefte früher zusammengehalten wurden.

Sie musste nahe an die Tür herantreten, um die krakeligen Buchstaben eines stumpfen Buntstifts zu entziffern. Urplötzlich schien es Clara, als würde die Munzergasse schockgefrostet. Ihr schicker, aber offensichtlich wenig polartauglicher Overall hatte alle Schutzfunktionen aufgegeben und Clara bekam Gänsehaut. Sie konnte nicht aufhören, den Zettel immer und immer wieder zu lesen, den zittrigen Buchstaben Wort für Wort zu folgen und deren Wirkung nachzuspüren. Auf dem Zettel stand:

Heute wegen Mord geschlossen!

13

Natürlich war die Tür verschlossen gewesen. Und auf das Klingeln hinauf zur Wohnung der Fanny Pfandel hatte sich auch niemand gemeldet. Clara taumelte zurück durch den Ort, zur Munzerkogelbahn, nachdem sie sich einen Schlitten ausgeliehen hatte und in der Bäckerei ein Engeldorfer Milchweckerl erstanden hatte, an dem sie nun zerstreut kaute. Sie konnte unmöglich jetzt mit Skiern auf der Munzerkogelhütte aufkreuzen. Zum einen hatte sie dem Gustl die Story vom Pferd erzählen müssen, zum anderen wollte sie mit dem Schlitten die Straße von der Munzerkogelhütte herunterfahren. Natürlich erst, nachdem sie in einem selbstlosen Akt den Hüttenwirt befragt und ein Speckbrot verzehrt haben würde. Nach Germknödel stand ihr heute wirklich nicht mehr der Sinn.

Als sie an diesem Tag zum dritten Mal an der Sternenapotheke vorbeikam, spürte sie verlässlich das Ziehen im Bauch, das sie so lange Zeit vermisst hatte. Es gab ihr Kraft. Clara schmunzelte über den etwas schwülstigen Streich, den ihr die Fantasie spielte, und fühlte gleichzeitig Hitzeströme, wenn sie an die unverhoffte Geschmeidigkeit des Apothekers dachte. Was hatten diese körperlichen Dinge für eine Macht! Clara war fast komplizenhaft erfüllt von einem großen Verständnis für die lustbetonte Art der Maria Pfandel. Und gleichzeitig wütend über die moralischen Keulen, die hier im 21. Jahrhundert immer noch geschwungen wurden. Im gleichen Augenblick – Clara hatte sich gerade den letzten großen Bissen Milchweckerl in den Mund geschoben und die Schaufensterfront der Apotheke hinter sich gelassen – strebte ihr der junge Gendarm, der ihr am ersten Tag das Knöllchen verabreicht hatte, mit eiligen Schritten entgegen, grüßte sie eher kühl, um, wie sie wenige Sekunden später dem Klingeln des Türglöckchens entnehmen konnte, in der Apotheke zu verschwinden.

Jetzt nur nicht stehen bleiben vor der Apotheke. Was wollte der da drin? Clara war zu sehr Kriminalistin, um an einen maladen Dorfpolizisten zu glauben. Ließ Truxler den ganzen Ort befragen? Dann würde es für sie als Hobbyermittlerin schwer werden, harmlos mit den Menschen in Kontakt zu kommen und das Gespräch auf den Mordfall zu lenken. Auf der anderen Seite war ihr Verhältnis gerade zu Gamsenfeld doch so besonders, dass sie das heute Abend locker mal anschneiden konnte. So zwischen Suppe und Sex. Claras Lebensgeister kehrten zurück, was vielleicht auch an dem Milchbrötchen lag, und sie zerrte den Schlitten an einem rauen Seil auf der Dorfstraße hinter sich her, Richtung Munzerkogelbahn und Sonne.

Wenige Augenblicke später fluchte Clara über die Bockigkeit des Schlittens, die ungewohnte Steigung und den vielen Schnee, der ein Vorwärtskommen nicht gerade erleichterte. Wie war die Maria nachts in einem Nichts an Klamotten nur auf diesen Berg gekommen? Hatte sie der Luis gefahren, und auf der Hütte hatte es dann Streit gegeben zwischen allen dreien? Oder war Maria derart durchtrainiert, dass sie auch nach einem anstrengenden Tag und Gogo-Auftritten in der Nacht einen Bergaufstieg mit links machte? Clara musste stehen bleiben und sich dem Seitenstechen widmen, ohne den Schlitten loszulassen. Langsam setzte sie den Weg fort, bis sie in einen Rhythmus verfiel und sich die Gedanken ganz von selbst sortierten. Gustl und Luis, die beiden Kontrahenten, die beiden möglichen Väter. Beim Luis konnte sie sich ein tiefes emotionales Verhältnis zur Maria vorstellen. Beim Gustl eher ein sportliches, nach dem Motto: meine Angestellte, mein Recht auf die erste Nacht. Alles andere scheint eine unglückliche Verkettung von Umständen zu sein. Marias Mutter, die einsam Andenken verkauft. Und vielleicht auch der ganze Todesfall. Ein Unfall? Und nun? Völlig ins Reich der spekulativen Zufälle wollte Clara, die mittlerweile ihren Anorak geöffnet und sich die Mütze vom Kopf gezogen hatte, die beiden Taschentücher von Hubert von Gamsenfeld stecken. Schließlich ist es nicht verboten, Taschentücher herzuleihen! Und wer weiß, vielleicht war diese Frau Palicek einmal Opfer einen Niesanfalls geworden, just in dem Augenblick, als der Apotheker, ganz Gentleman der alten Schule, des Wegs kam …

Nach einer Dreiviertelstunde hatte Clara die Hochebene mit der Munzerkogelhütte erreicht. Sie war schweißgebadet. Tatsächlich schien auf der Alm wieder jener Betrieb zu sein, der sie zum Anziehungspunkt der Gegend machte. Clara hatte allerdings beschlossen, die Hütte nicht über die Terrasse zu betreten, sondern durch den Hintereingang, genau da, wo man die Maria gefunden hatte. Je mehr vor der Hütte los war, umso größer waren die Chancen, dass sich niemand für die Rückseite interessierte.

Aus der Hütte wummerten harte Bässe, als wolle sich jemand abreagieren. Die Gäste, die bei glanzvollem Winterwetter allesamt vor der Hütte auf Bänken saßen oder in Liegestühlen fläzten, schien das wenig zu beeindrucken. Clara verstaute den Schlitten unter einem kleinen Dachfirst, der fast bis zur Schneekante reichte, damit war er gut verborgen. Nicht dass es irgendjemandem einfiele, sich ihren Schlitten zu krallen und ohne die Mühe des Aufstiegs eine flotte Talfahrt hinzulegen. An der Stelle, an welcher tags zuvor noch die halbnackte Maria gelegen war, hatte man ein provisorisches Zelt aufgebaut. Eine schlichte Planenkonstruktion, die wohl lediglich den Sensationstourismus in Schach halten sollte. Ansonsten waren alle rot-weißen Bänder entfernt worden. *Da können sie ganz schön fix sein, die Bergbewohner,* ging es Clara durch den Kopf, *wenn es um das saisonale Geschäft geht, halten sie alle zusammen.* Sogar die Polizei möchte einem kommerziellen Erfolg nicht im Wege stehen. Oder hat der Truxler den Wastl bereits aus der Schusslinie der Verdächtigungen genommen, nachdem er vorhin den Luis mit aufs Revier genommen hat?

Clara sah sich um. Hier, hinter der Hütte, hatte Wastl leere Fässer stehen, aber auch Gasflaschen und Bierträger, Leergutkontainer und undefinierbare Gefäße, die halb von Schnee bedeckt wohl schon den ganzen Winter hier verbracht hatten. Durch die Schneefälle der letzten Tage, das Tauen bei Tag, wenn die Sonne schien, und das erneute Vereisen in den Frostnächten hatten Eis, Schneekristalle und der ganze Versorgungsmüll der Munzerkogelhütte eine gut verbackene Einheit gebildet. Wie ein glasiertes Kunstwerk schmiegte es sich an die Rückwand der Hütte, mal bizarr durchbrochen, wo sich Schmelzwasserbahnen gebildet hatten, die zu Zapfen erstarrt waren, oder bauchig von einer Eispastete umhüllt, als hätte ein Riese darüber gestreichelt. Bis zu Hintertür der Hütte reichte das Gebilde, und Clara hatte Mühe, die Tür aufzubekommen, so sehr drückten die Schneemassen auf dem Dach, die künstliche Eiswand und andere physikalische Kräfte der Saison auf die Statik der Hütte.

Der Gang hinter der Tür führte direkt in die Küche, soviel konnte Clara ausmachen, denn der Lichtwechsel von gleißendem Sonnenlicht in die Finsternis des Hütteninneren hatte sie blind gemacht. Vorsichtig tastete sie sich an der Wand entlang und zog sich schon nach wenigen Metern einen Schiefer an den rohen Balken ein. Sie blieb stehen und saugte an der Wunde, was anderes konnte sie hier nicht tun, unmöglich den winzigen Holzsplitter auszumachen, der sofort ein höllisches Pochen in ihrem Zeigefinger erzeugte. Dann hörte sie Stimmen näher kommen, davon deutlich die vom Wastl, die andere, ebenfalls eine Männerstimme, konnte sie nicht zuordnen. Jetzt verfluchte sie ihren Entschluss, heute mal ganz in Weiß zu gehen. Selbst in der schummrigen Bude würde man sie erkennen, und wie sollte sie dann erklären, dass sie sich zur Hintertür hereingeschlichen hatte? Doch die Stimmen samt den dazugehörigen Männern blieben in einiger Entfernung.

»Herr Gasser, ich möchte nur eine Antwort und dann bin ich schon wieder weg.«

»Sie wird man doch nimmer los, wenn Sie erst einmal jemanden ins Visier genommen haben, dann ist man in einer Lawine sicherer als bei Ihnen!« Wastls Stimme bebte. So viel hatte sie von dem kernigen Mann schon mitbekommen, an seiner Stimme konnte man die Gefühlslage wie in einem Buch lesen.

»Machen Sie sich nicht lächerlich, ich tu nur meine Arbeit!«

Clara dämmerte, diese andere Stimme auch schon einmal gehört zu haben. Sie hatte sie freundlicher in Erinnerung.

»Nix werden'S erfahren, das ist meine Hütte und mein Geschäft!« Wastls Stimmbeben hatte eine Lautstärke erreicht, die es locker mit der Musikbeschallung aufnahm. *Sehr zuvorkommend*, dachte Clara, die sich keine Mühe geben musste, zu lauschen.

»Fragt sich doch nur, wie lange das noch Ihr Geschäft ist!«

»Wenn Sie nicht so saublöde Fragen stellen und hier mit ihren Ermittlungen alle meine Gäste vergraulen, noch eine ganze Weile, mindestens so lang, bis der Schnee schmilzt!«

»Da hab ich aber anderes gehört! Angeblich läuft Ihr Pachtvertrag aus.«

»Einen Schmarrn haben Sie gehört. Und wenn ... von wem denn, das möchte ich jetzt schon gern wissen!«

»Das kann ich Ihnen genau sagen: von dem, dem die Hütte gehört!«

»Dieser verfluchte ...« In dem Augenblick flog laut scheppernd eine der gusseisernen Bratpfannen auf den Boden. Clara konnte sich gut vorstellen, dass Wastl sie in einem Anfall von Ungeduld vom Herd gewischt hatte. Blöderweise hatte sie so den Namen des Hüttenbesitzers nicht gehört, und der Dialog hatte ein jähes Ende gefunden, denn Wastls Gesprächspartner hatte wohl Bekanntschaft mit der Bratpfanne gemacht.

»Das ist Behinderung von Polizeiarbeit in Einheit mit Körperverletzung. Das wird Konsequenzen haben, Herr Gasser, Sie haben gerade ganz schlechte Karten!«

»Jetzt verschwinden'S, Sie behindern meine Arbeit als Wirt. Und wenn Sie so saublöd sind und gegen eine Pfanne rumpeln, ist das noch lange kein Grund, mich zu verdächtigen!«

»Ich werde mit meinem Kollegen Truxler wiederkommen, und dann gnade Ihnen Gott!«

»Jetzt lassen'S den alten Mann doch aus dem Spiel. Wenn der so mächtig wäre, wie man immer sagt, dann wär' das gestern nicht geschehen.«

»Lassen Sie den Herrgott aus dem Spiel!«, rief der andere Mann, sichtlich entnervt, gegen Musikbeschallung, fliegende Bratpfannen und störrische Hüttenwirte anreden zu müssen.

»Sie haben ihn doch ins Spiel gebracht, als Bedrohung, als ob der liebe Gott mit Ihnen auf dem Präsidium sitzen würde«, entgegnete Wastl sarkastisch.

Clara ahnte, dass sich Wastl nun um Sinn und Verstand querulierte, sollte sie nicht unverzüglich einschreiten. Andererseits wäre dann offensichtlich, dass sie die ganze Zeit alles mitangehört hatte. Sie ahnte längst, wer Wastls Gegenüber war: der kleine niedliche Dorfpolizist, der ihr heute Mittag schon bei der Apotheke begegnet war. Immer war er ihr einen Schritt voraus, anscheinend Truxlers bester Mann. Oder vielleicht auch sein einziger, den er in den Außendienst schicken konnte, während er versuchte, aus Luis ein Geständnis herauszupressen.

Noch während Clara die Mitarbeiterverhältnisse in Truxlers Wachstube durchdachte, hatten sich die Stimmen entfernt. Anscheinend war es Wastl geglückt, den Ermittlungsbeamten, der normalerweise Knöllchen ausstellte, herauszukomplimentieren. Befreit atmete Clara aus, kam aber zu dem Schluss, dass Wastl heute sicher nicht in der Stimmung sein würde zu plaudern, selbst wenn sie ihm gestatten würde, ihr unter den Pullover zu fassen. Abgesehen von den auratisch schlechten Schwingungen, hatte sie nach der gestrigen Nacht wenig Lust auf Wastls forschende Pranken, das war etwas für die Aufwärmphase gewesen. Jetzt verdichteten sich dazu noch die Verdachtsmomente gegen den Hüttenwirt. Eifersucht und Existenznot sind brauchbare Motive, Menschen wurden schon wegen weniger umgebracht. Doch was hatte Maria damit zu tun? Für die Eifersucht hatte sie vermutlich genug Munition geliefert, aber die Besitzverhältnisse der Hütte gingen wohl nicht auf ihr Konto. War sie am Ende gar nicht gemeint, sollte jemand anderes umgebracht werden? Zumal Clara immer noch nicht wusste, was genau Marias Tod verursacht hatte. Vielleicht lag der Obduktionsbericht schon vor? Sie würde Truxler anrufen müssen, auch weil sie neugierig war auf Luis' Aussage.

Clara schlich zur Hintertür zurück, stemmte sich dagegen, bis sie widerwillig einen Spalt freigab, durch den sie schlüpfen konnte. Fast schien es ihr, als hätte sich das Eiskunstwerk bewegt, so sehr war es mit der Hüttenwand verwachsen. Inzwischen hatte die Sonne den Weg Richtung Bergkuppen genommen und strahlte nur noch mit halber Kraft. Sofort ließen die Temperaturen nach. Clara zog den Reißverschluss ihres Anoraks hoch bis zum Hals und zupfte mit klamm werdenden Fingern den Splitter aus ihrem Zeigefinger. An der Einstichstelle hatte sich bereits ein Kreis gerötet. Wie gut, dass die medizinische Versorgungslage derzeit so gut war. Sie würde Hubert nicht lange bitten müssen, die Verletzung fachgerecht zu behandeln. Allerdings würde sie sich eine Geschichte ausdenken müssen, die Ort und Grund der Verletzung im Nebulösen ließ.

Clara holte den Schlitten aus seinem Versteck und ließ schon bald in einer wilden Fahrt alle Sorgen hinter sich. Mit zunehmender Geschwindigkeit flogen nicht nur die Tannen und Schneeberge kaleidoskopartig an ihr vorbei, sondern auch Bruchstücke aus ihrem Leben, das sie so gründlich ändern wollte. Clara schrie mit dem Fahrtwind um die Wette. Der Rausch der Geschwindigkeit und der Rausch der menschlichen Anziehung hatten längst eine Flut von Glückshormonen in Umlauf gebracht, als Clara mit gerötetem Gesicht und zitternden Füßen hinter der Cyber-Tenne aus dem Forstweg geschossen kam. Morgen würde sie sich einen Rennschlitten leihen. Slowmoving war gestern.

14

Keine drei Stunden später, in denen sie ihren aufkeimenden Muskelkater mit einem heißen Bad bekämpft hatte, lag Clara mit verrenkten Gliedmaßen in einem Haufen abgestreifter Kleider, mitten im Eingangsbereich von Hubert von Gamsenfelds denkmalgeschütztem Haus. Der Inhalt ihrer Prada-Tasche, die sie sich vor dem Urlaub in einem Anfall neuer Luxusallüren gekauft hatte, lag verstreut auf dem alten Dielenboden. Hubert und sie waren noch während des Begrüßungskusses wie wilde Hunde übereinander hergefallen. Clara hatte ihre Tasche fallen lassen, in die sie vorsorglich Kondome gesteckt hatte. Hubert hatte ihr, nachdem er atemlos ein »Clara, ich habe mich so nach dir gesehnt« zwischen Ohrläppchen und Haaransatz gestöhnt hatte, mit fliegenden Fingern den Pullover von den Schultern gezogen, dabei die Träger des Büstenhalters gleich mitgenommen und sich dann in einer fließenden Bewegung an ihren Brüsten festgesaugt, während Clara ihm in ungewohnter Artistik Hemd, Hose, Gürtel und Socken vom Körper geschält hatte. Ihre Vereinigung hatte etwas rührend Ausgehungertes. Alle Wunden, Holzsplitter, Muskelkater, zu wenig Schlaf waren vergessen. Es gab nur noch ein Ziel: möglichst viele Körperteile so ineinander zu schieben, dass ein verliebtes Hirn von Verschmelzen reden konnte.

Schließlich stöhnten sie derart im Gleichklang, dass Clara in einem lichten Sekündchen hoffte, es würde im Abstand von fünfhundert Metern niemand an dem Haus vorbeigehen. Nach einem schier endlosen Nachbeben war Hubert auf ihr zusammengesackt. Clara versuchte einen taub werdenden Arm unter ihm hervorzuziehen, was dank feuchter Haut gelang. Langsam ließ das Adrenalin nach, und der Schmerz kam zurück. Neue Schleifspuren vom Holzboden, Huberts Trägheit, Zittern in den Oberschenkelinnenseiten, das nicht nur vom ungewohnten Anstieg mit dem Schlitten, sondern eindeutig auch von im Liebesspiel untrainierten Muskeln herrührte.

»Hubert ... ich kann mich nicht erinnern ...«

»Psst, sag nichts!«

»Doch, du bist wundervoll!«

»Das war erst der Anfang!«

»Wie willst du das steigern?«

»Lass mich nur machen!«

»Dann brauch ich Aufbaumittel aus deiner Apotheke und Konditionspillen!«

»Ich bin deine Konditionspille!« Das sagte der Richtige. Hubert hatte endlich den Kopf gehoben und stöhnte, allerdings vor Schmerzen, denn die Gürtelschnalle hatte sich in seine Lenden gebohrt. Clara befühlte mitfühlend die kleine Kerbe, die der Schnallendorn hinterlassen hatte. »Du musst auf deine edlen Teile aufpassen, Hubert, ich kann sie nicht immer schützend in mir aufnehmen.«

»Doch das wäre mir das Liebste! Ich will in dich reinkriechen, meine Schöne, du ... Allersüßeste, Geliebte!«

Willenlos ließ sich Clara in den süßen See der Worte fallen. Bei aller innerer Klarheit, aller Selbstständigkeit, aller Abgebrühtheit, die ihr Beruf mit sich gebracht hatte, war sie – wie vermutlich alle Frauen auf dieser Welt – anfällig für Schwulst im richtigen Augenblick.

»Ich hätte nicht mehr geglaubt, dass man in unsrem hohen Alter noch so unvernünftig sein kann!« Clara schüttelte den Kopf, als ihr Blick auf die unangebrochene Packung Komdome fiel.

»Mach dir keinen Kopf, wir gehören zusammen! Da soll uns kein Kautschuk trennen!« Hubert war langsam auf die Knie gekommen und zog Clara mit sich hoch. Schließlich blieb er lange an sie gepresst stehen, schob immer wieder ein Bein zwischen ihre, liebkoste ihren Rücken mit kleinen knetenden Bewegungen und beobachtete ihr Gesicht: geschlossene Augen, leicht geöffneter Mund, in dem immer wieder glitzernd das Rosa der Zunge zu sehen war, ein wenig verwischte Wimperntusche, die dem sonst so klaren Gesicht der Kommissarin etwas Unseriöses gab. Langsam schien sich die orgiastische Spannung zu legen. Clara angelte mit dem Fuß nach ihrem Pullover, denn die Verdunstungskälte ihrer beider Körper machte sich nun unangenehm bemerkbar.

»Ich hol dir eine Decke, Clara, wie unaufmerksam von mir!« Hubert eilte in ein Zimmer, das Clara bisher noch nicht gesehen hatte, anscheinend das Schlafzimmer. Schon lustig, jetzt hatte sie schon zweimal mit Hubert geschlafen, aber noch nie im Bett. Er kam mit einer Baumwolldecke in mattem Paisleymuster wieder und hüllte Clara darin ein. Er selbst hatte sich hellblau gemusterte Boxershorts und ein weißes T-Shirt übergestreift, das nach Waschpulver roch.

»Antonia hat uns wieder was vorbereitet, wollen wir?« Hubert zog Clara mit sich in die Stube, die sie gestern entweiht hatten. Auf dem Tisch standen kleine Köstlichkeiten. In Brotteig gebackener Schinken, den man mit einem Pflaumensenf essen sollte. Eine Apfelwähe, die honiggelb glänzte, weil Antonia offensichtlich großzügig mit dem Glasieren war. Ein Brot, das die Knorrigkeit einer alten Eichenrinde hatte, sich nach dem Aufbrechen jedoch als duftiges, noch warmes Weißbrot entpuppte. Aus einem Kühler spitzte der schmale Hals eines Bründlmeier Veltliners heraus, und ein Teller voller Crostini mit verschiedenen Aufstrichen sollte wohl den ersten Hunger befriedigen.

»Antonia hat wirklich an alles gedacht«, sagte Clara und nahm sich ein Crostini, »sogar daran, dass eventuell keine Zeit bleiben würde, sich um warmes Essen zu kümmern!«

Hubert grinste. »Na, ich hab ein wenig nachgeholfen, was die Speisenfolge betraf. Ich hatte ja von gestern schon einen Erfahrungswert.«

»Na, na, na!« Clara fuchtelte mit dem Zeigefinger und fütterte ihn mit der zweiten Hälfte ihres Appetithäppchens. »Ich hab mich den ganzen Tag danach gesehnt!«

»Und ich konnte mich kaum auf meine Kunden konzentrieren. Alle wollten Schmerzsalben für ihre untrainierten Gliedmaßen, Stretchverbände, um sich alle möglichen Zerrungen zu bandagieren, Kalzium und Magnesium gegen Muskelkater, Brandwein und Murmeltierfett gegen Blasen und Rötungen, oder Alka Selzer, weil sie zu viel von dem grausligen Jagertee saufen, der hier überall gereicht wird.«

Clara musste an ihre erste Jagertee-Erfahrung auf der Munzerkogelhütte denken und schob das Bild schnell zur Seite. »Sag mal … und wegen Schwangerschaftstest, kommen da auch viele? Es scheint mir hier ein gewisses Klima der Willenlosigkeit zu herrschen, das äußerst fruchtbar ist!« Clara hatte ihre Frage scherzhaft gestellt, aber Huberts Gesicht blieb neutral, als er ihr antwortete.

»Schwangerschaftstests gehen hier schlecht, entweder machen die Touristinnen einen, wenn sie wieder daheim sind, oder man ist sich eh sicher. So wie die Frauen hier im Tal. Da gibt es Spezialistinnen, die sehen es den Frauen an, lange bevor ein Test überhaupt greift. Ich hab jedenfalls schon Monate keinen mehr verkauft.«

»Was?« Claras ließ fast die Decke fallen. »Du meinst, wenn ich morgen zu einer eurer weisen Frauen gehe, dann sieht sie, ob ich ein ›Andenken‹ von dir habe?« Sie lachte breit.

»Wie kommst du auf Andenken?« Hubert fummelte an einem Stück Schinken im Brotteig herum und sah bei seiner Frage Clara nicht an.

»So eines wie die Maria eins war.« Clara war der Satz ganz unbedacht herausgerutscht, sie war eigentlich an diesem Abend weit davon entfernt, ihrem Spürsinn nachzugeben.

»Ach, sagt man so, ja?« Huberts Stimme klang unscharf, weil er sich gerade ein Stück Schinken in den Mund geschoben hatte und an der Weinflasche hantierte.

»Magst du?« Er hatte sich herumgedreht und hielt Clara ein langstieliges Glas mit dem fast gelbgrünen Veltliner hin. Sie nahm es ihm aus der Hand und beobachtete seine Züge.

»Vielleicht brauchen wir ja auch bald einen Schwangerschaftstest, weißt du.« Clara blinzelte Hubert an und versuchte, seine Mimik zu ergründen. »Oder soll ich es erst bei den weisen Frauen Engelbergs versuchen? Meinst du, die Maria war auch bei einer?«

»Wie kommst du darauf?« Hubert sah sie an, ohne zu lächeln.

»Die Maria war schwanger!«

»Ach, aber gesehen hat man noch nix, sie hat ja noch als … Tänzerin gearbeitet bei der Walli! Sonst hab ich sie ja nie zu Gesicht bekommen …«

»Vielleicht hat sie es ja auch noch gar nicht selbst gewusst. Für die beiden möglichen Väter war es jedenfalls neu!« Clara dachte an die Auseinandersetzung hinterm Hotel.

»Woher weißt du das überhaupt?« Hubert ließ die Hand sinken, die gerade auf dem Weg zu Claras Schulter war, an der die Decke herunterzurutschen drohte.

»Wenn man draußen rumläuft, statt in einer Apotheke hinter dem Tresen zu stehen, hört man so einiges. Und der Truxler ist nicht gerade ein diskreter Polizist!« Clara zupfte sich die Decke selbst hoch und fuhr Hubert bei der Gelegenheit mit dem Finger übers Gesicht. Sie hatten am Tisch Platz genommen, über Eck, die Beine ineinander verschoben, um nicht zu sehr getrennt zu sein.

»Hm.«

»War nicht sein Hilfssheriff heute bei dir? Ich war gerade auf dem Weg zu Tonis Brettlbude und hab ihn bei dir reingehen sehen.« Clara konnte es doch nicht lassen, sie biss sich auf die Lippen.

»Was du nicht alles siehst!« Er beugte sich zu ihr und küsste sie auf den Mundwinkel, den er am besten erreichen konnte, bevor er weiterredete. »Der hat sich allerdings weniger nach meinem Wissen erkundigt, der wollte eine Wärmesalbe für seine Füße. Es kann ja nicht jeder so viel innere Hitze haben!« Hubert fußelte mit Clara, die froh war, dass die Ausfragerei, die sie angezettelt hatte, wieder ein Ende hatte. Sie musste aufhören mit ihrer Inquisition, sonst würde das nie was mit den Männern.

Kein Mann mag nach dem Liebesdienst Frage und Antwort stehen. Und dann noch zu solch weitreichenden Themen wie Schwangerschaftstests.

Trotzdem löckte sie der Stachel, das Thema der weisen Frauen war doch zu spannend.

»Sag mal, Hubert, und welche Frauen sind das hier im Dorf, die über solch übersinnliche Kräfte verfügen?«

»Meine kleine Prinzessin, wie kann ich dich wieder auf all die Dinge, die weit vor einer Schwangerschaft liegen, lotsen?« Er schob seine Hände unter die Decke und wanderte die Rundungen ihrer Brüste ab.

Nach zwei Schlucken Veltliner und mehreren Versuchen, das Tischbein mit ins Liebesspiel zu integrieren, trug Hubert sie durch das Haus ins Schlafzimmer.

Endlich hatte Clara Gelegenheit, den ihr noch unbekannten Raum zu inspizieren, während Hubert sie sanft in einem gar nicht so ganz breiten Bett absetzte und sich an sie drückte. Alle Wände waren weiß, bis auf eine, dem Bett gegenüberliegende, die in einem kräftig leuchtenden Zyklam gehalten war. Dazwischen setzten die dunklen Balken Akzente. Die Decke war kunstvoll geschnitzt und mit bemalten Kassetten durchsetzt, die Clara fast ein wenig ablenkten, als Hubert erneute Höhepunkte suchte. Ein ebenfalls zyklamfarbener Lackschrank exotischer Herkunft stand in einer Ecke, ein Biedermeiertischchen diente als Nachttisch. Darauf eine Lesebrille und mehrere Bücher, der Spiegel und eine Schachtel … Clara kam nicht dazu, genau zu lesen, was darauf stand, denn Huberts kraftvolle Lenden hatten endlich den Rhythmus gefunden, der bald zum Ziel führen sollte. *Ausdauernd, der Junge*, dachte Clara und ertappte sich dabei, dass sie die Schachtel am Bettrand dafür verantwortlich machte. Das blaue Wunder, das einer ganzen Generation Männer neuen Aufwind gebracht hatte. Nein, wieso immer solche Hintergedanken? Hubert rollte von ihr, rundum glücklich.

»Jetzt hast du mich zum wiederholten Male geschwängert, Herr Apotheker. Und nun musst du mir verraten, welche Frau im Dorf mir mein ›Andenken‹ zuerst ansieht?«

Hubert atmete spürbar aus. »Nervensäge, du kleine! Ich als Wissenschaftler mag mich eigentlich mit diesem spekulativen Kram nicht beschäftigen. Aber ich fürchte, du wirst keine Ruhe geben …«

»Gut erkannt. Du weißt ja, Frauen lieben Geschichten von weisen Frauen, auch wenn man jahrhundertelang versucht hat, uns dieses Wissen auszutreiben. Früher hätte es das nicht gegeben – einen Apotheker!« Clara hatte sich auf die Ellenbogen gestützt und sah Hubert schmunzelnd in die Augen.

»Du würdest dich aber als Frau des Apothekers auch gut machen!«

»Hubert, war das ein Heiratsantrag?«

»Sagen wir, eine Vorstufe.«

»Früher hieß so etwas Verlobung.«

»Viel zu altmodisch.«

»Ich bin altmodisch!« Clara entrüstete sich künstlich.

»Gott sei Dank nicht in allen Dingen!«

»Also, wie heißen die weisen Frauen?«

Hubert zögerte. »Angeblich soll die Mutter von der Maria so eine sein.«

»Was, die Fanny Pfandel?«

»Hm.«

»Dann ist sie sozusagen so etwas wie deine Konkurrenz.«

»Ach, Schmarrn, die doch nicht!« Die Stimme des Apothekers klang rau.

»Aber wegen ihr verkaufst du keine Schwangerschaftstests mehr«, konterte Clara.

»Auf das Segment kann ich dank sonstiger Gebrechen hier im Ort gut verzichten.«

»Ich finde so eine Gabe hochinteressant!« Clara hatte Feuer gefangen und bemerkte nicht, wie sich Huberts Laune veränderte.

»Eine Hexe nennt man sie, ich glaube nicht, dass sie viele Kundinnen hat.«

»Was?« Clara konnte nicht glauben, was er da sagte. »Aber solches Können müsste doch in euer Retrokonzept prima passen!«

»Clara, Liebes, wir haben diesem Ort zu neuer Blüte verholfen, weil wir ein Lebensgefühl wiederhergestellt haben, das sportlich und vom Feeling her gesehen so in den 50er Jahren des 20. Jahrhunderts liegt und nicht im frühen Mittelalter. Wir wollen aus Engeldorf doch keine esoterische Nummer machen!«

Da hatte er natürlich recht.

»Stimmt schon, Hubert, klar.« Clara kuschelte sich in seine Armbeuge und grübelte. Maria Pfandel war schwanger, ihre Mutter musste das gewusst haben. Hatte sie die Gabe schon früher gehabt? War das ein Grund, warum sie das Dorf eine Zeit lang verlassen hat? Kamen sich die Frauen verhext vor? Hatten Männer Angst vor ihr? Und welche Schwachstellen hatte ihr Apotheker, wenn er sich so schwer tat, darüber zu reden? Clara beschloss, all das auf morgen früh zu vertagen, denn Hubert war aufgestanden und hatte Teller mit Apfelwähe gebracht. Sie würde nichts mehr tun außer Kuchen essen und kuscheln. Ihr Hotelzimmer würde heute Nacht auch ohne sie zurechtkommen. Und die wirklich wichtigen Fragen der Welt auch.

15

Clara ließ das Badewasser einlaufen und dachte über die vergangene Nacht nach, allerdings ziemlich unkonzentriert, weshalb sie den Hahn erst zudrehte, als das Wasser schon den oberen Rand der Wanne erreicht hatte. Der Brief, den ihr Sylvie heute morgen überreicht hatte, als sie sichtlich nicht vom Morgenjogging, sondern vom Nachtsport zurückgekehrt an die Rezeption getreten war, hatte den Tod von Maria Pfandel wieder deutlich mehr in das Zentrum ihres Denkens gerückt als die gestrige Nacht. Dem Briefpapier hatte sie auf den ersten Blick angesehen, dass es aus einer Amtsstube stammte, obwohl kein verdächtiger Absender darauf zu erkennen war. Claras Blick fiel auf den Haufen Kleider, den sie vor der Wanne abgestreift hatte. Ein Wickelkleid, hochhackige Stiefel und ein Haarband. In ihrem Gesicht konnte sie noch Make-up-Spuren erkennen, obwohl der nahezu ununterbrochene Körperkontakt mit Hubert von Gamsenfeld eigentlich alles beseitigt haben müsste.

Gegen sieben Uhr war sie zusammen mit Hubert aufgestanden. Und wie so oft dachte sich Clara, dass man einem tiefromantischen Abend mit hohen erotischen Komponenten keinen prosaischen Morgen folgen lassen sollte. Hubert bemühte sich um Verbindlichkeit, doch von der nächtlichen Anhänglichkeit war er weit entfernt. Aber was wusste sie schon von ihm? Am Ende war er ein Morgenmuffel und brauchte sieben Tassen Kaffee, um auf Betriebstemperatur zu kommen? Vielleicht lag es auch daran, dass er wirklich spät dran war und Clara ihm bei seinen gewohnten Abläufen einfach im Weg stand. Und bei zartem Morgenlicht betrachtet, wissend, dass bald Antonia, die Perle, das Haus betreten würde, das in jedem Zimmer Spuren körperlicher Begegnungen zeigte, geriet er vermutlich in Stress. Clara hatte dann selbst auf eine Dusche verzichtet und versucht, sich so unsichtbar wie möglich zu machen, bis Hubert sie mit einem lauten Kuss aus der Haustür schob und ihr ein »Auf bald, ich lass dir eine Nachricht zukommen« in die Mütze hauchte, während er hastig die Tür abschloss und in Richtung Apotheke davoneilte.

Clara ließ sich in die Wanne gleiten, die zwar unglaublich stylisch war, aber eigentlich zu groß und zu hoch für sie, die mit einer Normwanne und ordentlicher Kopfstütze vollauf zufrieden gewesen wäre. Sie musste die Arme ungemütlich hoch halten, um das graue Papier, das Truxler mit seiner Bürokratenklaue bekritzelt hatte, nicht einzutauchen. Natürlich hatte er ihr nicht den originalen Obduktionsbericht übermittelt, sondern nur in kargen Worten das Ergebnis. Einen schweren Schlag auf den Kopf soll die Maria bekommen haben, das hätten die Untersuchungen ergeben. Wobei der Schlag an sich wohl nicht tödlich war, sondern nur in Kombination mit der Kälte und den sparsamen Klamotten.

Mordversuch? Totschlag? Unterlassene Hilfeleistung? Der Versuch, es wie einen Unfall aussehen zu lassen? Und das alles sollte entweder der Wastl oder der Luis getan haben? Oder beide? Clara fröstelte bei dem Gedanken, obwohl die Wassertemperatur ihre Haut schon gerötet hatte. Sie sollte Marias Wohnung einen Besuch abstatten, anders würde sie nicht vorankommen. Vielleicht würde sie dort einen Hinweis finden, zum einen auf ihr Privatleben und zum anderen auf ihre finanziellen Verhältnisse. Und mit Fanny Pfandel musste sie auch sprechen, wo auch immer sie gerade war. Außerdem schlug ihr Truxler ein Treffen heute Mittag um eins in der Milchbar am Ortsende vor, immerhin, er schien sich also von der etwas ungewöhnlichen Zusammenarbeit etwas zu versprechen. Jetzt galt es nur, den Gustl mit einer erneuten Lüge abzuspeisen, der sie sicherlich wieder von irgendeiner steinalten Fortbewegungsart im Schnee überzeugen wollte. Im Ganzkörpereinsatz. Clara musste lachen.

Sie stellte sich vor die Wand, auf die sie die *Post-Its* geheftet hatte. Auf das mit dem Namen Wastl notierte sie: »Vorwurf auslaufende Pacht abgestritten«. Clara musste herausfinden, von wem Wastl seine Hütte gemietet hatte, es war auch zu blöd gewesen, dass ausgerechnet in dem Moment die Pfanne so einen Krach gemacht hatte, als der schnuckelige Wachtmeister den Namen ausgesprochen hat. Doch Truxler würde das sicherlich wissen. Auf das *Post-It* mit dem Namen »Fanny Pfandel« schrieb sie die Worte »weise Frau«. Und Huberts *Post-It* bekam von ihr ein Herz um den Namen gemalt.

Clara musste grinsen, als sie sämtliche Zettel von der Wand pflückte. So offensichtlich sollte sie ihre Analysen nicht hier herumhängen lassen. Die Stille Post von Engeldorf wäre sicher begeistert davon, und die Zimmermädchen des Alpe Art Hotel würden nicht zögern, die Nachrichtenmaschine auf Trab zu bringen. Clara musste an Hubert denken, der auf diesem Weg nicht nur von ihren kriminalistischen Ambitionen erfahren würde, sondern sicher auch bald, dass sie »Foodredakteurin« war. Seltsam, er hatte sie noch nicht nach ihrem Beruf gefragt. Vielleicht ging er davon aus, Frauen, die alleinstehend im Alpe Art Hotel Engeldorf abstiegen, hätten einfach Geld unspezifischer Herkunft. Nur gut, dass sie gestern nach dem Rezept der Wähe gefragt hatte, das würde sie glaubhaft machen bei ihrer Suche nach authentischen Rezepten der Alpenregion. Und sie müsste ihren kleinen Schwindel nicht allzu bald zugeben.

Gedankenverloren hatte sie das kleine Werkzeugset in die Seitentasche ihres olivgrünen Anoraks geschoben, das ihr bei ihren früheren Ermittlungen so dienlich war. Dietrich, Schraubenschlüssel, Plastikkarte, Drahtzange, Draht. Heute würde sie nicht den Fehler machen, alles in Weiß zu tragen. Ein wenig Tarnfarbe wäre genau das Richtige, wenn sie im Gewirr des Engeldorfer Alltags sich den nicht ganz legalen Seiten ihrer Ermittlungen widmen würde. Außerdem wollte sie gegen Truxler nicht so abstechen, der sicher irgendeine uninspirierte Kombi aus betongrauer Hose und keksfarbenem Hemd trug. Clara betrachtete sich im Spiegel, der eine ganze Wand des Badezimmers einnahm. Figurprobleme sollte man in diesem Hotel besser nicht haben. Clara drehte sich von rechts nach links und versuchte den kleinen Bauch unter ihrem taillierten Anorak einer optischen Täuschung zuzuschreiben. Nein, so schnell bekam man keinen Schwangerschaftsbauch, und bei hellem, um nicht zu sagen, nüchternem Licht betrachtet, sollte sie jetzt auch keinen haben. Noch nicht. Nicht, bevor sich Hubert von Gamsenfeld nicht als völlig unbedenklich herausgestellt hatte. Dabei streifte sie sich über den Bauch, um festzustellen, dass in der anderen Anoraktasche noch immer das Schnupftüchlein steckte. Zusammengeknüllt und Grund für das leichte Figurproblem. Sie zog es heraus und betrachtete die Initialen, dieselben wie auf Walli Paliceks Tüchlein. Auch sie würde sie noch einmal besuchen müssen. Jetzt aber erst einmal in die Munzergasse, zu Marias Wohnung. Das wollte sie erledigen, bevor sie Truxler unter die Augen trat. Clara klemmte sich Brille, Mütze und Handschuhe unter den Arm und öffnete ihre Zimmertür. Gerade in dem Augenblick, als Hubert von Gamsenfeld mit einem Tablett davor auftauchte.

16

Was … was machst du denn hier?« Clara wirkte echt überrascht, als sie den Apotheker vor sich sah. Irgendwie hatten mit dem Brief vom Truxler und dem morgendlichen Bad die beruflichen Gedanken Oberhand gewonnen, und Clara war weit davon entfernt, sich davon abbringen zu lassen.

»Ich hatte so ein Gefühl, dass ich heute Morgen nicht aufmerksam genug zu dir war. Hab nur noch auf meine Kollegin gewartet, damit ich zumindest auf ein Frühstück zu dir kann!« Hubert von Gamsenfeld deutete eine Verbeugung an, die das Frühstückstablett gefährlich zum Wanken brachte, bis Clara es ihm aus der Hand nahm. Sie schwankte zwischen Rührung und leichtem Ungehaltensein, denn ihre Pläne waren jetzt ganz andere. *Du musst anderen die Chance geben, sich deinem Tempo anzupassen*, noch so ein Gracia-Satz schoss ihr durch den Kopf, als sie in Huberts erwartungsfrohes Gesicht blickte.

»Das ist wirklich … so … süß!« Sie hätte sich ohrfeigen können für diesen Satz.

»Süß?«

»Ich meine, fast unglaublich, du bist ein Sechser im Lotto!«

»Und du meine Zusatzzahl!«

Jetzt kleben wir auf unserer Zuckerspur gleich fest, dachte Clara und stellte das Tablett auf den kleinen Holzwürfel, der als Beistelltisch diente und passenderweise in einem satten Honigton glänzte. Clara ließ schnell den Blick durch ihr Zimmer streifen, das weitgehend unbenutzt wirkte, da sie ja die Nacht woanders verbracht hatte. Nach einem Blick auf die Wand, auf der bis vor wenigen Minuten noch die verschiedenen *Post-Its* geklebt hatten, strahlte sie Hubert erleichtert an. Er nahm es als Aufforderung und wollte sich schon an ihrem Anorak zu schaffen machen, als sie ihn sanft von sich schob und den Zeigefinger mahnend hob.

»Hubert es ist wahnsinnig, na ja, eben wahnsinnig … lieb … von dir, mir hier das Frühstück zu bringen. Sorry, dass ich das jetzt sage, aber du bist wirklich fürsorglich, so … eheerfahren. Und ich bin so eine schwer zu knackende Singlefrau, die jetzt gerade ganz andere Pläne hat.«

»Du sollst keine anderen Pläne neben mir haben!« Hubert dachte gar nicht daran, seine Finger vom Reißverschluss des Anoraks zu nehmen. Fieberhaft versuchte Clara, seine wanderfreudige Hand aus dem Daunenjäckchen zu bekommen, ohne ihn zu brüskieren.

»Schau, unten wartet schon der Gustl und will mich wieder über die Berge schleifen, ich hab ihn gestern schon versetzt …« Claras Worte klangen dünn, genauso wie ihre Argumentation. Leider nahm Hubert den Faden auch gleich auf.

»Was geht uns der Gustl an, der wird bezahlt, wenn er was tut, und nicht bezahlt, wenn er nichts tut. Und leider kann man ihn auch bezahlen, damit er bestimmt Dinge tut, die weit neben der üblichen Fahrspur liegen!«

»Wie meinst' das?« Clara ahnte zwar, was Huberts Worte bedeuten könnten, wollte es aber dennoch aus seinem Mund hören.

»Er ist das männliche Pendant zur Maria!« Hubert räusperte sich und hatte endlich die Finger von Claras dank Daunen gut gepolsterter Brust genommen. Claras Augen weiteten sich.

»Beide lassen sich also ließen sich für Liebesdienste bezahlen?« Innerlich zuckte Clara bei ihren eigenen Worten zusammen, sie sollte endlich diesen Ton ablegen. Doch Hubert schien so auf der Spur zu sein, sich ihr von der besten Seite zu zeigen, dass er der Art ihrer Fragestellung gar keine Bedeutung beimaß.

»Sagen wir so, beide betrachten ihre jeweiligen Hauptberufe als Kontaktbörse, aus der sich dann individuell noch die eine oder andere Annehmlichkeit herausschlagen lässt. Eventuell ist ja auch genau das der Maria zum Verhängnis geworden? Hat eigentlich irgendjemand schon einmal darüber nachgedacht, ob ein enttäuschter oder eifersüchtiger oder durchgeknallter Gast vielleicht Marias Mörder sein könnte?«

Hubert hatte passend zu seinen Worten die Augenbrauen hochgezogen und sah nun dem Liedermacher Konstantin Wecker ähnlich, der bei bestimmten Vorträgen immer so einen Gesichtsausdruck zwischen Dackelblick und Weltbetroffenheit hatte. Süß, dachte Clara wieder und ließ die Augen einen Tick zu lange auf dem Gesicht des Apothekers weilen, der das schon wieder als Aufforderung zum großen Balzangriff verstand. Eilig wurstelte sich Clara aus seiner Umarmung.

»Der Gedanke ist gar nicht blöd, vor allem, wenn sie das … also das mit den Liebesdiensten tatsächlich professionell gemacht hat.«

»Sag ich doch!«

»Das muss man dem Tru … das muss der Truxler dann herausfinden, denke ich, ist ja sein Job.«

»Genau, und deiner ist es, mich glücklich zu machen.« Hubert schien es als Witz gemeint zu haben, während Clara die Formulierung sauer aufstieß.

»Für einen Job wird man bezahlt, ich will aber von dir nicht bezahlt werden, Hubert, ich habe genug Geld.«

»Wirklich? Dann bist du ja eine richtig gute Partie und ich sollte mich mit dem Antrag vielleicht beeilen?« Sein Gesichtsausdruck sollte charmant wirken, kam aber aufgesetzt rüber.

Clara schickte sich an, dem Ganzen jetzt ein Ende zu machen und endlich das zu tun, was sie schon die ganze Zeit vorhatte. Sie nahm sich ein Croissant vom Tablett und goss ihnen beiden je eine Tasse Kaffee ein. Sie trank einen Schluck und murmelte mit Croissant im Mund:

»Pass auf, bevor wir hier unsere Vermögensverhältnisse ausbreiten, begleite ich dich zurück zur Apotheke, dort gehst du deinem Job nach. Und ich vertreibe mir die Zeit in der Sonne wie jede Touristin hier.«

»Und später sehen wir uns, ja?«

»Vielleicht.« Clara hatte gedehnt geantwortet, tatsächlich war sie hin und her gerissen zwischen erneuter Leidenschaft und einem Bedürfnis nach Ruhe und Ausschlafen.

»Machst du dich jetzt rar?« In Huberts Augen konnte Clara Spott erkennen. »Geh, solche Tricks braucht eine Frau in gewissem Ater doch nicht!«

»Sehr schön, ich dachte schon. Dann lassen wir es einfach offen mit heute Abend, du weißt, wo du mich findest!«

Von Gamsenfeld hatte Claras Hand genommen und ihr einen Handkuss darüber gehaucht, als wolle er ihr ganz den Abstand und die Ruhe lassen, die sie soeben eingefordert hatte.

»Danke, Hubert, du bist wirklich unglaublich … lieb!«

»Ich weiß.«

»Blödmann.«

»Schönfrau.«

»Schön blöd, ich Frau.«

»Ich mag blöd und schön.«

Clara küsste ihn und war kurz davor, ihre Pläne sausen zu lassen.

»Nichts gibt's.« Hubert schob sie von sich. »Du musst dich erholen, und ich gehe in meine kleine Giftküche zurück und mixe Heilsalben für untrainierte Muskeln!«

»Ja, bestraf mich nur für meine unflexible Art.« Clara hätte sich wirklich ohrfeigen können für ihre Zielstrebigkeit und dass sie so gar nicht aus ihrer Haut konnte. Aber sie war nun einmal zu achtzig Prozent Kriminalerin und nur zu zwanzig Prozent beziehungsfähig. Es würde dauern, bis sich das Verhältnis umdrehte, dazu könnte zwar ein Hubert von Gamsenfeld viel beitragen, aber nicht über Nacht, respektive über zwei Nächte. Claras Vernunft behielt Oberhand.

»Wir sollten Kondome benutzen.«

»Jetzt gleich?« Auf dem Gesicht des Apothekers mischten sich Amüsiertheit und Lust.

»Nein, beim nächsten Mal. Vielleicht bringst du gleich auch einen Schwangerschaftstest mit.«

»Okay, mal sehen, ob ich überhaupt einen haben, so selten wie die verlangt werden.«

»Na, zu Fanny Pfandel kann ich ja jetzt wohl schlecht gehen. Sie wird jetzt andere Sorgen haben.« Clara kicherte völlig unpassend und schlug sich auch gleich die Hand vor den Mund.

Auch aus Hubert von Gamsenfelds Gesicht war das Unbeschwerte gewichen. Er räusperte sich.

»Wir werden aufpassen, Clara, ich versprech's dir«. Er umarmte sie, streifte ihre Lippen und zog sie mit sich aus der Tür.

Als sie im Foyer ankamen und Clara Sylvies unerschütterlich fröhliches Lächeln sah, zog sie zu Huberts Überraschung rasch ihre Hand aus seiner. Irgendetwas sträubte sich in ihr, ihre Beziehung bei Licht zu zeigen. Vielleicht auch, um sich rein beruflich alle Tore offen und all die anderen Herren in diesem winterlichen und mittlerweile tragischen Kammerspiel bei Laune zu halten. Und als hätte sie ihn gerufen, betrat Gustl die Eingangshalle. Mit frischer Bräune auf dem Gesicht, in einer Lodenjacke mit derben Strickbündchen und Cordhosen, die in dicken Falten über seine Schnürstiefel fielen, sowie einer Gletscherbrille, mit der er sich das dichte Haar aus der Stirn geschoben hatte.

Als er Hubert erblickte, blieb er abrupt stehen und kniff die Augen zusammen. Dann entspannten sich seine Züge wieder.

»Habe die Ehre, der Herr Pharmazeut, haben Sie mir meine Clara wieder so zusammengeflickt, dass ich sie mit auf den Berg nehmen kann? Gestern hat sie sich ja gar nicht wohl gefühlt.«

Hubert blickte Clara erstaunt an, die versuchte, eine einigermaßen neutrale Mimik aufzusetzen, sich aber bei diesem Zusammentreffen nicht wohl in ihrer Haut fühlte. Wenn jetzt einer von den beiden ein falsches Wort sagte, würde ihr Lotterleben auffliegen. Beim Gustl ein eher lästiger als schwerwiegender Umstand, im Falle Hubert von Gamsenfeld schon folgenreicher. Sie blickte sich hilfesuchend in der

Lobby um, was sie jetzt aus dieser Situation befreien könnte, als sie Sylvie mit einem Umschlag wedeln sah. Nein, nicht auch das noch, nicht noch eine Nachricht von Truxler.

»Da schau, die Sylvie will dir was geben.« Gustl machte sich schon auf den Weg das Kuvert abzuholen, als ihn Clara am Ärmel seines rauen Lodenarms festhielt.

»Geh, Gustl, das ist doch jetzt nicht so wichtig, das kann ich mir nachher immer noch abholen.« Ihr Lächeln flog zwischen Hubert und Gustl hin und her.

»Aber vielleicht sind das neue Erkenntnisse über die hiesige Küche. Bist du vorangekommen mit deiner Recherche?« Gustl schien ehrlich interessiert, jetzt wo er sich mit der Tatsache abgefunden hatte, dass Clara nicht Derivatenhändlerin, Schmuckdesignerin oder Moderatorin war, sondern ganz offensichtlich eine Fachfrau für robuste Hausmannskost im ländlichen Raum. Hubert, für den Claras Profession neu war, hatte die Augenbrauen ausdrucksvoll in Richtung Trachtenhut gezogen, der ihn als geschmackvollen Kenner der örtlichen Traditionskleidung auswies. Ein moosgrüner Samtditschi mit einem verschlissenen goldenen Ripsband, in dem ein Zweiglein Buchs steckte. Shabbychic pur, wie Clara feststellte, die echte Bewunderung für die Art hegte, wie die Engeldorfer ihren Retrocharme illustrierten. Jeder für sich ein Einzeldarsteller – und doch spielten sie alle zusammen das Stück vom weltabgewandten Skiort mit dem Slowmove.

»Hast mir gar nichts gesagt von deinen hausfraulichen Fähigkeiten, Clara!« Hubert warf Clara einen belustigten Blick zu.

»Das ist mehr so hobbymäßig, nichts von großer Bedeutung.«

»Essen ist von existenzieller Bedeutung, gutes Essen ist ein Teil unserer Kultur. Ich bitte dich, Clara, wo wären wir beide jetzt ohne das gute Essen?« In Huberts Gesicht machte sich eine Mischung aus Lüsternheit und Entrüstung breit, während Gustls Gesichtsausdruck ins komplett Verständnislose kippte. Wenn er was nicht verstand, hatte er nichts mehr von einem hippen Sahneschnittchen, sondern bekam einen rustikalen Zug ums Kinn, das er dann auch noch vorschob wie ein Bauernbub. Kaspar Hauser hatte wohl so aus der Wäsche geguckt, als er seinen Lebensraum Wald verließ.

Jetzt wurde es brenzlig. Der eine wurde überheblich und der andere regredierte zum tumben Tor.

»Meine Herren, eine Frau braucht ihre Geheimnisse. Damit das so bleibt, verabschiede ich mich an dieser Stelle, um etwas sehr Wichtiges zu erledigen.«

Zwei Augenpaare guckten sie nun gleichermaßen irritiert an.

»Aber ich dachte doch …« Hubert fummelte an seinem Samthut herum.

»Und unser Skitag?« Gustl schmollte.

Clara gab jedem einen Kuss auf die Wange und dachte kurz darüber nach, wie es sein würde, zwei Männer zu haben. Dann könnte ruhig einer ein wenig doofer und jünger als der andere sein, zusammen ergäben sie die perfekte Mischung.

»Ich seh' euch später, Engeldorf verliert ja nichts! Aber jetzt muss ich erst einmal ganz gemütlich los« Clara sprach's und drehte auf dem Absatz um. Dieses Hotel würde doch wohl einen Hinterausgang haben. Und dann würde sie die Munzergasse von hinten aufrollen.

Keine zwei Minuten später verließ Clara durch den Küchentrakt das Alpe Art Hotel und lief auf einem Versorgungsweg zum nächsten Hotel, um die dortige Brücke über den Fluss zu nehmen. Auch wenn Engeldorf wenige Möglichkeiten bot, sich aus dem Weg zu gehen, einige Tricks, sich unsichtbar zu machen, gab es doch. Clara bog von der Hauptstraße aus in eine kleine Seitengasse ein, von der sie annahm, dass auch sie zur Munzergasse führen würde. Die Häuser schmiegten sich dicht aneinander, teilweise ragten im ersten Stock Erker heraus, die sich in der Mitte der Straße fast zu berühren schienen. Dazwischen baumelten fahle Straßenlampen und nicht schmucke Kristallzapfen an ausgeleierten Kabeln, die nachlässig an den Häuserwänden entlang gezogen waren. *Hier endet also das Aufhübschen von Engeldorf*, schoss es Clara durch den Kopf, und sie legte einen Zahn zu, um schneller durch das dunkle Gässchen zu kommen, das so gänzlich unbewohnt schien. *Ein Ort wird zum Museum,* so kam es Clara vor. Für Besucher ein temporärer Traum, für die Einwohner ein täglicher Albtraum. Vor allem für die jungen Leute. Clara dachte an Maria, die sich ihren Spaß geholt und es wohl mit dem Leben bezahlt hatte. An Walli Palicek, die mit großem Aufwand das Nightlife in Engeldorf bestritt, und an Gustl, der mit Welpencharme und Luis-Trenker-Outfit ein Teil der Engeldorfer Operettenbesetzung gab. Und sogar an Sylvie, die für ihr Dauerlächeln schon einen Orden der Tapferkeit bekommen müsste. Sie alle sollten ein Leben ohne Smartphone und Internetanschluss der Moderne vorziehen? Clara konnte sich das beim besten Willen nicht vorstellen. Wahrscheinlich war Engeldorf ein einziger groß angelegter Bespaßungsclub, der nur über die Wintermonate besetzt war. Clara dachte an Hubert von Gamsenfeld. Was würde er dann im Sommer tun? Vielleicht würde er dann in einem südlichen Land sitzen und von den Einnahmen des Winters zehren. Sie wusste nichts von diesem Mann, den sie schon ziemlich weit in ihr Leben hineingelassen hatte, nicht nur bildlich.

Als Clara in der Munzergasse um die Ecke bog, fegte ihr ein eisiger Wind entgegen, der schon wieder nach Neuschnee schmeckte. Wie passend. Am Fensterglas auf der Innenseite der Ladentüre von Fanny Pfandels Andenkengeschäft klebte immer noch der Zettel *Heute wegen Mord geschlossen*. Allerdings hatte irgendjemand von außen einen anderen Zettel darüber geklebt. *Geschichte wiederholt sich!* las Clara.

Die Worte war offensichtlich mit dem Computer geschrieben worden und mit zwei groben Kreppstreifen befestigt. Clara rüttelte an der Tür, die sich natürlich nicht öffnen ließ. Dann ging sie zur Haustür, die sich nur wenige Meter neben dem Geschäft befand. Clara konnte nicht erkennen, aus welcher Zeit das Haus stammte, das in die ansonsten im Alpenstil gehaltenen Dorfhäuser gepresst schien. Die Baumarktfenster ließen vermuten, dass ein altes Haus eher nachlässig renoviert worden war. Die Eternitplatten bis zum ersten Stock erinnerten an die 1950er Jahre des vorigen Jahrhunderts, als man mit den Traditionen brutal umging, Stuck und jeglichen individuellen Hinweis auf frühere Epochen abschlug und um jeden Preis abwaschbare Häuser haben wollte. Auf ortstypische Merkmale oder Denkmalschutz nahm da niemand Rücksicht.

Clara fand das Namensschild *Pfandel* zweimal. Vermutlich einmal die Wohnung der Mutter und einmal die der Tochter. Sie klingelte vorsichtshalber bei beiden Wohnungen. Am

Ende gab es Untermieter, denen Clara bei ihrem unangekündigten Besuch eine sinnvolle Antwort geben musste. Ob Truxler hier schon alles untersucht hatte? Sie würde es später bei dem Treffen erfahren, allerdings würde sie ihm unmöglich stecken können, dass sie heute Marias Wohnung auf eigene Faust besucht hatte.

Nachdem Clara einige Anstandsminuten gewartet hatte, rüttelte sie an der Eingangstür. Es wohnten noch zwei Parteien im Haus. Wenn sie dort klingelte, würde sie auffallen. Clara zückte ihr kleines Schlosserset und zwiebelte den Dietrich heraus. Erfreulicherweise hatte sich der Renovierungswahn beim Türschloss in Grenzen gehalten. Ein Buntbartschloss wie zu einer Bauerntruhe, das würde Clara ohne große Kunstgriffe knacken. Dann musste sie nur noch herausbekommen, welches Marias Wohnung war und welche ihrer Mutter gehörte, aber bei der Auswahl erster Stock und Dachgeschoss tippte sie einfach mal darauf, dass Maria »unterm Dach« wohnte.

Im Hausgang roch es muffig nach sauer abgelöschten Linsen und ungelüftetem Keller. Das Treppengeländer glänzte speckig und die Treppendielen knarzten bei jedem Schritt. Clara hoffte inständig, dass keine wachsame Nachbarin jedes Knacken im Treppenhaus registrieren und bei nächster Gelegenheit kommentieren würde, wie sie durch den Türspion eine Dame im Skidress auf ihrem Weg ins Dachgeschoss beobachtet hatte. Im ersten Stock blieb Clara kurz vor der Tür mit dem Plastikschildchen »Pfandel« stehen und horchte. Vielleicht war Fanny Pfandel doch schon aus dem Krankenhaus entlassen und verriegelte sich jetzt in ihrer Wohnung? Clara drückte vorsichtig auf den Klingelknopf unter dem

Schildchen. Drinnen war ein leises Summen zu hören, das auch Clara im Tiefschlaf nicht hören würde, aber nun laut an die Tür zu klopfen, wagte sie nicht. Ab dem zweiten Stock verbesserten sich die Treppengräusche, Clara versuchte am äußersten Rand der Stufen aufzutreten, bis sie das Ende erreicht hatte und vor einer massiven Holztür stand. Damit hatte sie nicht gerechnet. Noch dazu spannte sich unübersehbar eine Plakette zwischen Türstock und Tür: *Polizeilich versiegelt. Jetzt wird's brenzlig,* dachte Clara, die genau wusste, dass man bei der Polizei mit gebrochenen Siegeln keinen Spaß verstand. Clara untersuchte das Schloss und stellte fest, dass auch die Polizei schon ihre liebe Not gehabt hatte, es zu knacken. Von der Tür waren Lack und Holzteile abgesplittert, rund um die Schlossblende hatte scharfes Gerät tiefe Kerben gerissen. Jetzt steckte ein einfaches provisorisch eingefügtes Zylinderschloss in der sichtlich malträtierten Tür. Wenn sie Glück hatte, hatten Truxler und seinen Mannen ein einfaches Schnappschloss als Ersatz gewählt.

Clara fingerte wieder in ihrem Taschenset für kleine Einbrecher und zog zunächst eine Rasierklinge heraus, mit der sie die Plakette an einer Stelle durchtrennte, an der sie später die beiden Teile wieder zusammenfügen könnte. Wenn niemand genau hinsah, würde es so durchgehen und Truxler müsste von ihrer Eigenmächtigkeit nichts erfahren. Vermutlich würde sein Humor nicht so weit reichen, Clara diese ermittlerische Freiheit einzuräumen. Wie sie Truxler einschätzte, hatte der ein ausgeprägtes Revierverhalten. Clara musste grinsen; nur noch dieses klitzekleine hölzerne Hindernis würde sie überwinden müssen. Sie steckte die Rasierklinge zurück in ein kleines Futteral und zog stattdessen eine scheckkartengroße Plastikscheibe heraus, die sie zwischen Türstock und Schlossblende schob. Nach ein paar Bewegungen hatte sie die entscheidende Stelle ertastet. Jetzt sollte nur niemand zugesperrt haben. Die Plastikkarte bog sich bedenklich, während Clara mit ganzem Körpereinsatz versuchte, den Schnappmechanismus auszulösen. Ganz geräuschlos ging das alles auch nicht vonstatten. Immer wieder machte Clara Pause, um in das Treppenhaus hineinzuhören. Aber ihre Sorge schien unbegründet, das schien ein Geisterhaus zu sein. Genau in dem Augenblick, als sie schon aufgeben wollte, gab der Zylinder nach und die Tür samt Clara bewegten sich mit einem Ruck in die Wohnung. Vor Clara lag ein einziger Raum. Doppelbett, mindestens zwei Meter, ein Sitzsack in Gold, ein Faltschrank aus gewachstem Papier, wie man ihn in Kellern zum Aufbewahren von Kleidern verwendet, ein knallroter Holzwürfel, der wohl Tisch, Ablage und Sitz in einem sein sollte, und eine Klappküche, deren Türen offen standen. Clara hatte solche Küchen schon bei Ikea gesehen und fand diese Sparvariante einer Kocheinheit charmant. Noch dazu konnte man mit zwei Türen das ärgste Chaos verbergen. Doch Truxler hatte ganze Arbeit geleistet. Überall lagen aus Schubladen gezogene Kleidungsstücke herum, Bettzeug, Kissen, Überwurf. Die weißen Vorhänge, die nur an einem Drahtseil hingen, waren nachlässig zur Seite gezogen oder eben auch nicht. Zwischen Dirndln und Lederhotpants, Trachtenblusen mit großem Ausschnitt und Schürzen versteckten sich goldene Minikleider und Paillettenoberteile. Respekt, dachte Clara, solch eine Kleiderordnung musste man erst einmal hinbekommen. Maria war eine Grenzgängerin gewesen, die zwischen Moderne und

Tradition ihr Ding gemacht hatte. Vielleicht war das einigen Herren sauer aufgestoßen, und vielleicht war sie mit ihrer Freestyle-Art auch einigen zu nahe getreten? Clara nahm einige Teile in die Hand. Es würde Stunden dauern, in diesem Chaos irgendetwas Brauchbares zu finden. Wenn nicht eh schon der Truxler auf seine umsichtige Art die meisten Spuren verwischt oder die einzig nützlichen Hinweise eingesteckt hatte. Sie würde ihn heute direkt darauf ansprechen, natürlich ohne zu erwähnen, wie sie zu der Erkenntnis gekommen war. Ein Blick auf den Digitalwecker in Marias Schlafkochwohnzimmer sagte Clara, dass sie jetzt in einem sportlichen Walk zu dieser Milchbar musste, um sich mit Truxler zu treffen. Doch vorher musste Clara auf die Toilette. Sie sah sich um und fand keine. Hatte Maria ihr Geschäft in einem Nachttopf verrichtet? Doch eine Toilette war hier nicht zu sehen. Wusch sich Maria in der Klappküche? Clara schritt einmal den ganzen Raum ab, ob sie irgendeine Holzverkleidung übersehen hatte. Denn dies war unübersehbar ein Speicher, in den nachträglich ein Nachtspeicherofen eingebaut worden war. Ansonsten hatte man die Speicherarchitektur weitgehend belassen. Rohe Balken, Stützpfeiler, zwei Dachluken, die Licht spendeten, Dachschrägen bis zum Fußboden, bei denen Clara Mühe hatte, aufrecht zu gehen. Eine schummrige Bude, die bei Tageslicht wenig einladend wirkte, aber wenn sich Clara an Marias Alltag erinnerte, war sie tagsüber auf der Hütte und abends in der Cyber-Tenne. Vermutlich diente ihr dieses Loch nur zum Schlafen oder anderen schlafähnlichen Tätigkeiten. Dennoch hatte Maria nicht den Eindruck gemacht, sich mit Schnee zu waschen oder zum Pinkeln hinters Haus zu gehen.

Clara bewegte sich zur Tür, das machte alles keinen Sinn hier. Vorsichtig zog sie die Tür hinter sich ins Schloss und tüftelte an dem Siegel herum, damit es ungebrochen wirkte. Doch ihre Finger zitterten, Vorsichtig spähte sie in den Hauseingang, aus dem immer noch kein Geräusch drang. Der kleine Balkon, in den die Treppe mündete, zog sich vor der Mansarde Marias links und rechts zwei Meter entlang. Das Treppengeländer wurde hier zur Balkonbrüstung, die bis zu den Seitenwänden reichte, die wiederum gut einen Meter vorher mit einem Holzpanel, das bis zum Geländer reichte, abgehängt waren. Eigentlich toter Raum, aber vermutlich konnte man ihn zum Abstellen von Schirmen, Schuhen oder Müllsäcken verwenden. Doch dann sah Clara, was sie suchte. In einer der künstlichen Schummerecken, links von der Eingangstür, entdeckte sie eine kleine Tür in der Wand, ebenfalls weiß gestrichen. Nur ein kleiner Knauf und eine zarte Umrisslinie in der ansonsten kalkigen Wand verrieten die Tür, die zur Hälfte von der Holzblende verdeckt war. Clara fühlte sich an Theaterstücke erinnert, in denen Tapetenwände und Geheimtüren eine dramaturgische Aufgabe erfüllen. Die Tür selbst war angeschrägt und winzig, aber unabgesperrt und – oh Wunder – auch unversiegelt. Scheinbar hatten Truxler und sein Team keine Blasenschwäche und das Fehlen eines Bads war ihnen gar nicht aufgefallen.

Dank der vorgesetzten Blende ließ sich die Tür so weit öffnen, dass Clara durchschlüpfen konnte, um sich in einem Puppenstubenbad wiederzufinden. Hell erleuchtet durch eine Dachluke. Die Wände bestanden zwar auch aus Holz, waren aber weiß lackiert, ebenso der eine einzige Stützpfeiler, der zwischen Waschbecken und Kloschüssel stand. Auf einem Bord über dem Waschbecken standen Tiegel mit Make up, ein No-Name-Cremetopf, Duschbad, Shampoo, eine Reihe von Parfümflaschen. An einer Stelle war der Boden gekachelt mit einem kleinen Rand. Darüber hing nachlässig zur Seite gezogen ein Duschvorhang an einer Bogenstange, die wohl den winzigen Duschbereich abzirkeln sollte. Aus der Wand ragte ein Duschkopf, der extrem retro war, verbeultes Blech. Hinter den WC-Rollen fischte Clara eine Verpackung heraus. Ein Schwangerschaftstest, offensichtlich unbenutzt, denn die Plastikverpackung rund um die Testkanüle war noch unversehrt. Offensichtlich hatte Maria vorgehabt, ihn hier zum Einsatz zu bringen, doch dazu war es dann nicht mehr gekommen. Clara überlegte kurz, ob sie ihn mitnehmen sollte, ziemlich sicher konnte sie so etwas auch gebrauchen, und diese Tests sind gar nicht ganz billig, stellte sie erstaunt fest, als sie den Preis entdeckte: auf einem computergenerierten, gelben Preisschildchen, das die Aufschrift *Sternen-Apotheke, Engeldorf* trug.

17

Fünf Minuten später stand Clara unten in der Munzergasse. Sie sah sich um, ob irgendein bekanntes Gesicht sie beim Herauskommen aus dem Haus gesehen hatte, konnte aber niemanden entdecken. Die ganze Munzergasse schien eine Geisterstraße zu sein. In ihrer Jackentasche beulte der Schwangerschaftstest den Stoff und piekte Clara in den Bauch. Fast genauso, wie es in ihrem Herzen piekte. Hatte Hubert nicht gesagt, dass Schwangerschaftstests so gut wie gar nicht verkauft würden? Und dass er von der Maria kaum etwas wüsste. Schließlich hatten sie gestern im Bett doch ausführlich darüber gesprochen, und nichts schließt doch den Mund so sehr auf wie eine romantische Grundstimmung? Clara runzelte die Stirn und schüttelte schließlich über sich selbst den Kopf, denn den Test hätte auch Huberts Apothekenhilfe verkauft haben können. Andererseits: Warum kaufte Maria einen Test, wenn sie die Wahrsagerin im Haus hatte? Um ganz sicher zu gehen? Oder war das Verhältnis zwischen Mutter und Tochter getrübt? Warum aber dann die Hilfe beim Geschäft, die Nähe der Wohnungen zueinander? Wo war die Mutter jetzt?

Clara ließ sich in leichten Trab fallen, zum einen, weil ihr kühl wurde, zum anderen wollte sie Truxler nicht warten lassen. Den Grund für das Zuspätkommen konnte sie ihm ja wohl schlecht nennen.

Die Milchbar lag fast am Ortsausgang, so weit war Clara bei ihren Touren durch den Ort noch nie gekommen. Hier, bei der Milchbar, hatte die Leidenschaft für nostalgisches

Design voll zugeschlagen. Rosa-weiß gestreifte Markisen, schmiedeeiserne Stühlchen und Tische, die in einem vorgelagerten Wintergarten standen. Dahinter ein Ladenlokal mit Panoramascheiben, die den Blick freigaben auf eine nierenförmige Kuchentheke neben einem bananengelben Tresen, an dem mit Kunstleder bezogene Barhocker standen. Der ganze Laden war hellblau-weiß gestreift tapeziert und wirkte so proper wie ein frisch gequirlter Milchshake.

Schon von weitem sah Clara Truxler wie einen grauen Fleck in diesem Traum aus Pastell sitzen. Als sie eintrat, nippte er an einem Gesöff, das farblich auf Blaubeermilch schließen ließ. Ein Mädchen in Caprihosen und Ringelshirt, offensichtlich das Servicepersonal, grüßte mit einem glockenhellen szenigen »Hallihallo« und einem rustikalen »Was derfs denn sein?«

Truxler hatte sich kurz grüßend erhoben, um sich gleich wieder auf einen der Barhocker plumpsen zu lassen.

»Frau Kull, welche Ehre, dass Sie es in Ihrem übervollen Ferienkalender doch noch einrichten konnten herzukommen!«

Clara überhörte den Neidfaktor in Truxlers Stimme und legte ihm die Hand auf den Arm, der daraufhin wie nach einem leichten Stromstoß zuckte.

»Tut mir wahnsinnig leid, aber ich hab die Bar nicht gleich auf Anhieb gefunden!«

»Klar, ist ja auch eine schrecklich komplizierte Topografie hier in Engeldorf, kaum auskennen tut man sich!« Truxler versuchte ein Lächeln, das nach Frettchen mit Zahnweh aussah.

»Was trinken Sie denn da Schönes?« Clara versuchte den Trick mit der Übersprungshandlung, um den Truxlerschen Zynismus umzulenken.

»Myrtillenshake nennen sie es, ich sag', es ist eine Milch mit verquirlten Blaubeeren.«

Clara bestellte sich eine Mokkamilch und sah den Kollegen erwartungsfroh an. »Haben Sie schon was Neues? Also außer, dass wir nun wissen, dass die Maria erhängt und vergiftet wurde?«

»Wie vergiftet, erhängt? Wissen Sie mehr als ich!« Truxlers Augen weiteten sich und Clara verschluckte sich angesichts dieses Unverständnisses für Metaphern fast an ihrer Milch.

»Nein, das sagt man doch nur so, schließlich lassen die Todesursachen, so kann man es ja wohl nennen, keinen eindeutigen Schluss auf gezielten Mord zu, oder?« Clara lächelte den Kommissar völlig unpassend an. Diese Steinmine musste doch zu erweichen sein.

»Na, ich bitte Sie, wenn das nicht die Vorstufe zum perfekten Mord ist, jemanden bewusstlos zu schlagen und ihn dann im Schnee liegen zu lassen, ganz nebenbei in nichts als einem goldenen Höschen!«

Truxler war die Entrüstung anzusehen, eigentlich ganz süß, dachte sich Clara, die nun Anzeichen von Empathie und Herz beim Kommissar wahrzunehmen glaubte.

»Und Sie, Frau Kollegin, wie sind Sie mit Ihren Ermittlungen so vorangekommen? Schließlich wollten wir ja hier so etwas wie ein Team bilden. Sie als elegantes Undercover und ich als der Depp vom Dienst.«

»Gehen'S, Herr Truxler, nicht so missgünstig. Sie haben dafür ganz andere Möglichkeiten, mit den Leuten zu sprechen. Was ist denn bei der Vernehmung vom Luis herausgekommen?«

»Nichts, was wir nicht schon wüssten. Und das Übliche halt, nämlich alle anderen anzuschwärzen, um von sich abzulenken. Zum Beispiel hat er uns erzählt, dass die Pacht des Hüttenwirts ausläuft. Und der deswegen Stress hat. Und außerdem streiten sich die beiden darum, wer der Vater von Marias ungeborenem Kind ist. Nicht, dass einer so richtig scharf darauf wäre, Vater zu werden, aber anscheinend hat die Maria jedem der beiden erzählt, er wäre der Vater. Der Hüttenwirt hat sich immer damit gebrüstet, dass die Maria nur auf kernige Männer wie ihn stehen würde, und sich dazu über den Luis recht lustig gemacht. Angeblich soll es zwischen ihm und der Maria öfters zu Streit gekommen sein, immer dann, wenn sie zu viel mit dem Luis rumgehangen ist. Und im Umkehrschluss ist der Luis mordseifersüchtig auf den Hüttenwirt gewesen. Wenn Sie mich fragen, Frau Kull, haben wir es hier mit einem Eifersuchtsdrama zu tun. Nur wer von den beiden Kerlen der Mörder ist, steht noch in den Sternen.«

Er hob den Blick zur vanillegelb gestrichenen Decke des Cafés, als würde dort gleich ein Schriftzug die Lösung verkünden. Clara saß kerzengerade auf ihrem Barhocker. Warum sollte der Luis die Maria umbringen? Wenn, dann würde der doch den Rivalen ausschalten? Oder sollte die Maria ihn bekommen und sonst keinen?

»Heißt das, der Wastl ist raus aus dem Verdacht und der Luis ist Ihr Hauptverdächtiger?«

Truxler wiegte den Kopf hin und her. »Dieser Wastl ist auch nicht astrein.« So wie der Kommissar bedenklich auf seinem Barhocker schwankte, schien er in dieser Frage tatsächlich nicht entschieden. Clara musste ihn anders aus der Reserve locken.

»Herr Truxler, ganz was anderes. Wenn dem Wastl seine Pacht ausläuft, dann ist das doch Existenz bedrohend. Kann es sein, dass der Wastl sich in einer ungeheuren Drucksituation befindet? Die vermeintliche Freundin schwanger, vielleicht von ihm, und die Hütte bald Vergangenheit? Kommende Unterhaltszahlungen. Dazu jetzt ein nicht gerade geschäftsfördernder Mord?« Clara sah dem Kommissar direkt in die grauen Augen, die keinerlei Regung zeigten. »Wer ist denn der Besitzer der Alm und warum will der den jetzigen Wirt nicht mehr?«

Truxler grinste kurz, zeigte seine Blaubeerschneidezähne und verfiel wieder in die ausdruckslose Echsenhaltung.

»Meine liebe Frau Kull, im Augenblick habe ich das Gefühl, dass Sie mich ausfragen. Was haben Sie denn schon zutage gebracht?«

Clara reichte es allmählich. Immer, wenn es um den Besitzer der Hütte ging, schien sich die Situation gegen sie zu verschwören. Sie würde wohl nie was erfahren, wenn sie dem Truxler nicht auch ein wenig Futter geben würde.

»Ich habe herausbekommen, dass bereits die Mutter der Maria hier keinen leichten Stand hatte.«

»Das wissen wir auch Frau Kull, sie ist ja erst vor ein paar Jahren wieder hierher gezogen.«

»Ja, aber ich weiß auch, dass man die Fanny Pfandel für so etwas wie eine Hexe hielt! Eigentlich müssten Sie doch davon gewusst haben, Sie kommen doch auch von hier.« Clara hielt kurz inne, denn sie wollte Truxlers Reaktion genießen.

»So ein Schmarrn, wir befinden uns doch nicht mehr im Mittelalter. Welcher Hexerei hat sie sich denn schuldig gemacht, ich hab davon nie was gehört. Hab mich immer schon an Fakten gehalten und mit dem ganzen Zwischenmenschlichen hab ich nie was zu tun gehabt.«

Truxler schnaubte. Offensichtlich war die metaphysische Welt nicht seine. *Aber auch süß,* dachte Clara, *wie er sich gleich verteidigt, so als wüsste er durchaus was von den außergewöhnlichen Fähigkeiten.*

»Sie kann erkennen, wenn jemand schwanger ist und auch von wem!«

Truxler horchte auf. »Oha, da kann ich mir schon vorstellen, dass sie sich den einen oder andern zum Feind gemacht hat. Also war das der Grund, warum sie weg vom Dorf musste? Ich selbst hab das ja damals gar nicht mehr mitbekommen, war ja schon lang auf der Polizeiakademie.«

Clara nickte. »Ich denke, so war es. Warum sie dann im jetzigen konkreten Fall nicht für Klarheit gesorgt hat, weiß ich allerdings auch nicht.«

»Vielleicht war das da«, der Kommissar rührte mit seinem Zeigefinger in der Luft auf Claras Bauchhöhe, »alles zu frisch. Diese … also diese Befruchtung ist jetzt so gerade nachweisbar gewesen, viel früher hätte niemand was sagen können.« Truxler behandelte das Thema wie mit der Pinzette.

»Doch die Fanny Pfandel kann es angeblich sehen, weit bevor ein Schwangerschaftstest greift. Vielleicht hat sie es ihrer Tochter auf den Kopf zugesagt? Und die hat dann ein übles Spiel mit den möglichen Männern betrieben. Nach dem Motto ›Jetzt schauen wir mal, wer sich mehr freut, den nehm' ich dann.‹«

Truxler waren Claras Worte sichtlich unangenehm, das konnte sie am Wippen des linken Knies sehen, das sich seit einigen Minuten verstärkt hatte. *Wahrscheinlich hat er selbst auch schon mal unabsichtlich gezeugt*, kam es Clara in den Sinn, als Truxler wieder das Wort ergriff.

»Von wem haben Sie eigentlich diese Räuberpistole, Frau Kollegin? Ich muss schon sagen, ihr aus der Stadt klebt nicht an Fakten, sondern gebt der Esoterik eine Chance, Respekt!« Da war sie wieder, die beißende Ironie. *Na warte*, dachte Clara, *ich kann auch anders.*

»Ich habe genau diese Esoterik, wie Sie es nennen, aus dem Mund eines Wissenschaftlers, eines Naturwissenschaftlers, um genau zu sein.«

»Ja … und … hat der auch einen Namen?« Truxlers Knie hatte mittlerweile eine Amplitude wie ein Zylinderkolben und brachte den Bartresen in Schwingung.

»Hubert von Gamsenfeld.« Clara richtete sich einige Zentimeter auf und überragte so Truxler, der allerdings wegen des wippenden Knies eine schlechte Haltung hatte.

»Da schau her«, Truxlers graue Steinaugen bekamen einen Glanz, »der stille Herrscher und fast alleinige Besitzer von Engeldorf-Tal und Engeldorf-Berg!«

18

Clara schrammte nach Truxlers Antwort kurz an einer Kreislaufschwäche vorbei. Sie konnte eins und eins zusammenzählen, ganz ohne Esoterik. Engeldorf-Berg. Das meinte die Hütte. Ihr Hubert? Einer derjenigen, die den neuen Aufschwung des Bergdorfs mittrugen? Und mal kühn gedacht, der Besitzer der Hütte. Wieso hatte sie das nicht herausgefunden, Gelegenheit dazu hatte sie ja genug gehabt? Und wieso hatte Hubert nie etwas dazu gesagt, vielmehr so getan, als ob es zwischen seinem Haus und der Apotheke kein gesellschaftliches Leben für ihn gäbe.

Truxler beobachtete sie aus seinen bewegungsarmen Steinaugen.

»Das ist ja mal eine Überraschung«, sagte Clara und versuchte ihre Irritation mit einem kräftigen Schluck Mokkashake zu verbergen.

»Kennen'S den nicht auch, den Gamsenfeld?« Truxlers Miene bekam einen belustigten Zug. Hatte er etwa schon von ihrer Verbindung mit dem Apotheker erfahren? Aber durch wen? Bis auf heute Vormittag hatte sie sich öffentlich kaum mit ihm sehen lassen.

»Wie kommen Sie darauf, Herr Kollege?«

»Ach, der Gustl hat mir da so etwas erzählt. Aber vermutlich alles im Zuge Ihrer Ermittlungen, nicht wahr, Frau Kollegin?«

»Genau, natürlich … meine Ermittlungen … stimmt schon, ich war in der Apotheke … also auch wegen einer Muskelsalbe.« Clara hätte sich ohrfeigen können für ihr Herumstottern und versuchte es zu korrigieren. »Schließlich ist es doch naheliegend, bei drohender Schwangerschaft in die Apotheke zu gehen und sich einen Test zu holen.«

Truxler zog die Augenbrauen hoch und war nun mimisch wieder voll in der Tierwelt angekommen, als Clara fortfuhr: »Das war doch nur logisch, bevor ich erfuhr, dass die Maria ja ihre eigene Wahrsagerin in der Familie hatte. Also stand zunächst der Gamsenfeld ganz oben auf meiner Liste der zu Befragenden. So diskret wie möglich natürlich, und deshalb musste ich es ein wenig … sagen wir … privat angehen!«

Clara hätte sich erneut über ihre gestopselte Antwort ärgern können. Wie hatte es Truxler geschafft, sie so aus dem Konzept zu bringen? Was wusste er von ihr und Hubert? Und was vor allem hatte ihm der Gustl erzählt und bei welcher Gelegenheit? Sie würde ihn sich vorknöpfen müssen, den Gustl, eventuell sogar wieder ein wenig auf seine handgreifliche Flirterei eingehen müssen, um es unverdächtig aussehen zu lassen.

Aber jetzt saß erst einmal Truxler vor ihr, der nun seine Augen zu kleinen Schlitzen verzogen hatte, vermutlich, um gefährlich und berechnend dreinzublicken. Tatsächlich hatte es mehr etwas von einem Maulwurf bei Tageslicht.

»Schauen Sie, Frau Kull, auf die Idee mit dem Schwangerschaftstest sind wir natürlich auch schon gekommen, wir sind ja nicht auf der Brennsuppen dahergeschwommen. Also haben wir die Wohnung der Maria Pfandel auf den Kopf gestellt. Aber was soll ich Ihnen sagen, da war nix.«

Truxler schüttelte immer noch ungläubig den Kopf, und Clara fand ihre Fassung wieder. Ja, wenn sie nicht so notwendig aufs WC gemusst hätte, läge der Schwangerschaftstest immer noch unentdeckt hinterm Klopapier. Doch davon konnte sie Truxler nichts erzählen. Leider machte sie ihre geheime Entdeckung aber auch nicht glücklicher. Nicht nur, dass das Schächtelchen aus der Sternen-Apotheke stammte, in der angeblich laut Huberts Aussage solche Tests seit Jahren Ladenhüter waren. Nein, jetzt war ihre wunderbare Eroberung auch noch auf seltsame Art mit der Maria Pfandel und, wenn es stimmte, dem Wastl in Verbindung. Ihr Hubert war nicht nur ein glanzvoller Liebhaber, sondern offensichtlich auch ein großer Verschweiger. Clara erinnerte sich an das Taschentuch bei der Palicek und wollte sich gerade tapfer der Tatsache stellen, dass der Apotheker die letzten Jahre vielleicht doch kein so ganz einsames Witwerleben geführt hatte, als Truxler quietschend von seinem Kunstlederhocker rutschte.

»Ich muss weiter, Frau Kull, unsereins hat ja keine üppige Mittagspause. Sagen'S, vielleicht können Sie sich mal unauffällig mit der Frau Pfandel senior unterhalten, so von Frau zu Frau, denn wir kriegen aus ihr nichts raus. Sie schweigt, seitdem wir beide bei ihr im Laden waren. Wahrscheinlich hat sie die Gemeindekrankenschwester auch mit Beruhigungsmitteln gut versorgt.«

»Aber wo ist sie denn, denn zu Ha…« Clara verschluckte das letzte Wort, um Truxler zu verschweigen, auf welche Idee sie gekommen war, um Marias Mutter noch einmal zu befragen.

»Ach, wir haben so ein kleines Gesundhaus im Dorf. Einige Krankenzimmer, eine Gemeindeschwester kümmert sich dort um alles. Der Arzt aus der Stadt kommt regelmäßig. Wer also keine schwere Erkrankung hat, aber nicht allein sein kann, wird dort untergebracht, sozusagen übergangsweise.

Eine recht nette Einrichtung, wie ich finde, man hat sich hier in Engeldorf tatsächlich viele Gedanken dazu gemacht, was das Dorf von anderen unterscheiden könnte. Und neben dem ganzen Design-Mist, dem ich ja nichts abgewinnen kann, und dieser *Slowmove*-Bewegung, die mir schon wieder mehr entspricht, sind auch ein paar soziale Konzepte herausgekommen.«

Truxler konnte sich ja richtig in Fahrt reden und bekam dabei fast hübsche Züge, stellte Clara überrascht fest. Da wollte sie mal nicht so sein, er bekam von ihr auch eine Neuigkeit, die er bestimmt noch nicht kannte.

»Herr Truxler, Sie erinnern sich doch sicher, dass ich nach der Festnahme vom Luis sein Auto zur Bäckerei zurückgebracht habe. Und dort bin ich dem Vater vom Luis begegnet, der wenig schmeichelhafte Worte für seinen in seinen Augen nutzlosen Sohn hatte. Kann es sein, dass Luis nach einer Möglichkeit gesucht hat, sich selbstständig zu machen, und ihm die gekündigte Pacht vom Wastl gerade recht kam? Vielleicht spekulierte er auf die Munzerkogelhütte. Der Wastl hätte dann schon zwei Gründe, auf den Luis einen Grant zu haben.« Clara hätte sich ohrfeigen könne, nachdem ihr der letzte Satz aus dem Mund gerutscht war. Der Kommissar konnte ja gar nichts von einem konkreten Streit zwischen den beiden wissen. Im Augenblick beschuldigten sich wohl beide gegenseitig.

»Und das Motiv, Frau Kollegin, wo bleibt das Motiv? Wenn die beiden Mannsbilder Streit haben, ist das doch noch kein Grund, die gemeinsame Freundin umzubringen, oder? Außer sie hat für einen der beiden Partei ergriffen, womit wir wieder bei der Theorie wären, dass einer dem anderen weh tun wollte, allerdings mit mehr als drastischen Mitteln. Nein, Frau Kollegin, wir sind im Spekulativen. Und damit das nicht so bleibt, geh ich jetzt. Es ist zwar erfrischend, wie unorthodox Sie an die Sache herangehen, mit so einer weiblichen Note, aber ich bin ein altmodischer Mensch. Ich will einen handfesten Grund für einen Mord und einen eindeutigen Täter und keine Grenzfälle des Revierverhaltens. Sie entschuldigen mich!« Er legte drei Euro zwanzig auf den Tresen und nickte einmal kurz, bevor er unter dem glockenhellen »Pfiat eana!« der Bedienung die Milchbar verließ.

19

Truxlers Abgang hatte Clara alles andere als entspannt. Nachdem auch sie drei Euro zwanzig auf den Tresen gelegt und der properen Barfrau noch einen Euro als Trinkgeld dagelassen hatte, verließ sie ein wenig benommen die kleine helle Bar, die ein so heimeliger Ort hätte sein können, wenn die Neuigkeiten, die sie dort gehört hatte, nicht so einen bitteren Beigeschmack gehabt hätten. Als sie aus der gläsernen Tür trat, an der ein Schild *Bitte kommen Sie rein* baumelte, schob ein beißender Eiswind einiges Schneegeflirre durch die Hauptstraße von Engeldorf. Die Sonne war längst wieder hinter dem Munzerkogelgipfel verschwunden, und das Dorf schimmerte in jener blauen Mattigkeit, die sich sofort einstellt, wenn das kurzwellige Licht die Oberhand bekam. In Engeldorf-City, wie Clara den nur wenige hundert Meter umfassenden Ortskern für sich nannte, hatte bereits das Après-Ski-Treiben eingesetzt, das eigentlich nach dem verlängerten Frühstück begann, nach einigen lässig herabgekurvten Abfahrten zunahm und erst weit nach Mitternacht zum Erliegen kam.

Insgeheim bewunderte Clara die Marketingstrategen von Engeldorf, die hatten es geschafft, die Urlauber bei all dem Retro-Slow-Getue so wenig zu erschöpfen, dass sie am Abend noch genügend Kondition hatten, ihr Geld in der Cyber-Tenne, der Milchbar oder einem Etablissement, das sich »Zum Munzer« nannte, in Umlauf zu bringen. Wieso hatte sie nicht einfach auch den Gesetzen Engeldorfs folgen können? Stattdessen hatte sie sich in einen der Player dieses Fantasiedorfs verknallt, hatte einen Mordfall an sich gerissen und hing, statt in der Sonne zu sitzen, mit einem steingrauen Gebirgspolizisten rum, der eine gewisse Resistenz gegen Claras Charme hatte und noch dazu die ganze Ermittlung für ihren Geschmack zu wenig spielerisch anging. Ein Vorgehen, das Clara während ihrer aktiven Laufbahn, also bis vor vier Wochen, immer wieder vorgeworfen wurde, allerdings brachte ihre persönliche Aufklärungsquote die Kritiker auch immer wieder zum Schweigen.

Wie es schien, wurde ihr aber ihr Spieltrieb gerade zum Verhängnis. Was hatte Hubert von Gamsenfeld mit dem Wastl für ein Ding auszutragen, dass er ihm die Pacht aufkündigt? Eine Hütte, die sich allergrößter Beliebtheit erfreute und garantiert die Pacht und ein bisschen was obendrauf einspielte? Eigene Interessen? Aber welche? Alte Dorffeindschaften? Und was spielte Maria in dem ganzen Konstrukt für eine Rolle? Clara stemmte sich gegen den Eiswind, der ihr wie tausend Nadelstiche im Gesicht prickelte. Sie wusste ganz genau, dass sie jetzt in eine emotionale Abhängigkeit geschlittert war, die das Denken in alle Richtungen blockierte. Aber ist gerade das für einen Ermittler nicht das Allerwichtigste? Nichts ungedacht zu lassen?

Bei Hubert von Gamsenfeld hörte Clara Kulls fulminantes Querdenken rasch auf. Sie dachte an seine berührungsseligen Hände, an sein Lächeln, wenn er von ihrer beider Zukunft sprach, und seinen sicheren Umgang mit Stil, Farben und Formen, seine Leidenschaft für schöne Dinge und diesen wehmütigen Blick, wenn sie ihn verließ. Doch dieser ganze glatte Firnis, der Claras Gefühlshaushalt die letzten Tage überzogen hatte, war rissig geworden. Und Clara hätte allzu gerne jeden einzelnen dieser Risse mit ihren Fingerspitzen geglättet.

Sie stemmte sich gegen den eisigen Wind. Über dem Munzerkogel waren kompakte Wolken aufgezogen, die dem Ort eine frühzeitige Dunkelheit bescherten. Was sollte Clara mit dem angebrochenen Nachmittag anfangen? Am liebsten wäre sie zu Hubert in die Apotheke gegangen, hätte ihn gefragt, was es mit all den Heimlichkeiten auf sich hatte und wäre dann sehr, sehr gerne auf eine Versöhnungspaarung zum ihm nach Hause gegangen. Andererseits gab es zwischen ihnen ja nichts zu versöhnen. Alles stand zum Besten. Zumindest für Hubert, der ja nicht wusste, wen er sich da ins Bett geholt hatte.

Clara hatte noch nicht viel Distanz zwischen sich und die Milchbar gebracht, als sie einen Schrei ausstieß, weil ihr jemand von hinten die Augen zuhielt. Mit sehr rauen Wollfäustlingen, an deren Fasern sich Eiskristalle verfangen hatten, die ziemlich unangenehm über die Haut kratzten.

»Autsch, was soll das?« Clara fuhr herum und war reflexartig kurz davor, einen geübten Polizeigriff einzusetzen, als sie erkannte, wer sich hinter dem wolligen Angriff verbarg.

»Sind wir ein bissl faul heute, Frau Kull, das mögen wir hier aber gar nicht!« Gustls Barthaare befanden sich ungefähr zwei Zentimeter vor Claras Gesicht und hatten eine ähnliche Struktur vorzuweisen wie seine Handschuhe. Wolle mit Eiskristallen. Er roch ein wenig nach Wollfett, Minze und Eukalyptus, und Clara fühlte sich augenblicklich in ihre Kindheit zurückversetzt.

»Gustl, mein Lieber, die Erwachsenen müssen auch einmal a bissl für sich sein, um sich von den wilden Spielen zu erholen!« Clara versuchte Gustl streng in die Augen zu sehen. »Und außerdem bist du ja wohl genauso sportlich unterwegs wie ich. Nämlich zu Fuß auf der Dorfstraße!«

»Eins zu null für dich, Frau Kull, suchst wieder Rezepte für dein Buch?« Gustl schnurrte sich mit diesen Worten näher an Claras Ohr, schob seine Fäustlinge in ihre Haare und begrub ihren Mund unter seinem Eisbart.

»Autsch, Herrschaft, Gustl, du kratzt, und zwar von oben bis unten!« Clara schob ihn von sich, was gar nicht so einfach war, denn rechts und links drängte die Engeldorfer Freizeitgesellschaft an ihnen vorbei. Der Schnee bepackte Bürgersteig hatte eine Breite von gefühlten dreißig Zentimetern, und auf der Engeldorfer Hauptstraße herrschte ein Verkehrsaufkommen wie in München zur Weihnachtszeit.

»Das weißt du doch noch gar nicht!« Gustl grinste breit.

»Was weiß ich nicht?«

»Ob ich unten rum kratze!«

Sein Grinsen entblößte jetzt all die wunderbaren kräftigen Zähne. Clara atmete hörbar genervt aus.

»Und das ist auch gut so, das fällt sonst noch unter Verführung Minderjähriger!«

Sie gab Gustl einen Kuss auf die Nasenspitze und wollte sich aus seinem Griff winden.

»Hm, brauchst keine Angst deswegen haben, die Polizei ist derzeit mit was andrem beschäftigt als mit den moralischen Verfehlungen der Gäste. Und außerdem weiß die doch gar nicht, ob ich nicht einen handfesten Mutterkomplex habe!«

Dieses Stichwort gab Clara eine Idee. »Kannst du heute ausnahmsweise mein Fremdenführer im Tal sein, Gustl?«

Gustl blickte sie leicht irritiert an und nickte dann. »Wo soll's denn hingehen? Es gibt hier auch eine Supersauna!«

»Nein, wir bleiben angezogen und suchen gemeinsam das Gesundhaus!«

»Bist du krank?«

»Keine Spur, aber die Mutter von der Maria soll dort sein, und ich habe mir gedacht, vielleicht würde es sie ein wenig ablenken, wenn ich sie nach ihren Lieblingsrezepten frage.«

Gustl entspannte sich. »Ach so, ja klar, die arme Frau, mei, wenn das Leben einfach so weitergeht, dann vergisst man schon schnell das Leid der anderen.«

Er wirkte jetzt tatsächlich ein wenig bekümmert. Kein Wunder, Tod und Verbrechen passten einfach nicht zu seinem sonnigen Gemüt, das am liebsten zwischen den Amplitudenspitzen »g'füriger Schnee« und »gefügige Skischülerin« oszillierte. Clara hakte sich bei ihm unter, was bei ihm zumindest dazu führte, dass sich seine Mundwinkel wieder nach oben bewegten.

»Find ich bärig, wie du dich um die Mutter von der Maria sorgst, schließlich kennst du sie ja gar nicht. Da sieht man wieder, was für ein Vorurteil es ist, wenn man immer sagt, die aus der Stadt seien so abgebrüht.«

Er drückte ihren Arm einen Tick zu fest. Clara nickte schnell. Wie abgebrüht sie war, sollte er vielleicht nie erfahren. Besser so, dieses Sonnenscheinchen sollte Engeldorf noch lange erhalten bleiben. Nicht mit Gold aufzuwiegen sind solche hoch motivierten Fremdenführer, die kaum etwas persönlich nehmen und stets gut gelaunt mit einem durchs Dorf streifen. Und sei es ins Gesundhaus, vor dessen Tür sie so unvermittelt angekommen waren, dass Clara kurz nachdenken musste, wie sie dieses Haus die letzten Tage übersehen konnte. Es lag nur wenige Meter von der Hauptstraße entfernt in einer der Seitengassen, die letztendlich alle irgendwann auf die Munzergasse führten. Ein Emailleschild über der Klingel war der einzige Hinweis auf die Funktion des Hauses. Entweder gab es das Gesundhaus schon lange, oder die Engeldorfer hatten auch hier einen Sinn fürs Design. Das Schild sah mit all seinen abgestoßenen Emaillepartikeln und den Rosträndern aus wie aus der Requisitenkammer eines Museumsdorfs.

Auf Claras Klingeln öffnete sich die Tür allerdings durchaus fortschrittlich mit einem Summer. Gustl ließ ihr den Vortritt und verdüsterte beim ersten Duftschwall nach Desinfektionsmitteln sofort seinen Gute-Laune-Blick. Das Haus war wohl früher ein Schulhaus gewesen.

Ihrer beider Schritte hallten durch den Eingangsbereich, der mit einem braun-rot-beige gesprenkelten Steinboden gepflastert war. Grobe Risse zogen von einer Seite zu anderen, aber diese Gebrauchsspuren machten den Natursteinboden umso schöner. Weiß gekalkte Wände mündeten in einer Stuckdecke. Eine schmale, schnörkellose Holzbank stand an der einen Wand, auf der ein kleines Schild den Wartebereich anzeigte. Die drei abgehenden Türen waren verschlossen. An ihren tiefen Leibungen konnte man erkennen, welch massiges Fundament dieses Haus hatte. Jede Mauer hatte sicherlich eine Tiefe von gut einem Meter. Gustl war ehrfürchtig verstummt, wahrscheinlich war er in seinem ganzen Leben noch nicht hier gewesen. Clara musste sich das Lachen verkneifen, denn das hier war so gar nicht sein Element. Kurz bevor sie beherzt eine der Türen aufreißen konnte, kam aus einer eine Frau in erkennbarer Schwesterntracht heraus. Wie viele Frauen undefinierbar mittleren Alters war sie korpulent, dabei aber kompakt gebaut; die weiße Schürze, das hellblaue Baumwollkleid mit dem weißen Krägelchen und die kleine steife Haube unterstrichen die quadratische Form noch. Ihre Füße steckten in knorrigen, beigen Gesundheitsschuhen, die beim Gehen ein schmatzendes Geräusch machten.

»Grüß Gott, ich bin die Schwester Martha, was kann ich für Sie tun?« Das rollende »r« und ihr klar fixierter Blick machten sofort klar, wer hier die Chefin war. Clara streckte ihr die Hand hin.

»Grüß Sie auch, ich … also wir … wollten die Fanny Pfandel besuchen. Ich war letztens dabei, als der Kommissar ihr die schreckliche Nachricht überbracht hat und deshalb dachte ich …«

Ein plötzlicher Schmerz durchfuhr Clara, denn die Gemeindeschwester hatte ihre Hand derart fest gedrückt, dass sie kurz davor war aufzujaulen. Heimlich rieb sie sich die Hand und beobachtete Gustl, der ebenfalls artig die Hand ausgestreckt hatte. Bei ihm schien der Schraubgriff aber keinerlei Wirkung zu zeigen.

»So, so, die Frau Pfandel wolln'S besuchen, das ist nett, kommt ja sonst keiner.«

Clara sah die Schwester verwundert an. »Was heißt das? Ist aus dem Dorf niemand vorbeigekommen?«

Schwester Martha schüttelte den Kopf. »Alte Geschichte ist das, und die Menschen in dem Tal sind stur. Ich weiß das ja alles nur am Rande, bin ja hier nur die mobile Reserve und hab auch noch in anderen Gemeinden zu tun, wenn hier die Saison zu Ende geht.«

»Ist die Frau Pfandel im Augenblick Ihre einzige Patientin?«

»Ja, schon. Es kommen zwar immer Tagesgäste, die sich mal wieder bei dem altmodischen Skidings irgendeine Sehne gezerrt haben oder besoffen gegen einen Holzschuppen gefahren sind. Die werden versorgt oder ins Krankenhaus gebracht. Aber so eine körperlich gesunde Patientin, die sozusagen wegen Seelenkummer betreut werden muss, habe ich sonst nicht. Ich wüsste aber auch gar nicht, wie ich das machen sollte, bin ja keine Psychologin. Wenn eins nicht red', gehört's eigentlich in eine Krisenbetreuung.« Martha verschränkte die festen Arme vor ihrem stattlichen Vorbau und blickte mit den blauen, klaren Augen vom Gustl zu Clara und wieder zurück. Am Gustl blieb sie hängen.

Gell, der gefällt dir auch, dachte Clara, bevor sie die Schwester wieder ansprach.

»Hat sie denn noch immer einen Schock? Ich weiß, dass sie plötzlich in sich zusammengesackt ist, nachdem ich … also der Kommissar Truxler ihr die schreckliche Neuigkeit überbracht hatte.« Vorsicht, dachte Clara, nicht dass ich mich jetzt verplappere. Weder der Gustl noch die Gemeindeschwester mussten von ihrem beruflichen Background erfahren.

Martha nickte. »Sie red nix. Essen tut sie ganz wenig. Sitzt nur da und starrt auf ihr Nachtkasterl. Ich geb ihr was zur Beruhigung und was gegen ihre Erkältung. Aber ich bin nicht sicher, ob sie die Tabletten wirklich nimmt, so angewidert, wie sie draufstarrt. Aber was erzähl ich Ihnen denn da, sie sind ja noch nicht mal Angehörige!«

Erschrocken über ihre eigene Plauderlaune wischte sie ihre Hände nervös an ihrer Schürze ab, ohne dabei den Blick von Gustl zu wenden.

»Das passt schon, Schwester Martha, wir erzählen auch nichts weiter, gell, Gustl, aber besuchen würden wir die Frau Pfandel schon gerne.« Clara blickte von Martha zu Gustl und erkannte, dass beide anscheinend sehr genau wussten, wer der andere war. Von Gustls Handschuhen tropfte der geschmolzene Schnee, unter ihm hatte sich eine Pfütze gebildet, die nun begierig in alle Risse floss, die der Boden aufwies. Marthas Blick verdüsterte sich.

»Moment, ich bring Ihnen Botschen, mit den Stiefeln geh'n Sie mir da nicht rein.« Sie verschwand hinter einer der Türen und kam mit Filzlatschen in zwei sehr verschiedenen Größen heraus. Die kleineren gab sie Clara in die Hand, die größeren ließ sie mit einer geringschätzigen Bewegung vor Gustls Füße fallen. Clara hatte sich gebückt, um die Stiefel aus- und die Filzlatschen anzuziehen und zuckte zusammen, als die Pantoffeln neben ihr aufschlugen. Sie sah zu Gustl, der keine Miene verzog, während er an den derben Schnürsenkeln seiner Bergstiefel verzweifelte. Vielleicht war es doch keine so gute Idee gewesen, diesen Luftikus hierher mitzunehmen? Ganz offensichtlich hatte Martha keine allzu hohe Meinung von ihm, oder sie wunderte sich über seinen Besuch zusammen mit einer Touristin.

»Kommen'S, folgen Sie mir!« Martha schritt kräftig aus in Richtung mittlerer Tür. Mehr schlurfend als gehend folgten Clara und Gustl ihr. Hinter der Tür erstreckte sich ein Gang. Auch hier war der Boden aus Naturstein, allerdings in Grautönen mit schwarz-weißem Seitenmuster. Der Geruch nach Desinfektionsmitteln verstärkte sich. Mehrere Türen gingen ab, die alle eine Nummer trugen. Bei Zimmer 1 blieb Martha stehen, klopfte vernehmlich und drückte dann unverzüglich die Klinke.

»So, Frau Pfandel, Besuch für Sie, das wird Sie ein bissl aufrichten!« Dabei versuchte sie gar nicht, ihre Abscheu gegenüber Gustl zu verbergen, als sie ihn mit einem Blick abmaß, den Clara so interpretierte: »Sag ja nichts Verkehrtes!«

Das würde Clara noch herausbekommen müssen, was zwischen den beiden war. Jetzt konnte sie sich nur auf Frau Pfandel konzentrieren, denn es würde vermutlich ihre einzige Chance sein, diese Frau unverdächtig zu besuchen.

Fanny Pfandel saß mit dem Rücken zum Fenster auf einem Holzstuhl, der in einem blassgraugrünen Ton gestrichen war. Außer einem Bett, einem Nachtkästchen aus Blech, einem zweiten Stuhl in hellblau und einem kleinen Tisch befand sich nichts in dem Raum, der eine beachtliche Höhe, aber keine nennenswerte Grundfläche hatte. Ein Turm, dachte Clara und musste unwillkürlich in die Höhe sehen, wo eine Kugellampe kaltes Licht herunterschickte, das von den hellen Einrichtungsgegenständen verschluckt wurde. Es lag eine bleierne Milchigkeit über dem Raum, in dem sich ein zarter Duft von Eukalyptus mit dem Desinfektionsmittel mischte.

»Hallo, Frau Pfandel.« Clara streckte der in sich zusammengesunkenen Frau die Hand hin. »Erinnern Sie sich noch an mich, Clara Kull, ich war mit dem Kommissar Truxler bei Ihnen.« Clara berührte Fanny Pfandel sanft an der Schulter, nachdem ihre entgegengestreckte Hand ohne Reaktion blieb. Fanny Pfandel zuckte zusammen wie nach einem Elektroschock und blickte Clara waidwund an. Die Nase war gerötet. Feine Linien zogen sich von den Augen über die Wange bis in die Schläfen. Vielleicht trennen uns nur zwölf Jahre, aber vor mir sitzt eine alte Frau, dachte Clara und fuhr sich unwillkürlich über das Gesicht, als ob sie sich der Straffheit ihrer Haut vergewissern müsste. Gustl – der bisdahin stocksteif in der Tür gestanden hatte, vermutlich auch, weil die Gemeindeschwester nicht aufhörte, den Blick einer gefahrsensiblen Bärenmutter auf ihn zu heften – musste nun lächeln. Er schob sich an der Gemeindeschwester vorbei in den Raum und berührte nun seinerseits die Schulter von Clara. Als würden sie eine Kette bilden, um Lebenssaft in die fahle Frau zu pumpen, dachte Clara, die verstohlen zu Gustl sah und dann zur Gemeindeschwester, die immer noch wie ein Schießhund in der Tür stand.

»Martha, ich denk, wir kommen allein zurecht. Ich ruf Sie, wenn ich Sie brauch, ja?« Clara wusste, sie würden kein Jota weiterkommen, wenn der Anstandswauwau die ganze Zeit mit im Zimmer blieb. Allein ihre *bad vibrations* Gustl gegenüber sorgten für eine Anspannung, der sich niemand entziehen konnte.

Fanny Pfandel hatte unmerklich den Kopf bewegt. Vorsichtig zog Clara sich den zweiten Stuhl heran und setzte sich neben sie. Hinter sich hörte sie die Tür ins Schloss fallen, ganz offensichtlich hatte Martha eine gewisse Neigung, Befehle entgegenzunehmen. Die Hände von Fanny Pfandel begannen unruhig auf ihren Knien zu wandern. Clara musste sich beeilen, bevor sich das Fenster zu ihrer Aufmerksamkeit wieder schloss.

»Frau Pfandel, haben Sie schon gehört, es gibt ein paar Hinweise, aber noch nichts Konkretes. Der Wastl, also der Hüttenwirt, und der Luis scheinen sich beide für Ihre Tochter interessiert zu haben. Wissen Sie da was Näheres? Hat die Maria mal was erzählt?«

Im Gesicht der Fanny Pfandel ließen die beiden Namen keine Reaktion zurück. Clara probierte etwas anderes.

»Die Maria war wohl recht fleißig, gell? Aber lang hätte sie das Tempo nicht mehr durchgehalten in ihrem Zustand …« Clara ließ bewusst eine Pause und beobachtete die Augen der Frau. Fanny Pfandels Hände suchten Halt an den Knien, über denen eine Decke lag. Sie gruben sich tief in das Wollgeflecht ein, bis das Weiß an den Knöcheln hervortrat.

»Frau Pfandel, ist das wahr, dass Sie erkennen können, wenn jemand schwanger ist?« Das war eine riskante Frage. Zum einen vor dem Gustl, zum anderen in ihrer eigenen Situation. Wenn die Pfandel wirklich im allerfrühesten Stadium was ahnen konnte, dann würde sie es Clara auch ansehen oder eben nicht. Der Gedanke verunsicherte Clara mehr als er sie erfreute. Das war gestern noch anders gewesen. Sie hätte sich ohrfeigen können für ihren Leichtsinn, doch hier ging es nicht um Claras seit Jahren verkorkstes Liebesleben, sondern um das der jungen Maria. Clara legte ganz vorsichtig ihre Hand auf die der Fanny Pfandel. Dass Gustls Hand immer noch auf ihrer Schulter lag, hatte sie ausgeblendet.

»Haben Sie gewusst, dass die Maria schwanger war, Frau Pfandel?«

Kaum hatte Clara den Satz ausgesprochen, zuckte die Frau zusammen. Gleichzeitig durchlief Clara ein Gedanke, den zu denken sie sich bisher wohl nicht erlaubt hatte: Sollte die Pfandel die Schwangerschaft ihrer Tochter bemerkt haben, musste es in ihr Erinnerungen an ihre eigene unfreiwillige Schwangerschaft ausgelöst haben. Und zugleich Existenzängste. Denn von ihrem Souvenirladen würde sie nicht leben können. Diese Fanny Pfandel war keine Geschäftsfrau. Der Laden war ein netter Versuch der Tochter, die Mutter zu beschäftigen und ein bisschen Geld anzulegen, das auf einem, sagen wir, steuerlich nicht transparenten Weg generiert wurde.

Gustls Hand fühlte sich für Clara in dem Augenblick an wie ein Schraubstock. Am liebsten hätte sie ihn wie einen ungezogenen Buben vor die Tür gestellt. Die knochigen Hände der Fanny Pfandel hingegen waren eiskalt. So kalt wie der Blick, den sie nun ganz klar in Claras Gesicht schickte.

»Freilich hab ich's gewusst. Nicht hören wollt sie's. Du mit deinem Hexenblick, hat sie gesagt und dann gelacht, dass das wohl ein ganz schöner Witz wäre, wenn man heutzutage schwanger würde, ohne es zu wollen. Aber so ist das eh immer gewesen, dass die Leut' von mir nicht hören wollten, was die Wahrheit war …« Wie auf ein unsichtbares Zeichen hin verebbte der unverhoffte Redefluss. Clara drückte die kalte Hand, doch Fanny Pfandels Mund hatte sich zu einem schmalen Schlitz verschlossen. Hinter sich hörte sie den Gustl schlucken, der wohl vor lauter Anspannung den Atem angehalten hatte und nun die Pause für notwendige körperliche Reaktionen nutzte. Clara wurde feinnervig. Dieses Schlucken ging ihr auf den Zeiger.

»Geh Gustl, hol doch bitte ein Wasser für uns alle, ist so eine schrecklich trockene Luft hier drin!« Sie musste ihn loswerden, sonst würde sie ungerecht. Gustl gehorchte, wenn auch widerwillig, schließlich würde ihn der Auftrag direkt in die Feldwebelarme von Martha treiben, die mit ziemlicher Sicherheit hinter der Tür Stellung bezogen hatte, um ja nichts zu verpassen. Erst als Clara die Tür erneut einschnappen hörte, wandte sie sich wieder Marias Mutter zu. Jetzt musste es schnell gehen. »Frau Pfandel, Fanny, ich darf Sie doch so nennen. Hatte die Maria Feinde? Und womit hat die Maria das große Geld gemacht? Nur als Bedienung und Gogo-Girl ist das nicht möglich.«

Sie hatte alles auf eine Karte gesetzt, es konnte sein, dass sie die arme Frau jetzt völlig zum Verstummen gebracht hatte. Aber sie fühlte, dass irgendetwas aus der Fanny Pfandel herauswollte, denn sie hatte die kalte Hand unter der von Clara hervorgezogen. Die Hand zitterte wie Espenlaub. Vielleicht eine Nebenwirkung der Medikamente, die auf dem Tisch lagen. »Morgens, mittags, abends« stand auf dem Plastikschächtelchen mit den drei Fächern für jede Tageszeit. Rosa, gelb und hellblau kullerten darin die Tabletten herum, als Fanny Pfandel mit dem Zeigefinger dagegen stieß und nur der durchsichtige Plastikschieber, der den Spender verschloss, verhinderte, dass die bunten Pillen durch den Raum flogen. Clara sah Fanny Pfandel irritiert an, die immer noch schmallippig vor sich hin stierte. Der Temperamentsausbruch war anscheinend vorüber. Die Hand und die kullernden Tabletten hatten sich wieder beruhigt.

In diesem Augenblick kam Gustl mit hochrotem Kopf herein und stellte mit einem etwas zu lauten Geräusch die Gläser mit Wasser auf den Tisch, dass es spritzte. Pfützen bildeten sich, flossen zusammen, ergaben ein Rinnsaal, das sich langsam auf den Tablettenspender zubewegte und ihn dann sanft umfloss. Clara blickte Gustl scharf an, der ein Taschentuch aus der Hosentasche geholt hatte und damit ungeschickt herumwischte.

»Danke, Frau Pfandel, das hat uns sehr geholfen«, wollte sie schon sagen, doch dann erinnerte sie sich an ihre geheime Mission und dass sie ja hier nicht als offizielle Ermittlerin auftrat. Das Ganze war absurd. Eine stumme Person, deren Miniaturausbruch sich gegen eine Tablettenschachtel richtete, und ein Animateur, der ihr bei der Detektivarbeit half, wenn er nicht gerade versuchte, ihr an die Wäsche zu gehen. Sie sah die knochige Hand der Fanny Pfandel vor sich auf dem Tisch und die braun gebrannte Jungmännerhand und dazwischen ein Taschentuch, hellblau-weiß kariert, mit kleinen gestickten Gemsen darauf. Fanny Pfandels Hände deuteten schwach eine Greifbewegung nach dem Tuch an, als würde es sie unmenschliche Kräfte kosten. In Claras Unterleib hatte sich schlagartig ein krampfender Schmerz ausgebreitet.

20

Sie standen beide etwas unbeholfen vor dem Gesundhaus und atmeten tief. Schöne frische Schneeluft als Gegengift gegen Desinfektion und den bösen Blick, den ihnen Martha noch hinterhergeschickt hatte, als sie das Zimmer der Fanny Pfandel verlassen hatten. »Danke Martha, und auf Wiedersehen«, hatte Clara noch gesagt, als sie an ihr vorbei zu ihren Schuhen liefen, um erleichtert die Filzlatschen von den Füßen zu bekommen, die sie im wahrsten Sinne des Wortes unbeweglich gemacht hatten. »Muss ned sein«, hatte die Gemeindeschwester dann gerufen und: »Mit solcherne wollen wir hier nichts zu tun haben!«

Das war eindeutig auf Gustl gemünzt, der den Kopf eingezogen und sich in das Schnüren seiner Riesenstiefel vertieft hatte. Jetzt vor der Tür im Dämmerlicht des ausgehenden Nachmittags sah Clara den jungen Mann lange an.

»Was hatte die?«

»Ich weiß ned!«

»Ich hab das Gefühl, dass ihr euch ganz genau kennt!« Clara fixierte Gustl immer noch.

»Das ist eine alte Geschichte!«

»Magst sie mir erzählen?«

»Eigentlich nicht!«

»Und wenn ich dich ganz lieb bitte?« Clara hasste sich, wenn sie unwillkürlich in so einen Klein-Mädchen-Betteltton verfiel.

»Es ist mir peinlich!«

»Dir ist etwas peinlich? Ist es so sehr unter der Gürtellinie?« Mit dieser Brücke machte Clara es dem Gustl leicht, wie sie fand.

»Ziemlich.«

»Warst du mal ihr Patient?« Clara ahnte, welches Tiefparterre jetzt kam, als sie hinter Gustls gepflegt wildem Bart einen Anflug von Röte wahrnahm.

»Mei, einmal ned aufgepasst.«

»Bei was?« Clara konnte nerven.

Gustl schwieg und schlug stattdessen mit der flachen Hand auf seine Faust.

»Eine *maladie d'amour*?« , versuchte es Clara erneut zu umschreiben.

»Was?«

»Ein Schnackselschnitzer!« Clara fand Gefallen an den Euphemismen für Geschlechtskrankheiten.

»Mei, das klingt so hart!«

»Und damit bist du zu diesem Dragoner? Hast ihr dein wertvollstes Stück gezeigt, und sie hält dich seitdem für einen Lump?«

»So ähnlich.«

»Bei wem hast dir das geholt? Eine Gästin, oder eine aus dem Dorf, oder hast du den Überblick verloren?« Wenn sie nicht aufpasste, bekam sogar ein Einfaltspinsel wie Gustl mit, dass sie das Ausfragen professionell betrieb.

»Sag ich nicht!«

»Was habt's ihr hier im Dorf eigentlich gegen Kondome?«

Diese Frage kam ungeplant aus Claras Mund, und sie hätte sich ohrfeigen können, denn jeder Mensch mit einem Hauch Kombinationsgabe konnte daraus schließen, dass sie mit der Abneigung gegen Gummi auch schon ihre Erfahrungen gemacht hatte. Gustl sah verdammt gut aus, er konnte Skifahren wie ein kleiner Gott und die Gabe der charmanten Anmache war ihm wohl in die Wiege gelegt. Doch der Schlaueste war er nicht.

»Weiß ned, eigentlich nix, aber es ist alles ein bissl aus dem Ruder gelaufen in letzter Zeit!«

Clara horchte erst recht auf. »Aus dem Ruder gelaufen?«

»Ja, mit dem Konzept und der Umsetzung. Es lief halt echt gut, diese Kombination aus Animation und Retrosport.«

»Du meinst den Begleitservice und den *Slowmove*, auch der im Bett?« Allmählich dämmerte Clara, mit was man hier im Dorf das große Geld machte. Anscheinend war das Engagement so weit gegangen, dass auch noch die letzten Sicherheitsmaßnahmen über Bord gingen. Keine Kondome, Geschlechtskrankheiten, Schwangerschaften. Ihr wurde schlecht. Sie steckte selbst mittendrin. Und konnte nur hoffen, dass der Apotheker nicht der professionelle Begleitservice war. Dabei fiel ihr das Taschentuch wieder ein.

»Nettes Tücherl hast du übrigens, Gustl.«

Gustl guckte irritiert.

»Na, das Taschentuch, mit dem du den Wasserschaden wieder aufgewischt hast.«

»Ah, das!« Gustl zog das Tuch aus seiner Hosentasche und winkte damit, als ob er sich von Clara verabschieden wollte.

Sie nahm ihm das Tüchlein ab. »Woher hast du das?«

»Hat mir die Maria gegeben an dem letzten Abend in der Cyber-Tenne!«, antwortete Gustl trotzig und wollte sein Tuch wieder zurück haben.

»Warum?« Clara ließ nicht locker.

»Na, weil sie es erst selbst gebraucht hat, als ihr die Wimperntusche verrutscht ist.«

»Warum ist ihr die Wimperntusche verrutscht? Hat sie geheult?«

»Fast, sie war ziemlich aufgeregt, hatte sich mit dem Luis gestritten, weil sie nicht mit ihm in die Kiste wollte, sondern vorgab, noch was zu tun zu haben. Und dann ist der Luis halt sauer geworden und hat gesagt, er würde den anderen umbringen!«

»Welchen anderen?«

»Mei, er dachte wahrscheinlich, der Wastl ist der Konkurrent. So ganz offen ist die Maria ja mit ihrem kleinen lukrativen Nebenjob nicht umgegangen!«

»Du meinst mit eurem kleinen Nebenjob, Gustl?«

Er wand sich unter ihren Blicken. Und Clara ergriff die Gelegenheit, die Sache beim Namen zu nennen.

»Ihr habt euch verkauft, ja? Man konnte euch buchen! Auch fürs Bett, und der Luis wusste nichts davon?«

Mit seiner großen Hand fuhr sich Gustl erneut aufgeregt durch den Bart. »Clara, ich will nicht, dass du was Blödes von mir denkst, aber in dem Dorf war so lange der Hund begraben, und dann kam das Konzept, und wir haben gedacht, bei so viel Retro können wir auch ganz geschmeidig eine nette Form des ältesten Gewerbes der Welt einrichten. Denn wir machen es ja total charmant und ganz persönlich.«

Wie wahr, wie wahr, dachte Clara, die sich noch gut an die vielen kleinen Erotismen erinnern konnte, die eine Berührung von Gustl erzeugt hatten. Das nette Rundum-Verwöhnprogramm, das so ganz nach gesund gewachsenem Flirt aussah. Die nette Maria, die mit ihrem natürlichen Charme so gut wie jeden haben konnte, wahrscheinlich auch Frauen.

Und die sich nach getaner Arbeit vermutlich das Schweigen erkauften. Denn irgendwie musste das Geld ja reinkommen.

»Habt ihr die Leute dann erpresst?« Sie wollte es wissen, und der Gustl war im Augenblick weich wie Gummi. Clara musste sich das Lachen verkneifen, was für ein Vergleich in diesem Zusammenhang.

»Mei, Erpressen ist ein hartes Wort, wir haben halt eine kleine Aufwandsentschädigung verlangt. Und ohne Gummi …«

Jetzt wird's unappetitlich, dachte Clara und hielt dem Gustl die Hand vor die Lippen. Anders als sonst folgte kein Kuss. Sie waren anscheinend am Ende ihrer Geschäftsbeziehung angekommen.

»Es tut mir leid, Clara, das ist jetzt alles so unromantisch!«

Clara wunderte sich, dass das diesem Naturburschen erst jetzt auffiel. Seine, sagen wir, Kollegin war vor zwei Tagen eines nicht ganz natürlichen Todes gestorben, er hatte ihr gerade den eher schlüpfrigen Teil des Marketingkonzepts von Engeldorf erklärt und entschuldigte sich nun für die Nicht-Romantik?

»Aber das hast du alles nicht der Polizei gesagt, oder? Auch das nicht mit dem Taschentuch?« Clara hatte wieder zu ihrer Ausgangsfrage zurückgefunden.

»Nein, Schmarrn, das hätt' doch nur Ärger gegeben.«

»Und das Taschentuch?«

»Ja, die Maria hat also ihre Wimperntusche reingewischt und dann hat sie das Tuch so lange angeschaut. Dann hat sie es mir in die Hand gedrückt und sich umgedreht und ist weg. Das war das Letzte, was ich von ihr gesehen habe.«

Nachdenklich betrachtete nun auch der Gustl das Tuch, als würde er es zum ersten Mal sehen. Claras Blick hing an den Initialen HvG fest. Bevor sie sich übergab.

21

Als der Gustl um die nächste Ecke verschwunden war, hatte Clara das Gefühl, ein Teil ihres Urlaubs wäre mit ihm gegangen, und das nicht nur, weil sich ihr Magen umgekrempelt hatte. Gustl war eine sichere Flirtbank gewesen, hatte genau das verkörpert, was Clara brauchte: leicht bekömmliche Erotik ohne Verpflichtungen. Jetzt, da sie wusste, dass das alles zum Service des Dorfs gehörte, aber dennoch nicht über die Kurtaxe abgegolten wurde, hatte alles eine schale Note bekommen. Gustl, der verspielte Welpe mit dem mangelnden Gefühl für Mindestabstände und passende Zeitpunkte. Gustl mit dem Taschentuch, das hier der halbe Ort zu haben schien und vor allem alle Menschen, die Maria als Letztes gesehen hatten. Ein Tüchlein mit Initialen von dem Mann, dem sie mehr vertraut hatte als jedem anderen hier am Ort.

»Servus dann auch, Clara«, hatte Gustl gesagt und einen Handkuss angedeutet, obwohl er seine Wollhandschuhe bereits wieder angezogen hatte. Die struppige Oberfläche des Strickgewebes passte gut zu diesem Abschied. »Pass auf dich auf«, hatte er noch hinterhergeschickt, und: »Jetzt kannst du ja schon allein auf den Munzerkogel fahren, aber pass' auf, ab morgen wird's da laut, die drehen da so ein Volksmusikevent. Das hat der Wastl gut hingekriegt, dass die Polizei ihm wieder die Bude frei gegeben hat, sonst wäre der Deal geplatzt.«

Clara horchte auf. Auf einmal war ihr völlig klar, was sie jetzt zu tun hatte. Sie musste unbedingt mit dem Hüttenwirt sprechen. Sie kannte das Gefühl gut, wenn eine Ermittlung an Fahrt aufnahm, sollte man keine Minute versäumen. Sie blickte Gustl noch nach, der das Taschentuch nun tatsächlich über seinem Kopf kreisen ließ, während er sich in die schattigen Gassen Engeldorfs verdrückte, die bereits von heimkehrenden Skifahrern und schlendernden Müßiggängern in einen ungleichen Rhythmus gerieten. Anrempeln, stehen bleiben. Stöcke sortieren, fallende Skier, unförmige Schuhe. Schlitten mit Kindern darauf, Hunde, die versuchten zwischen den gefährlichen Schuhwerken hindurch zu kommen. Auf der Hauptstraße hatte sich ein Stau gebildet, weil ein schwarz lackierter Laster nach dem anderen durch den Ort fuhr. Hier könnte man noch an dem Retrokonzept arbeiten, dachte Clara mit einem Anflug von Wehmut. Denn die Nostalgie der ersten Tage war längst einem Gefühl gewichen, hier geschäftstüchtig abgezockt zu werden.

Die dunklen Laster waren mit dem markigen Schriftzug *Cine Power stattet Filme aus* bedruckt, und Clara ahnte deren Ziel: die Munzerkogelbahn. Das hieß, dass die jetzt wahrscheinlich Gerät hochschaffen würden. Das hieß auch, die Seilbahn hatte länger als normal geöffnet, und Clara würde auf bequemem Weg nach oben kommen. Kein langwieriger Aufstieg über die Forsttrasse. Von der Turmuhr der Dorfkirche schlug es halb fünf. Ihre letzte Mahlzeit war Stunden her. Und sie würde bei Hubert vorbeigehen müssen, um ihm eine plausible Geschichte aufzutischen, warum sie heute Abend für ihn nicht verfügbar sein würde. Claras Magen krampfte sich zusammen, aus Hunger und unklarem Ahnen. In einer Bäckerei nahm sie zwei Quarktaschen mit. Würde Hubert Quarktaschen mögen? Sie wusste nichts von dem Mann, dem sie ihre Schenkel geöffnet hatte. Mit schnellen

Schritten bahnte sie sich den Weg durch die Rush Hour Engeldorfs, bis sie vor der Apotheke ankam, an der gerade die Fassadenbeleuchtung anging. *Sternen Apotheke* in einer altmodischen Neonschrift und ein Vorhang aus Dekolämpchen, die heute anscheinend im Schaufenster zwischen kunstvoll aufgeschichteten Türmen aus Muskelsalbe und einer Werbepackung Alka Seltzer aufgespannt worden waren. Dazwischen tickte eine Dekozitrone mit dem Durchmesser eines Sonnenschirms für mehr Verzehr von Vitamin C. Die tickende Zitrone war wie ein Kopfschütteln. Wie konnte sie sicher sein, dass Hubert nicht auch zur Sex-Kamarilla von Engeldorf gehörte und sie um ein paar Hunderter erleichtern wollte, damit ihr kleines Geheimnis auch ihres blieb? Bekamen alle »Ehemaligen« ein Taschentuch zum Abschied? Clara erklomm die Treppenstufen zum Apothekeneingang wie eine erschöpfte Bergsteigerin. Das helle Läuten der Eingangstür schrillte ihr im Ohr. Wäre jetzt eine Traube Kunden vor ihr da, würde sie ohne ein Wort wieder gehen. Unerträgliche Ungewissheit und das Wissen um ihre Lüge, die sie Hubert von Gamsenfeld gleich auftischen würde, ließen ihre Nerven blank liegen. Hinter ihr fiel die Tür ins Schloss. Clara zuckte zusammen, im Laden war niemand. Aus dem Off der schier endlosen Ausziehschränke mit den Präparaten tönte der vertraute Bass mit einem »Komme sofort«. Die Tüte mit den Quarktaschen hatte Clara auf den Tresen gelegt, an dem sie sich nun festhielt. Zwischen den Regalen erschien Huberts Kopf, in der Hand hielt er vorbestellte Medikamente. Zwischen den Lippen klemmte ein Zettel, vermutlich die Liste der Bestellungen. Rasch war er am Tresen, die Schachteln hatte er vorher in einen Plastikkorb gleiten lassen, auf dem ein zellophaniertes Schildchen »Bestellungen« klebte. Er trat aus einer kleinen Lücke zwischen der rechten und der linken Tresenhälfte, und zog Clara mit sich.

»Roswitha, kannst du vorkommen?« Anscheinend wurstelte eine Clara nicht näher bekannte Verkäuferin im hinteren Teil der Apotheke und sollte nun den Service übernehmen. Clara sah sehnsüchtig zu den Quarktaschen zurück, die auf dem Tresen liegen geblieben waren. Sie wollte nicht ins Hinterstübchen und schon gar nicht ohne Proviant.

»Hubert!« Weiter kam Clara nicht, denn Hubert verschloss ihr den Mund mit einem Kuss, der nach Menthol schmeckte. »Hubert, die Quarktaschen!« Der Apotheker sah sie kurz befremdet an, um dann zu lachen, jenes Lachen, das die letzten Tage seine Wirkung nicht verfehlt hatte. Clara war nicht immun dagegen geworden. Sie hätte sich ohrfeigen können. Bevor Hubert sie in eines der Hinterzimmer schieben konnte, nahm sie mit einer schnellen Bewegung die Bäckertüte vom Tresen. Dann schloss sich die Tür hinter ihr und dem Apotheker. Mit einem Schnappen und einem sperrenden Schlüssel. Ein kleiner fensterloser Raum. Clara kramte in der Tüte, während Hubert ihr umstandslos den Reißverschluss öffnete.

»Hast du so viel zu tun gehabt, dass du das Essen vergessen hast?« Huberts Brummelbass kam aus den Tiefen ihrer Brüste, während Clara ihm Blätterteig aufs Haupt bröselte, der sich beim Abbeißen gelöst hatte. Sie war nicht immun. Cara fühlte, dass sie sämtliche Kleidungsstücke ab der Nabelmitte verloren hatte, so rasch hatte Hubert an ihr herumgefingert. Dann nahm er sie hoch, ungeachtet der Quarktasche, und als Hubert die Zuckerreste von ihrem Kinn schleckte, lag sie schon rücklings auf seinem Schreibtisch, der eigentlich ziemlich unbenutzt aussah. Ein altes kostbares Stück aus Kirschholz, das sich glatt und kühl anfühlte. Hubert war bereits auf dem Weg in Claras Arkadien, seine Hände lagen um ihren Hals, Hände, deren Finger zu gnadenlosen Schraubstöcken wurden. Clara röchelte. »Hubert, hör auf, bitte … ich …«

Mühsam richtete sie sich von der Tischplatte auf und hielt sich hustend den Hals. Sie hasste sich. Sackte auf dem Parkettboden zusammen, der den Raum in einen goldenen Honigton hüllte. Hubert war ebenfalls neben ihr zusammengesackt, vielleicht wegen einer kleinen Kreislaufschwäche oder weil sie ihm mit dem Schwung wehgetan hatte.

»Clara, Liebes, es tut mir leid, du bringst mich um den Verstand!«

Clara hustete wieder.

»Weiß nicht, was das ist, wenn ich dich sehe, muss ich dich besitzen. Ich habe nie verstanden wie man gewaltsam Sex verlangen kann. Bei dir ahne ich, dass es Situationen gibt, die einen alle Rücksicht und Vorsicht vergessen lassen!«

Clara hustete weiter. Was wollte Hubert ihr sagen? Dass er sie zur Not auch vergewaltigen würde? Sie schüttelte sich, würgte, eine Art Asthmaanfall. Manchmal hatte sie das. Hubert sprang auf und holte einen Pumpspray von einem hölzernen Bord, setzte ihn ihr an die Lippen und bat sie, einzuatmen, während er auf die Pumpe drückte. Warmer geschmackloser Nebel breitete sich in ihrem Rachen aus. Hubert hatte sich wieder im Griff, bedeckte ihren Hals mit Küssen und angelte aus einer Schublade ein Taschentuch. Kariert mit Initialen.

22

Langsam zog sich Clara wieder an. Wenigstens hatte dieser Coitus interruptus ihr einen guten Grund geliefert, Hubert diesen Abend nicht zu sehen. Um den Hals gelegte Hände ging gar nicht. Sie stand nicht auf Paniksex. Das sagte sie dem Apotheker auch, der in einer Mischung aus Bedauern und Unwillen an seinem Reißverschluss nestelte.

»Clara, es tut mir leid. Ich hab mich doch schon entschuldigt, mehr kann ich nicht machen! Lass uns heute Abend was Schönes essen gehen, meinetwegen auch auf neutralem Boden, und wir bekommen das auch wieder aus der Welt. Außerdem warst du anfangs nicht ganz dagegen, wenn ich mich recht entsinne!«

Natürlich war sie nicht ganz dagegen gewesen, das wusste sie selbst. Als er sie geküsst und so zielstrebig in dieses Separee entführt hatte, gab es jenen Moment der einschießenden Unvernunft in ihrem Schoß, der dazu geführt hatte, dass sie mit gespreizten Beinen auf dem Tisch gelandet war.

»Ja, aber das ist es doch genau, Hubert. Warum drückst du mir den Hals zu, wenn ich völlig freiwillig Wachs in deinen Händen bin?«

Ungläubig schüttelte sie den Kopf und blickte Hubert dabei direkt in die Augen. Die waren aus unerfindlichen Gründen heute mit einem Glanz erfüllt, der seinem Blick einen eisklaren Ton gab. Unergründlich. Er kam auf sie zu, und Clara wich unwillkürlich zurück.

»Bitte, Clara, mach jetzt kein Drama draus, das war die Leidenschaft. Du bist alles, was sich ein Mann wünschen kann. Schön, klug, charmant, unnahbar und dann doch mit jener Hingabe gesegnet, die mich als Mann glücklich macht. Ja, ich bin altmodisch, will erobern, und ich habe dich erobert, das will ich mir halt immer wieder beweisen.«

Clara traute ihren Ohren nicht, das kam alles zu perfekt formuliert. Was wollte er? Sie erobern und dann besitzen? Ganz, ganz falsche Stichworte. All jene museale Faszination, die Hubert in den letzten Tagen ausgestrahlt hatte, mit dem aristokratischen Flair, den alten Möbeln und den ach so guten Umgangsformen, löste sich in Luft auf. Welcher Irrsinn hatte sie eigentlich geritten? Es tat ihr leid, dass der Zauber vorbei war. So leid, dass ihr die Tränen kamen.

»Hubert lass mich hier raus, bitte!« An der Tür steckte kein Schlüssel, Hubert musste ihn wohl bei seinem bühnenreifen Kunststück, sie in den Raum zu führen, ihr die Kleider vom Leib zu reißen und gleichzeitig die Tür zu versperren, eingesteckt haben.

»Natürlich.« Der Apotheker ging zur Tür, steckte den Schlüssel ins Schloss und drehte sich dann noch einmal um. Versuchte sie zu umarmen. Schloss die Arme um sie, die wie ein steifer Stock da stand und es geschehen ließ. Sein Atem brannte heiß an ihrem Ohr. Sie hatte ihn sich so sehr gewünscht. Mit all seinen Facetten, die sie ihm angedichtet hatte. Engeldorf und seine Doppelmoral. Noch vor wenigen Jahren wurden Frauen, die sich mit Touristen einließen, aus dem Dorf getrieben. Heute machte man es zum Geschäftsmodell. Sie musste das Geheimnis um Marias Tod lüften.

»Gib mit Zeit, Hubert, es war ein anstrengender Tag. Vielleicht reagiere ich zu heftig, morgen wird es besser sein. Ich ruh mich aus, ja?« Sie schlüpfte unter seinen Armen durch, drehte den Schlüssel selbst herum und schälte sich an der verdutzten Roswitha und einigen Kunden vorbei durch den Spalt im Tresen. Das Klingeln der Tür verfolgte sie noch einige Schritte, dann verschluckte sie die Engeldorfer Emsigkeit, in der sich die dunklen Lastwagen wie Riesen ausmachten.

An der Talstation Munzerkogel waren Flutlichter aufgestellt worden, um das Ausladen der empfindlichen Geräte zu erleichtern. Road Cowboys schleppten Lampen, Kameraboxen, Kabelzöpfe und Eisengestelle. Clara schob sich zwischen den markigen Typen durch und bemerkte, wie gut die hierher passten. Der Mann, der sonst nur die Liftpässe kontrollierte, wirkte sichtlich gestresst. Immer wieder musste er den Lift langsam fahren lassen, damit Kisten mit Material angeschnallt werden konnten. Clara grüßte ihn knapp und wollte sich auf einen der freien Sessel schwingen.

»Na, des ist nur für den Aufbau, gute Frau, da können'S jetzt nimmer hoch.« Er zeigte auf die große runde Uhr, die auf der Rückseite des Lifthauses hing. Kurz nach sechs. Tatsächlich. Doch dann kam wieder einer der Filmgrizzlies und verwickelte den armen Mann in ein Gespräch, zu dem ihm ein immerwährendes »Des geht ned« einfiel. Für Clara die Gelegenheit, sich eine Decke zu schnappen und sich auf einen der Liftsessel zu schmuggeln. Sie war schon zu weit in der Luft, als der Liftwart sie bemerkte und hinter ihr her zeterte. Die Fahrt schien ewig zu dauern. Zum einen war sie noch nie in der Dunkelheit Lift gefahren, zum anderen hielt der Lift alle paar Minuten an. Sie wusste ja, warum, und trotzdem machte sich jedes Mal der Kitzel breit, ob er jetzt nicht doch abgestellt wurde. Und sie vielleicht aus Sicherheitsgründen die Filmgeräte über Nacht auf dem Lift ließen?

Trotz Decke war Clara schon nach wenigen Minuten gut durchgekühlt. Als sie sich der Bergstation näherte, sah sie, dass auch dort Flutlicht aufgebaut war und genauso viele Arbeiter herumsprangen wie unten. Der Bergwart war allerdings wesentlich entspannter als sein Kollege im Tal, als er ihr aus dem Sitz half. »San'S neugierig, was? Ja, des hammer ned alle Tage, passen'S auf, dass nicht fallen, die lassen ja alles liegen!« Clara lächelte den Bergveteranen an, den sie sofort für eine Almdudler-Werbung casten würde.

Steifbeinig lief sie einer Karawane Filmleute hinterher, die schwer bepackt den Abstieg von der Bergstation wagten, jeder mit einer Stirnlampe ausgestattet, die sie leitete, sobald der Lichtkegel des Flutlichts, das die Bergstation erhellte, nachließ. Wie eine Nachtwallfahrt, dachte Clara, als sie die beleuchtete Menschenkette sah, die sich den Hang hinunter einen Weg durch den Schnee bahnte, mit dem Ziel Munzerkogelhütte. Würde es zu dem Verbrechen an Maria nur noch eine brauchbare Spur geben, morgen würde sie verwischt sein. Wie konnte Truxler die Hütte freigeben? Hatte er die Lösung des Falls schon aufgesteckt und warum hatte er am Mittag nichts davon gesagt? Oder wusste er am Ende gar nicht …

An der Hütte herrschte reges Treiben. So hatte Clara es sich eigentlich nicht vorgestellt, der Wastl würde kaum Zeit finden, mit ihr zu sprechen, außerdem, wie sollte sie ihm erklären, was sie hier machte. Tatsächlich schienen die Filmleute aber nur den Außenbereich zu okkupieren, in der Hütte leuchtete durch die kleinen Fenster jenes rot-weiß karierte Licht, das den Zauber der Hütte schon von Weitem erkennen ließ. Musik klang heraus, als sei nie etwas geschehen und als würde drinnen die Maria noch mit ihrem knappen Dirndl volle Tabletts balancieren. Clara stampfte sich den Schnee von den Füßen, als sie vor der alten knorrigen Hüttentür stand und trat ein.

23

Im ersten Augenblick sah Clara nichts. In der Hütte beizte die Luft mit einem Gemisch aus Kachelofen und verbranntem Speck die Nasenschleimhäute. Der Alkoholdunst von zahllosen Jagatees reizte die Augen. Clara dachte voll Wehmut an den Asthmaspray, dann an Hubert. Es tat ihr weh. Sie hatte sich eingelassen und sich, so wie es aussah, getäuscht. Da war sie altmodisch und keine Spur abgebrüht. Sie blinzelte in den Hüttensmog und fand sich langsam zurecht, einige wenige recht aufgekratzte Bergfexe bevölkerten noch die Hütte. Frauen mit zu blonden Haaren, in zu engen Skihosen und zu knappen T-Shirts kreischten eine Spur zu laut. Wastl balancierte Tabletts voller Schnapsgläser, als wäre nichts geschehen. Tod, Liebe, Enttäuschung, Verrat, Lüge, Vertrauen, alles auf Schnapsglasgröße destilliert.

So kalt ihr von der ruckenden Liftfahrt geworden war, so mächtig heiß schoss Clara die Brennholzwärme der Hütte unter die Daunen. Sie zog den Anorak aus und band ihn sich um den Bauch, weil sie noch nicht recht wusste, wo sie sich hinbegeben sollte, um dem Wastl ein paar Fragen zu stellen. Es war das erste Zusammentreffen nach der Begegnung zusammen mit Truxler. Wastl, der wahrscheinlich das Engeldorfer Prostitutionsgesetz genauso beherrschte wie der Gustl, nur eben auf seiner Hüttenbühne. Jeder in Engeldorf schien vom Fremdenverkehrsamt eine Rolle zugeteilt bekommen zu haben. *Ganz offensichtlich war Maria ihrer Rolle untreu geworden und musste das büßen*, ging es Clara durch den Kopf. So plötzlich und so glasklar wie die Erkenntnis, dass hier vermutlich in ganz Engeldorf niemand daran interessiert war, den Fall aufzuklären.

»Clara, Mädel, komm her! Das ist eine Überraschung, eine schöne, endlich …« Wastl drückte sein bärtiges Kinn an ihre Wange und schlang seine Arme um sie, nachdem er das Tablett mit den nun leeren Schnapsgläsern abgestellt hatte.

»Nicht so stürmisch, der Herr, dir geht's besser? Ich wollt doch einmal nach dir sehen!«

»Das ist lieb.« Er setzte seinen Dackelblick auf und streichelte Claras Arme. »Aber *the show must go on,* Clara, was soll ich machen? Winter ist jetzt und nicht in vier Wochen. Das Musikevent morgen.«

Clara musste unwillkürlich lachen über Wastls Enthusiasmus. Trauer später, heute trotz Mord geöffnet, so klar, so einfach, so schnell das Leben in Zeiten des *Slowmove.*

»Komm, stoß mit mir an, Clara, auf uns und das Leben und dass sie es gut hat im Himmel!« Wastl reichte ihr ein Stamperl und hielt seines gen Hüttendecke. »Maria, vergelt's Gott, wir finden deinen Mörder, gewiss!« Mit einem kräftigen Ruck stürzte er das Hochprozentige hinunter und grinste schief. Clara nippte am Glas und fühlte den Alkohol auf ihren kalten Lippen brennen. Oder waren sie von den wilden, fordernden Küssen des Apothekers so rau?

»Wastl …« Clara nahm einen Schluck als Mutbeschleuniger. »Wirst du nach dem Winter mit der Hütte weitermachen?« Endlich war es raus, nun musste er was sagen.

»Clara Schatzi, das ist mein Leben, was soll ich andres tun, ich kann nix, außer bei widriger Witterung depperte Skifahrer um ihr Geld bringen.« Er griff ihr ins Haar. Clara nahm seine raue Pranke aus ihrem Nacken.

»Dein Pachtvertrag läuft doch aus, oder?«

Wastl schluckte.

»Und die Maria wusste das, oder?«

»Ein Grund weniger, sie umzubringen! Sie hätte alles getan, um hier weiter zu arbeiten. Und das mit dem Kind hätten wir auch noch hingekriegt!« Er wurde trotzig, Clara wusste, dass sich sein Mitteilungsbedürfnis bald legen würde. Nur in der Erregung würde er etwas preisgeben.

»Das Kind … ist das von dir gewesen?« Sie versuchte in der schummrigen Beleuchtung auf jede Reaktion in dem zerfurchten Gesicht des Hüttenwirts zu achten.

»Schmarrn, also eher ned … wir haben nur einmal, im Suff, also nach einem langen Arbeitstag … da kommt so was vor, da muss sich was entladen!«

»Und der Luis hat das rausbekommen, oder warum hat der so einen Rochus auf dich?«

»Gar nichts hat er, er war eifersüchtig auf jeden, der sich seiner Maria auf einen Meter genähert hat. Was ihn natürlich überfordert hat, denn der Maria haben sich viele bis zur Haut genähert, das wissen wir alle. Aber sie hatte es immer im Griff. Hat immer gearbeitet für zwei. Weiß nicht, wie sie das gemacht hat …« Er schüttelte den Kopf.

»Meinst du das mit den kleinen Nebenverdiensten?« Clara achtete auf die mahlenden Backenknochen des Mannes. Der Hüttenwirt hatte sich von Clara weggedreht, tat so, als müsste er sich nach zahlungswilligen Gästen umsehen, aber ganz allmählich hatte sich die Hütte geleert. Wer jetzt den Berg nicht runterkam, hatte schlechte Karten. Sowieso ein Himmelfahrtskommando, sich ohne Licht die Abfahrt runterzustürzen. Manche von den ganz Harten hatten Stirnlampen dabei, aber die waren auch keine Hilfe bei all den Buckeln und Eisplatten. Und ewig würde der Lift nicht fahren. Auch der Lärm, den die Filmroadies vor der Hütte veranstalteten, wurde leiser.

»Wastl, sag, wer will dich hier raus haben und warum?«

Statt einer Antwort hielt ihr Wastl ein Stamperl Schnaps hin. »Komm, auf die Liebe und was sie mit uns macht!«

Die Gläser klirrten aneinander. In Claras nicht gerade üppig gefülltem Magen breitete sich ein heißes Wohlsein aus, das Lust auf mehr machte. Der Schnaps schmeckte nach Spätsommer, Marillen und irgendeinem hochprozentigen Geheimrezept, das nur versierte Destillateure hinbekommen, damit der klirrende Alkoholton überdeckt wird, der beim Amateurbrennen gerne mal den Genuss trübt.

»Brennst du den an den langen Sommerabenden, wenn die Hüttengäste sich wieder nach untern verzogen haben?« Clara spürte, wie sie leichtsinnig wurde. »Sind das deine geheimen Tätigkeiten, die deinen Hüttenbesitzer nervös machen?« Sie strich Wastl die raue Wange entlang, was der mit einem schnellen Schmatz auf die Handinnenfläche beantwortete.

»Der interessiert sich einen Stratz um mein Leben, dem geht's nur um seins und das seines missratenen Sohns, dem »gräflichen Karl«, der bei keiner Lehrstelle was taugt und gerade mal volljährig ist. Aber er hat doch immer bekommen, was er wollte.«

Wastl goss ein weiteres Glas aus einer hohen durchsichtigen Flasche ein. Clara musste nicht überredet werden. Der obstige Geruch, der durch den Alkohol verstärkt wurde, gefiel ihr. Trotzdem sollte sie aufpassen. Und Fragen stellen.

»Wer, Wastl, wer?«

»Der Herr Chemiker, wer sonst!«

»Chemiker?«

»Der Panscher, der Grandseigneur mit dem adligen Auftreten und den perfekten Manieren, der, dem niemand was Böses unterstellen würde, weil er doch immer so gepflegt und manierlich ist!«

Claras Haut brannte wie Feuer. Es kam nicht von dem zweiten Schnaps, obwohl der die Gefäße gewaltig erweitert hatte. Das dritte Glas landete in ihrer Hand, und sie umschloss es, als würde sie eine Hantel benutzen.

»Der feine Herr von und zu Gamsenfeld, meine liebe Clara. Es kann ja ned sein, dass du von dem noch nichts gehört hast.« Wastls Gesicht kam ihrem sehr nahe. Sie konnte seinen hochprozentigen Marillenatem spüren. Clara kippte zur Seite, Wastl konnte sie gerade noch auffangen, bevor sie mit dem Kopf gegen einen Balken stieß.

»Mädel, was hast denn? Gut, des Zeug hat 55 Prozent, aber du bist doch nicht aus Pappe, das weiß ich doch.« Er hatte Clara auf eine Eckbank gleiten lassen. Sie ließ den Kopf auf die Tischkante sinken, hielt sich schützend den Arm davor. In ihrem Kopf bildeten sich Wirbel aus Schachteln von B-Tests und Taschentüchern, Antiquitäten und den Gesprächsfetzen der letzten Tage.

»Wastl, ist das wahr, die Hütte gehört dem Hubert von Gamsenfeld?«

Der Hüttenwirt nickte und polterte: »So lange hat er gewartet, bis ich aus der Bruchbude was gemacht hab. Jetzt will er sie für seinen Sohn, das Granatenarschloch, das vom Berg und von Gastronomie so wenig Ahnung hat wie ein Murmeltier von der Seefahrt.«

Clara versuchte in ihrer Erinnerung zu kramen, ob Hubert je seinen Sohn ihr gegenüber erwähnt hatte. Karl? Sie konnte sich nicht entsinnen.

»Ist das sein einziges Kind?« Ihre Stimme klang dünn.

»Was weiß man, der hat doch früher alles gevögelt, was nicht bei drei auf den Bäumen war. Der hat sich benommen wie im Mittelalter. Nur durch den Tod seiner Frau ist der ruhiger geworden. Wobei man ja sagt, dass die auch nicht einfach so gestorben ist.«

Clara stierte in eine dunkle Ecke der Hütte. Aus dem Lautsprecher dudelte Anton aus Tirol. Der Hüttenwirt hatte sich erhoben und aus der Küche einen Teller mit Speckbroten geholt, den er jetzt vor Cara platzierte. »Ich hab das Gefühl, du könntest was vertragen.«

Er hielt ihr eine Essiggurke vor die Nase, von der sie sich angewidert wegdrehte. Essiggurke … warum war ihr, die sich niemals mit dem Einfachen zufrieden gab, immer alles hinterfragte, erst recht, wenn es super lief, warum war ihr bei Hubert nie ein Verdacht gekommen, dass vielleicht bei dem Mann nicht alles koscher war? Wie sehr kann man sich selbst belügen? Und wie unglaublich naiv kann man sein? Sie dachte an Maria, die taff im Leben stand und sich vermutlich auch nur wenige naive Momente gegönnt hatte. Aber doch einen zu viel. Oder sogar zwei. Einen, der sie geschwängert, und einen, der sie umgebracht hat. Doch bei allem Misstrauen, das hier wohl viele dem Apotheker entgegenbrachten, war das ja noch lange kein Grund, jemanden umzubringen. Oder hatte Maria etwas herausgefunden, was keiner von ihnen wusste?

»Maria hat gewusst, dass der Gamsenfeld dir die Pacht nicht verlängert hat, oder?«

Wastl nickte. »Hat sie. Und total aufgeregt hat sie sich, so wie ich sie noch nie erlebt habe. Es sei immer dasselbe mit dem, hat sie gerufen, und ich wusste nicht, was sie damit gemeint hat!«

Claras Hirn hatte die erste Vernebelung überstanden und arbeitete wieder.

»Seit wann wusste sie's?«

»Ich hab's ihr an dem Tag gesagt, an dem sie gestorben ist. Kurz bevor sie ins Tal gefahren ist, um in der Cyber-Tenne ihre Glieder zu schütteln!«

»Und das mit der Schwangerschaft? Hast du das schon lange gewusst?«

Wastl schüttelte den Kopf. »Nein, wir haben uns an dem Abend beide ein Geheimnis verraten, ganz bizarr war das. Sie hat gesagt, ich muss dir was sagen, und ich hab ihr dasselbe gesagt. Und dann sind wir lange so dagesessen, wie wir beide jetzt, und haben geheult. Ja, glaub's oder nicht, wir haben beide wie die Schlosshunde geheult, weil unser kleines Paradies hier drauf und dran war … ist … in den Abgrund zu segeln. Es war doch hier eine saugute Zeit …«

»Und dann ist sie mit dem Lift runter?«

»Nein, ich hab ihr meinen Jeep geliehen! Ist ja kein Lift mehr gegangen!«

Clara dachte daran, wie Maria wohl in dem goldenen Fähnchen nachts wieder auf den Berg gekommen war, und sah die Lösung vor sich. Sie hatte schlicht und ergreifend das Auto zurückgebracht. Warum, das würde Clara noch herausfinden. Dann dachte sie an das Taschentuch, das der Gustl bei sich gehabt hatte. Wimperntusche musste sie sich wegwischen. Logisch, wer verheult war, konnte schlecht als gut gelauntes Gogo-Girl herumhopsen. Aber warum hatte die Maria gleich mehrere von diesen Taschentüchern?

Clara krümmte sich über der Tischplatte. Ein Gedanke drängte ständig. Ein Gedanke, den Clara nicht denken wollte. Was hatte Hubert damit zu tun?

Wastl unterbrach ihren Gedankenwust. Er hatte gerade noch einen riesigen Suppentopf von der Herdplatte genommen und vor die Tür gestellt. Als er Claras fragende Augen sah, antwortete er mit einem Schulterzucken: »Wenn morgen die ganzen Filmfuzzis kommen, brauch ich eine Menge Essen, da geht das Gulasch am schnellsten. Hab's schon einmal vorgekocht, das friert mir jetzt gut vor der Tür und morgen wird's wieder aufgewärmt. Weißt eh, dass Gulasch immer besser schmeckt, je öfter es wieder heiß wird.«

Clara würde sich das für ihre zweite Karriere als Food-Autorin merken. Sie hatte auch so genug herausgefunden. Viel zu viel für ihren Geschmack. Mit einem Ruck stand sie auf, leicht schwankend, aber zielsicher. »Ich verlass dich jetzt wieder, Wastl. Du hast morgen einen harten Tag. Was drehen die da eigentlich? Wozu brauchen die so viel Flutlicht?«

»Das soll ein Abenddreh werden. Alpenrock oder so was. Hoffentlich wird das mit dem Wetter wieder.« Mit diesen Worten hatte Wastl ihr den Anorak aus der Hand genommen und sie zurück auf die Bank gedrückt.

»Mach keinen Schmarrn, Clara. Ich leg dir eine Decke her und ein Kissen, dann kannst hier übernachten. Draußen ist es zapfenduster, der Lift ist jetzt auch abgestellt, die Kaschperl von der Filmfirma stehen eh morgen um acht wieder auf der Matte, dann kannst runterfahren. Aber jetzt, wo wieder ein Wetter aufzieht, bleibst da. Wir igeln uns hier ein. Und wenn morgen diese ganzen Filmleute hier rumsteigen, merkt eh keiner, dass du da warst.« Er zwinkerte ihr verschwörerisch zu.

Clara sah ihn unsicher an.

»Brauchst keine Sorge haben, ich fass dich nicht an, auch wenn ich das gerne täte. Aber auch an mir gehen die Dinge nicht spurlos vorüber. Schlaf dich aus, du bist ja ganz durcheinander. Versteh ich schon, hat man ja nicht alle Tage, so eine Leiche und so ein Geflecht aus Lügen!« Wastl beugte sich zu ihr und gab ihr ein unschuldiges Bussi auf die Stirn.

Wie falsch alle lagen, dachte Clara. *Sie mit ihrer Zuneigung, der Wastl mit seiner Einschätzung, was ihre Person betraf. Die Maria ganz offensichtlich mit ihrer Selbstüberschätzung, allem gewachsen zu sein.*

Erschöpft ließ Clara sich auf das rot karierte Federkissen sinken, das der Wastl aus einer Truhe gezaubert hatte und das nach Mottenkugeln, Rauchholz und Kernseife roch. Mit einer rauen Decke würde sie sich zudecken können, sollte die Hitze des Kamins nachlassen. Dann wurde es still im Raum. Und dunkel. Wastl hatte sich zurückgezogen, und außer dem Knistern im Kamin war nichts zu hören. Das Letzte, an das Clara dachte, war die Frage, ob sie wirklich den Fall lösen wollte. Über dem Gedanken schlief sie ein.

24

Clara erwachte, weil die Decke wie Schmirgelwolle an ihrer Gesichtshaut rieb. In der Hütte hatte sich eine klamme Luft breitgemacht, die Clara in die Glieder gefahren war. Das Feuer im Ofen war zu einem kümmerlichen Haufen pulvriger Glut heruntergebrannt. An den Fensterläden rüttelte ein pfeifender Sturm. Irgendetwas schlug rhythmisch gegen die Holzwand, vermutlich ein Seil mit einer Ratschenschließe, das sich von den verpackten Dekorationsgegenständen gelöst hatte, die die Filmroadies gestern noch hochgebracht hatten. Über ihr, in den Deckenbalken, verrieten scharrende Geräusche das nachtaktive Leben von ganzen Mäusedynastien. Clara schluckte trocken. Marillenbrand, ein unangenehmer Geschmack im Mund. Clara schüttelte sich und dachte wehmütig an die ewig aufgeräumt lächelnde Sylvie im Hotel, ihr traumschönes Zimmer, das Badezimmer mit dem beheizten Fußboden und der Natursteinwand. Ob auch Sylvie in das Konzept der Engeldorfer Rundum-Versorgung eingebunden war? Der Ort hatte durch die Preisgabe seiner kleinen Geheimnisse seine Unschuld verloren.

Sie hatte sich langsam aufgesetzt. Alles tat ihr weh. Zum einen, weil die Bank, auf der sie gelegen war, die Qualität einer Gefängnispritsche hatte, und zum anderen hatte sie zu wenig getrunken. Ihre Muskeln waren übersäuert. Sie hatte außer dem Schnaps am Abend keinerlei Flüssigkeit zu sich genommen. Irgendwo würde der Wastl doch einen Limovorrat haben? Clara stand auf, wunderte sich, dass sie nur lange Unterhosen und T-Shirt anhatte; sie konnte sich nicht erinnern, sich ausgezogen zu haben. Durch die Strümpfe hindurch spürte sie die stramme Kälte, und ein Blick aus dem Fenster bestätigte ihr den Schneesturm, den sie schon die ganze Zeit gehört hatte. An den Fensterkreuzen hatten sich schiefe Schneewinkel gebildet. Winzig feine Eiskristalle hatten sich wie steif geschlagener Eischnee an die Fenster gesetzt. Nach einigem Suchen unter der Theke fand Clara einen Kasten mit Orangenlimonade. Als das fruchtige Zuckerwasser endlich durch ihre Kehle strömte, fühlte sie die Energie zurückkehren. In das Konzert des klackernden Halteseils und des pfeifenden Windes mischte sich ein anderes, fremdes Geräusch. Knirschen, aber ganz sicher war sich Clara nicht. Sie setzte die Limoflasche ab, um sich nicht selbst durch ihr eigenes Schluckgeräusch zu irritieren. Durch die wenigen Stellen, die der Schnee an den Fenstern frei gelassen hatte, konnte sie nichts erkennen. Mittlerweile hatten auch das Seil und der Sturm wieder ihren einsamen Gesang aufgenommen.

Clara zog sich trotzdem die Schuhe an, sie würde jetzt nicht mehr zurück in den Schlaf finden und zu irgendetwas musste ihr Besuch hier oben ja noch gut sein. Vielleicht fand sie etwas, was sie weiterbrachte?

Sie hörte es wieder, das Scharren. Dieses Mal viel deutlicher, näher beim Eingang der Hütte. Auf Zehenspitzen versuchte sie, den knarrenden Dielenboden zu überlisten, und schlich zu Tür. Was würde sie erwarten, wenn sie die Tür einfach aufriss. Ein Tier? Sie war nicht in Kanada, Bären und Wölfe konnte sie ausschließen. So leicht ließ man die in der alpinen Welt nicht heimisch werden …

Claras Hand lag auf dem eisernen Griff der Hüttentür. Es war eine schmiedeeiserne Klinke, die vermutlich bereits Tausende von Hüttenbesucher in den Händen gehabt hatten. Doch nach menschlicher Wärme fühlte sie sich nicht an. Clara spürte das raue Material, das an einigen Stellen blank gerieben war. In der Tür war auf Augenhöhe ein kleines Fensterchen. Auf der Außenseite der Tür hing darunter ein Kranz aus Buchsbaumästen, der beim Öffnen der Tür gerne mal hin und her wippte oder herunterfiel. Vielleicht hatte der Kranz das scharrende Geräusch erzeugt? Clara versuchte, durch das Fensterchen etwas zu erkennen. Wegen des vielen Schnees war es draußen zumindest nicht vollkommen dunkel, auch wenn Wolken den Mond verdeckten und der Schneefall keine Weitsicht ermöglichte. Natürlich konnte Clara durch das kleine Guckloch nicht erkennen, ob der Kranz das Gruselszenario erzeugte. Aber etwas anderes erregte ihre Aufmerksamkeit, lähmte sie, bis auf ihre Stimmbänder, die sich reflexartig entladen wollten. In dem Augenblick legte sich eine Hand über ihren Mund. Clara schrie auf, doch ihr Schrei erstickte in einer Handfläche, ihre Arme wurden von einer anderen Hand in den Schraubstock genommen, damit sie nicht an der Türklinke riss. Clara versuchte, sich an alle Reaktionsübungen aus der polizeilichen Selbstverteidigung zu erinnern. Entweder hatte das Schusstrauma ihren Reaktionswillen gebremst oder das Sabbatical war so effektiv, das sie sich an nichts erinnern konnte. Hilflos scharrte sie mit den Schuhen über die Dielen, als sie von den starken Händen in das Hütteninnere gezogen wurde. Schließlich spürte sie Lippen an ihrem rechten Ohr.

»Clara, ich lass dich jetzt los, wenn du nicht schreist und dich nicht wehrst. Vertrau mir. Aber da draußen ist einer, und ich will ihn kriegen, was auch immer er da macht.« Wastls Stimme beruhigte Clara, doch hätte sie ihm eine reinschlagen können für diese gewaltsame Körperlichkeit.

Sie gab ein Brummen von sich und versuchte zu nicken, denn Wastls Hand lag noch immer über ihrer unteren Gesichtshälfte. Langsam lockerte Wastl seinen Griff. Clara drehte sich zu ihm um, und selbst in der Dunkelheit musste Wastl den Zorn spüren, den Clara ihm entgegenschleuderte. Wortlos, wie versprochen. Wastl hatte den Zeigefinger auf die Lippen gelegt. Auch sie hatte den Mann gesehen. Auch sie wollte ihn kriegen, aber das konnte sie ihm so natürlich nicht sagen. Sie schlich hinter Wastl her, denn er ging Richtung Küchenausgang. Dort würde eine andere Tür nach draußen führen. Nein, sie würde nicht zurückbleiben, wie Wastl ihr jetzt zu erkennen gab, als er leise die Türe öffnete. Im Nu wurden unzählige Schneeflocken hereingewirbelt. Wastls Gestalt wurde augenblicklich vom Schneetreiben verschluckt. Clara hielt sich schützend die Hände vor die Augen, um nicht blinzeln zu müssen. Tastete sich vorwärts, unsicher, denn durch die Aufbauten für das Musikevent hatten sich die gewohnten Wege verändert. Überall standen in Plastik verpackte Geräte herum. Leitungen in dicken Gummischläuchen hingen über Kabelbäumen, die in dem Wetter wie seltsam verrenkte Tiere aussahen. Dann ein Schrei. Ein dumpfer Aufprall.

»Scheißkabel!«

Wastls Stimme. Das mit dem stillen Heranpirschen an den Unbekannten hatte ja super geklappt, dachte Clara. Sie wusste, dass nun ihre Stunde gekommen war. Sie tastete an der Hüttenwand entlang, fand das Ende eines Kabels, das in einen Schalterkasten mündete. Zwei Knöpfe *on, off.* Sie drückte *on*, es konnte nur mehr als nichts geschehen. Einer der Flutlichtbäume sprang an, nacheinander flammten die starken Lampen auf, hüllten den Vorplatz der Hütte, die Veranda, in unwirklich blaues Licht. Darin ein am Boden krauchender Wastl und … Hubert vom Gamsenfeld, der sich gerade von dem Topf mit Gulasch erhob, Clara mit weit aufgerissenen Augen ansah und schließlich an das andere Ende der Veranda rannte, wo er aus dem Lichtkegel in die Dunkelheit entschwand.

25

Mit wenigen Schritten war Clara beim Wastl, zerrte ihn hoch, und lief dann in die Schwärze der Nacht, in die Richtung, in welcher der Apotheker verschwunden war. Sie wurde jäh gebremst, weil sich Wastl von hinten auf sie geworfen hatte. Beide kugelten im Schnee, als wollten sie toben.

»Bist du verrückt, er entkommt uns doch!« Clara hätte jetzt dem Hüttenwirt wirklich gerne eine geschmiert. *Erst verheddert er sich so trottelig, dass der Apotheker entkommt, dann bringt er sie zu Fall.*

So kann man keine Fälle lösen. Doch noch bevor sie diesen Satz herausschleudern konnte, erinnerte sie sich ihrer geheimen Mission. Keuchend saßen sie beide im Schnee, nur mit langen Unterhosen und T-Shirt bekleidet, während um sie herum ein irrer Tanz aus Schneeflocken die Veranda in ein eisiges Inferno verwandelte. Wastl sprang auf, zog nun seinerseits Clara hoch und mit sich ins Haus.

»So werden wir ihn nie kriegen!«, ätzte Clara, während sie hinter ihm her stolperte. Wastl schloss die Tür hinter ihnen und machte das Licht an, das flackernd ansprang. Auf dem Küchenboden hatte der Sturm ganze Arbeit geleistet. Die Flocken waren mit solchem Tempo hereingeweht, dass nun ein spitzes Dreieck aus Schnee den Boden bedeckte.

Langsam löste sich die Spannung und damit ließ auch die Wirkung des Adrenalins nach, das Clara vor dem Frieren geschützt hatte. Sie klapperte mit den Zähnen und schlang die Arme um sich. Bemerkte das nasse T-Shirt und versuchte die Blöße zu bedecken, die der nasse Stoff über ihrer Brust erzeugte. Dabei funkelte sie den Hüttenwirt, der sich ihr langsam näherte, wütend an. Sie ging einen Schritt zurück, stieß an das Abspülbecken. Was, wenn Wastl doch der eigentliche Täter war und ihr die ganze Zeit etwas vorgemacht hatte? Naiv genug war sie ja, das hatte sie in den letzten Tagen ausreichend bewiesen. Was, wenn er nur von sich ablenken wollte und er Maria an dem fraglichen Abend aus Eifersucht oder aus Wut oder aus verschmähter Liebe eine drüber gegeben hatte und sie dann aus der Hütte gesperrt hatte. So wie den Hubert jetzt, der jetzt vermutlich umherirrte. Der vielleicht seinerseits einen Verdacht hatte, dem er auf den Grund gehen wollte? Unabhängig von der Sache mit seinem Sohn. Clara griff hinter sich, ob irgendetwas in Reichweite lag, das sie als Waffe einsetzen könnte. Sie fingerte in der Spüle herum, aber die war blank gewienert. Wastl stand nun vor ihr, sie konnte jede seiner Poren, jedes Fältchen und jede Grauschattierung der Bartstoppeln sehen, war fasziniert von der Kraterlandschaft in dem wettergegerbten Gesicht. Gleichzeitig fror sie und die Gänsehaut erzeugte Nadelstichschmerzen.

Er hob beide Hände und schob sie in einer schnellen Bewegung vor. Umfing Clara, drückte sie, bis sie kaum noch Luft bekam, und versuchte sie zu küssen. All die Anspannung der letzten Tage, aber auch die Aufgewühltheit ihrer ersten Begegnungen entluden sich. Und Clara hatte nichts dagegen zu setzen. Keine Restverliebtheit in den Apotheker, keine Vorsichtsmaßnahmen, keine Abgrenzung aus Vernunft, ganz im Gegenteil, da war er wieder, der Engeldorfer Tanz auf dem Vulkan. Ein hochprozentiger Mix aus Höhenluft, Kälte, Schlafmangel, Nervenüberreizung, Schock, all das ließ sie willenlos werden bis zur leidenschaftlichen Lust am

Schmerz. Wastl saugte und fingerte an ihrem T-Shirt, rieb sein Kinn an der zarten Haut ihres Halses, bis sie aufschrie und seine Hände umklammerte, die weiter, immer weiter wollten. Er hatte augenblicklich innegehalten. Schwer atmend lehnte er auf ihr.

»Sorry, Clara, tut mir leid, ich weiß auch nicht, aber bei dir kann ich nicht ruhig bleiben, das weißt eh seit unsrem ersten Zusammentreffen.«

»Bitte, Wastl, wir müssen jetzt aber … ja, klingt scheiße … vernünftig sein. Da draußen irrt der Hubert herum! Was wollte der? Und was können wir tun?«

»Freilich müssen wir was tun, wir müssen die Polizei und die Bergwacht anrufen, denn da, wo der hin verschwunden ist, wird der Munzerkogel ungemütlich. Es gibt da keinen offiziellen Weg, und bei dem Schneesturm kann man leicht die Orientierung verlieren, vor allem wenn man so ein Talgeist ist wie der Gamsenfeld, die Sau.«

Clara zuckte zusammen. »Was hat dir der Gamsenfeld denn noch getan, außer dass er jetzt scharf auf die Hütte ist?« Sie hatte das T-Shirt ausgezogen, ungeachtet von Wastls flackernden Blicken. Der Hüttenwirt konnte sich sichtlich nicht auf Claras Fragen konzentrieren, bis sie von einem Haken hinter der Küchentür ein kariertes Hemd genommen hatte, ganz offensichtlich ein Männerhemd. Es reichte ihr fast bis zu den Knien, und sie zog deshalb die lange Unterhose auch gleich aus. Aus dem karierten Flanell ragten ihre Beine zierlich heraus und setzten jene Reize, die Frauen mit lässig übergeworfenen Männerhemden erzeugen. Schlampig, unschuldig, sexy. Mit 40! Clara konnte sich das Lachen nicht verkneifen. Schade, dass die Situation nicht wirklich richtig war.

Mühsam hatte Wastl sich von ihrem Anblick losgerissen und wankte zu einem Funkgerät, das neben der Tür hing. Bald konnte Clara einen in derber Mundart geführten Dialog mithören, in dem die Worte »Sauwetter«, »Auch die Bergwacht muss nicht wegen jedem Deppen ihr Leben riskieren« und »Was weiß ich, was der da wollte« fielen. Schließlich noch: »Nein, ich bin nicht allein, die Clara Kull … ja, die fesche, die hier seit ein paar Tagen die Berge unsicher macht … ja, die mit Ihnen hier war, als die Maria … ist bei mir, also hier oben … ist nicht mehr runtergekommen … Wetter und so … also ihr kommt's dann .. wenn's Wetter besser … und Tageslicht … verstehe … nein, wir rühren nix an.« Dabei zwinkerte Wastl ihr zu, hielt die Sprechmuschel des Funkgeräts zu und flüsterte: »Fast nichts.«

Wastls immer noch suchender Blick ließ Clara weitgehend kalt. Er war ihr noch eine Antwort schuldig. Als er aufgelegt hatte, starrte sie ihn an: »Also, was weißt du noch vom Hubert?«

Er war irritiert über die geänderte Gangart, wollte wieder zurück zum Haptischen und sah sich einer Clara gegenüber, die sich zum Flanellhemd jetzt noch jene kratzige Wolldecke umgelegt hatte, die sie vorhin vor die Verfolgungsjagd im Eissturm hier gelassen hatte.

»Was fragst eigentlich so nach dem? Man könnt fast meinen, du hättest ein persönliches Interesse an dem Fall?«

Das leicht Beißende in Wastls Stimme war Clara nicht entgangen. Sie musste die Fragerei zurückfahren, das Polizisten-Gen zurückpfeifen, sonst würde das eine ungemütliche Nacht, in der sie einiges zu beichten hätte. Deshalb versuchte sie es mit Angriff.

»Du bist lustig, wir haben gerade einen Mann in die Flucht geschlagen, von dem wir nicht wissen, was er hier mitten in der Nacht wollte. Der dich aus dieser Hütte treiben will. Und du sitzt seelenruhig hier und lässt ihn da draußen verrecken!« Auch aus Clara musste offensichtlich einiges raus.

»Spinnst du? Du weißt nicht, was du da redest, Clara! Dieser feine Herr Gamsenfeld ist einer von denen, die am meisten von dem *Slowmove*-Konzept und dem angeschlossenen Animierbetrieb haben, glaub's mir. Dem gehört der halbe Ort. Und wehe, du springst nicht, wenn er was will.«

Clara sah Wastl ungläubig an. Dass der Hubert – ihr Hubert, mittlerweile ihr Ex-Hubert – nicht allein durch den Verkauf von Wärmepflastern und Murmeltierfett sein Geld gemacht hatte, war ihr klar gewesen. Aber sie hatte mehr an »altes Geld«, an Jahrhunderte gewachsenes Besitzgut, Wald und so weiter gedacht.

»Was meinst du mit ›Dem gehört der halbe Ort‹?« Ihre Stimme klang dünn, von der bis vor wenigen Minuten herrschenden Anziehung war nichts mehr da.

»Schau dich in Engeldorf doch um. Was hinter der Hauptstraße liegt, das gehört so gut wie alles dem Gamsenfeld. Oder zumindest in irgendeiner Form, Beteiligung, Vetterleswirtschaft, Dorffilz. Das wär nicht das Schlimmste, aber er blutet alle aus. Setzt die Mieten rauf, die Pachten. Nur, wer sich gnadenlos dem *Slowmove*-Konzept hingibt, kann da mithalten, alle andren lässt er fallen.«

»Und das weißt du alles? Woher?«

»Die Maria ist drauf gekommen!«

»Und dafür gestorben?«

»Ich bin ganz sicher, dass er's war!«

Clara sackten die Beine weg. Der Hüttenwirt schien ihre Verwirrung zu erkennen. Musterte sie lange.

»Hat er dich auch rumgekriegt? Tät mich nicht wundern!« Er lachte grimmig und öffnete noch einmal die Küchentür, um das Flutlicht wieder auszuschalten, das immer noch bizarre Lichtspiele zu den Fenstern hereinwarf.

Clara schoss hinter ihm her. »Lass es an, so kann er sich wenigstens orientieren, bitte!«

Wastl hielt inne. »Ich hatte recht, gell?«

»Was weißt du schon?«

Sie wurde wütend. Wütend über ein Dorf, das sich solche Systeme ausdachte, wütend über sich, die darauf reinfiel, wütend über Gracia und ihre saublöden Einfälle und wütend über Hubert von Gamsenfeld, der so viel hätte haben können. Von ihr.

Wastl setzte sich neben sie auf die Küchenbank, die beim Kachelofen stand, in den er vorher einige Scheite gelegt hatte, die jetzt dem Raum eine Grundwärme gaben. Dann nahm er Claras Hand. Schwieg, bis sich zur Morgendämmerung und dem Flutlicht noch ein weiteres Licht gesellte. In Kreisbewegungen rhythmisch flackernd, hielt es vor der Hütte.

Dann flog die Küchentür auf, und Karl Truxler sowie ein Mann von der Hundestaffel der Bergwacht kamen herein. Clara war in einen Halbschlaf gefallen und erwachte langsam, als sie Truxlers zur Decke gerollte Augen sah. Sie konnte sich ungefähr denken, was er damit sagen wollte. Eine Touristin, die ganz offensichtlich die Nacht auf der Hütte zugebracht hatte, war entweder dem Jagatee oder dem Jagdtrieb der männlichen Bergwelt zum Opfer gefallen. Als dann noch sein junger Kollege mit den Schokoladenaugen im Türrahmen erschien, hätte Clara im Boden versinken können. Es half nichts, Clara musste da durch. Sie stand auf, rückte die Decke an ihrer Hüfte zurecht, zupfte ein wenig an ihrem Flanellhemd und streckte Truxler die Hand hin.

»Danke, dass Sie sich hierher durchgekämpft haben, aber ich glaube, wir sind dem Mord an der Maria ein Stück näher gekommen. Jetzt müssen Sie nur noch den Gamsenfeld finden!«

»So, so, Frau Kollegin, so selbstlos im Einsatz, das haben wir hier gern!« Truxler grinste breit, sein braunäugiger Kollege zog nun seinerseits die Augenbrauen hoch, und Wastl schlug sich mit der Hand auf den Mund. »Nein, des glaub ich jetzt ned!«

Clara streichelte ihm kurz über die Wange. »Es war nicht offiziell, also eigentlich war es rein privat … Also, was ich sagen will, ich hab wirklich hier Urlaub gemacht«. Sie räusperte sich im selben Augenblick wie Truxler, der jetzt zur Sache kommen wollte.

»Ham' wir irgendwas von dem Gamsenfeld hier, was nach ihm riecht?« Er sah Clara forsch und immer noch grinsend an.

Clara konnte schlecht sagen »Alles an mir riecht nach ihm.« Aber ihr fiel das Taschentuch ein. Sie lief zurück in die Gaststube und kramte in ihrem Anorak nach dem Tüchlein. Brachte es dem Truxler, der es mit spitzen Fingern an den Bergwachtler weiterreichte. Hund und Mann verschwanden daraufhin nach draußen, wo schon vier weitere Hunde an den Leinen ihrer Führer zerrten. Der Schneefall hatte etwas nachgelassen. Abgesehen von den Flächen, die vom Flutlicht oder den Polizeisirenen erleuchtet wurden, ließ die Dämmerung alles grau in grau erscheinen. *Truxlers Grau, jetzt färbt er schon seine Umgebung mit ein*, dachte Clara und nahm dann den Kommissar zur Seite, um ihm von den Vorfällen zu erzählen.

Ihre eigene kleine Gamsenfeld-Geschichte ließ sie dabei aus. Sie erzählte, was sie vom Wastl gehört hatte, bis zu der Stelle, als sich der Wastl und die Maria gegenseitig ihre Geheimnisse gesteckt hatten. Und dann zeigte Clara doch Nerven, verdrückte ein paar Tränen und gestand die eigenmächtige Recherche in Marias Wohnung und den Fund in dem versteckten Bad. Truxler stieß einen Pfiff aus.

»So, so, ein Schwangerschaftstest, vom Gamsenfeld, warum haben'S mir das gestern in der Milchbar nicht schon alles erzählt?«

Clara schüttelte den Kopf. »Konnte ich nicht.« Sie blickte zu Boden.

»Liebe Frau Kull, Sie verschweigen mir doch noch was?«

»Ja, aber es hat mit dem Fall nichts zu tun!« Hatte es ja auch nicht. Genau genommen. Was hatten ihre Gefühlsverirrungen mit den Geschehnissen hier zu tun? Nichts! Und was noch schlimmer war: Sie war bei ihren Intimitäten mit dem Apotheker der Wahrheit auch um kein Jota nähergekommen. Ganz im Gegenteil, sie war weiter weg als je zuvor. Und stand nun vor einem Trümmerhaufen, der sich nur noch vergrößerte, als nach eineinhalb Stunden die Hundeführer von einem erfrorenen Mann in einer Schneewehe berichteten. Eine Flasche hätte sie bei ihm gefunden, Abführmittel hochdosiert. Das Schild darauf, mit dem Aufdruck *Sternen-Apotheke*, war halb abgerissen und klebte an einem hellblauen Taschentuch mit Gemsen drauf. Der Bergwachtler, der mit starkem regionalen Akzent sprach, sodass Clara Mühe hatte, ihn zu verstehen, hielt das Taschentuch hoch, das sie zur Identifizierung mitgegeben hatte.

»Genauso hat's ausgeschaut, das Tuch, das der Tote bei sich trug.« Mit einem angedeuteten Kopfnicken überreichte er Clara das Tuch.

Sie wartete die genauere Identifizierung nicht mehr ab und verließ die Munzerkogelhütte Richtung Bergstation, die ihren Betrieb aufgenommen und bereits die ersten Filmfuzzis hochtransportiert hatte. Es war nicht mehr ihre Sache, ob hier heute ein Musikevent stattfand, ob die Hütte erneut gesperrt wurde, weil man in dem Gulasch wahrscheinlich große Mengen Abführmittel finden würde. Sie hatte alle Fragen und möglichen Antworten beim Hüttenwirt, bei Truxler, dem Braunäugigen und den Hunden und ihren Führern zurückgelassen, denn sie brauchte eine andere Antwort. Und die würde sie nur im Tal finden, da war sie sicher.

26

Sylvies vielsagender Blick war ihr nicht entgangen, als sie die Hotelhalle betrat. Dieser »Haben wir schon wieder auswärts geschlafen«-Blick. Dieser Triumphblick, wie gut das Engeldorfer Konzept funktionierte. Clara war der beste Beweis. Leider übertrieb es Sylvie mit der guten Laune und handelte sich einen strengen Blick ihres Gastes ein.

»Sylvie, ich hätte gern ein Frühstück aufs Zimmer und machen Sie mir die Rechnung fertig, bitte.«

»Was, Sie reisen schon ab? Das ist aber schade!« Sylvie bekam die auswärts verbrachte Nacht und die vorzeitige Abreise nicht in Einklang, so viel war klar.

»Ja, Geschäfte. Es ist eben Fluch und Segen zugleich, wenn hier der normale E-Mailverkehr und SMS-Betrieb nicht funktioniert. Dann muss man die Zelte abbrechen, wenn es pressiert!« Clara versuchte einen Businesston in ihre Stimme zu legen. »Das Gepäck lass ich aber über Mittag noch da, ich hab noch ein paar Dinge im Dorf zu erledigen.«

Sylvie grinste vielsagend.

»Nicht, was Sie meinen!«

Es war Clara nur so herausgerutscht, sorgte aber dafür, dass Sylvie schweigend in ihren Computer starrte. Also das erledigte man auch in Engeldorf mithilfe moderner Technik. Clara hatte eigentlich Schuhschachteln voller Tagesquittungen erwartet, die erst mühsam auf einem Abakus addiert wurden. Relativ fix wurde ihr dann auch eine Rechnung mit leider überhaupt keinem altmodischen Betrag gereicht. Clara schluckte.

Schließlich hatte sie lange genug auf die Rechnung gestarrt, um Sylvie ein leichtes Räuspern zu entlocken.

»Passt eh alles, Frau Kull?«

»Alles wunderbar!«, hatte Clara gesagt. »Ich nehme die Rechnung mit hoch und zahle sie nach dem Frühstück.«

»Natürlich, Frau Kull, und … Moment … ich hab da noch was für Sie, das wurde gestern im Laufe des Abends für Sie abgegeben.« Sylvie reichte Clara ein Kuvert über den Tresen. Im linken oberen Eck war ein kleiner Stern eingedruckt. Auf der Rückseite stand in eleganten Versalien: *Sternen-Apotheke.*

Schon beim Erklimmen der Treppen riss Clara das Kuvert auf, fingerte ein sprödes teures Papier heraus, das ebenfalls mit Schriftzug und Stern bedruckt war, so altmeisterlich, dass man die im Papierflor versenkten Buchstaben fühlen konnte.

Liebe, liebste Clara,
manchmal nimmt das Leben eine seltsame Wendung. Und manchmal sind die Dinge nicht so, wie sie scheinen, wobei ich nicht leugnen kann, dass mich heute eine Allmacht übermannt hat, die mir sehr leid tut. Denn du bist mir wertvoll, so sehr, dass ich vieles bereue. Mich tief in der Schuld anderer sehe. Aber ich bin nun mal so gestrickt. Meine Familie ist alles. Vielleicht definiere ich Familie noch im altmodischen Sinn. Und vielleicht wirst du mich irgendwann verstehen. Ich will dich nicht verlieren, egal, was jetzt passiert.
Dein dir verfallener Hubert

Clara musste sich am Treppenlauf festhalten. Die Ereignisse der letzten drei Tage, Huberts Worte und die Tatsache, dass er letzte Nacht vermutlich in einer Schneewehe erfroren war, waren zu viel für sie. Mit letzter Kraft schleppte sie sich in ihr Zimmer, das in seiner Perfektion so über alle irdischen Schwächen erhaben schien. Nichts war hier dem Zufall überlassen worden, nichts stand beiläufig herum, noch nicht einmal die persönlichen Sachen der Gäste, die einer der unsichtbaren hilfreichen Geister des Personals jeden Tag auf Kante legte, obwohl doch das Leben aus Zufällen und falschen Reihenfolgen bestand.

Mechanisch ließ Clara Wasser in die Wanne laufen, tat irgendeinen Badezusatz mit Orchideen dazu und ließ sich nach Abstreifen der Kleider ins Wasser gleiten. Zuverlässig tat das warme Wasser seinen Dienst und holte Clara aus der Melancholie. Sie würde jetzt ihre letzten Schritte in Engeldorf tun. Auf dem Weg zu Fanny Pfandel noch einmal bei der Palicek vorbeigehen und sie nach dem Taschentuch fragen. Und je nach dem, was sie erfahren würde, noch einmal auf die Munzerkogelhütte hinauffahren. Heute Abend würde sie zu Hause in ihrer Wohnung sein und Gracia so lange nicht Bescheid geben, bis ihr Urlaub offiziell beendet war. Abstand und Abkühlen. Letzte Gewissheit finden.

Sie hatte den grünen Pullover mit dem Wasserfallkragen übergezogen. Trotz Höhenbräune machte sie die Farbe heute durchsichtig, aber sie wollte es so. Die Koffer waren schnell gepackt. Sylvie ließ sie in einem eigens dafür vorgesehenen Raum deponieren und dankte Clara nach dem Bezahlen der Rechnung. Ein »Ich hoffe, Sie kommen bald wieder« hatte Sylvie sich überraschend feinfühlig verkniffen, denn Claras Minenspiel verbat sich jede Art von Smalltalk. Mit einem Kopfnicken verschwand sie aus der Hotelhalle, die ihr in den letzten Tagen immer als eine Art Paradies erschienen war.

Es hatte aufgeklart, von den Schneefällen der vergangenen Nacht zeugten nur mehr die Berge weißen gefrorenen Wassers, die Engeldorf zu einer gigantischen Wattelandschaft machten. Sogar die dunkle Gasse hin zur Cyber-Tenne bekam etwas Liebliches. *Die reine Ironie*, dachte Clara, als sie an der Tenne nach einer offenen Tür suchte. Am Hintereingang, wo die Forststraße auf den Munzerkogel führte, wurde sie fündig. Klopfte. Schließlich drückte sie die Klinke, die gleichzeitig auch von innen gedrückt wurde, worauf Clara schnell zur Seite springen musste.

»Ach, Frau Kull!« Walli Palicek schien nicht überrascht. Sie trug ihr Haar wieder zu einem strengen Pferdeschwanz gebunden, und ihr Outfit bestand aus einem eng anliegenden Kurzkleid mit Overkneestiefeln. Retro war an der Palicek nichts, außer dass sie altertechnisch mehr in Claras Liga spielte als in der Marias. Ganz offensichtlich war ihr im großen Engeldorfer Kammerspiel die Rolle der Domina zugefallen.

»Gut, dass ich Sie treffe!« Clara versuchte so unangestrengt wie möglich zu klingen. »Eine Sache wollte ich Sie doch fragen, ist einfach nur so eine Kleinigkeit, die mir in den letzten Tagen aufgefallen ist. Wieso haben hier im Dorf so viele ein Taschentuch mit Gemsen drauf? Und dann auch noch mit den Initialen HvG? Ich erinnere mich … als wir uns das erste Mal getroffen haben, hatten Sie auch so eins.«

Claras Worte hatten echt interessiert und harmlos geklungen, doch die Palicek hatte sich in ihrer ganzen Haltung verändert. So, als hätte jemand an dem Pferdeschwanz gezogen, um alles noch ein wenig glatter zu ziehen. Ihre Antwort kam nur mühsam.

»Ich weiß es, ganz ehrlich, nicht. Dass Sie sich noch daran erinnern!«

»Das Taschentuch, also der Typ ist mir in den letzten Tagen noch so oft begegnet!«

Die Palicek wand sich.

»Das Taschentuch, das ich hatte, war von der Maria!«

Clara sah ihr direkt ins Gesicht.

»Ja, sie hat es mir an dem letzten Abend gegeben.«

»Warum? Brauchten Sie ein Taschentuch?«

»Nein, sie gab es mir mit den Worten: ›Wenn etwas ist, dann war das mein letztes Zeichen‹!« Walli Palicek richtete ihren Blick auf den Boden, das Reden hatten sie sichtlich angestrengt.

»Und das sagen Sie erst jetzt?« In Clara war Leben gekommen.

»Ich hatte es verdrängt, vergessen, was weiß ich. Und dann schien es mir zu spät, was zu sagen, das sähe ja so aus, als hätte ich absichtlich was verschwiegen, wenn mir das erst Tage später wieder einfällt. Also hab ich lieber nichts gesagt!«

Clara schüttelte den Kopf. »Ich verstehe Sie nicht, so etwas vergisst man doch nicht. Und man verschweigt es schon gar nicht, wenn man mit dem Fall nichts zu tun hat.«

Die Palicek hatte nun ihrerseits tatsächlich ein Taschentuch nötig, denn sie wurde von Weinkrämpfen geschüttelt. Wimperntusche und Make-up verliefen unschön ineinander, und rund um die Augen sammelten sich schwarze Rinnsale in den beginnenden Krähenfüßen, die ein Nachtjob ziemlich früh mit sich bringt. Clara fasste instinktiv in ihre Anoraktasche und zog das Gemsentüchlein heraus, das bereits dem Spürhund als Orientierung gedient hatte. Sie reichte es der Palicek mit einem Lächeln. Die sah sie lange an und nickte dann.

»Der Gamsenfeld, der verteilt die. Aber nicht offiziell. Ich hab fast das Gefühl, es ist so etwas wie eine Clubzugehörigkeit. Aber ich weiß nicht, was für ein Club und zu welcher Gelegenheit man es bekommt. Ich weiß nur, dass die Maria es mir mit einem verschwörerischen, ja fast kämpferischen Blick gegeben hat. ›Behalt es‹, hat sie gesagt, ›und wenn es das Letzte ist, was von mit übrig bleibt.‹ Ich hab mich total gewundert damals, aber es war ja auch nachts, mitten in der heißen Geschäftsphase, ja, und dann hab ich das einfach vergessen. Bis jetzt eigentlich, bis Sie kamen!«

Clara hatte der Palicek einen Arm umgelegt. »Ich dank Ihnen, Sie haben mir sehr weitergeholfen. Ich werde abfahren. Wir werden uns vielleicht nie wieder sehen.«

Die Palicek nickte und schniefte. »Sie werden der Polzei nichts davon sagen, ja? Weil es ist doch Unterschlagen von Beweisstücken?«

Clara schüttelte den Kopf. Sie würde nichts sagen. Es würde am Fall nichts mehr ändern, nur für sie war es wichtig gewesen. Jetzt war sie klüger. Die Maria hatte wie bei einer Schnitzeljagd ein Zeichen hinterlassen, und die Palicek war ganz offensichtlich keine Eroberung Hubert von Gamsenfelds gewesen. Mehr war nicht mehr wichtig. Was auch immer Maria mit dem hinterlassenen Taschentuch sagen wollte, beide, Hubert und Maria, hatten wahrscheinlich das Geheimnis mit in ihre jeweils eisigen Gräber genommen.

Oder etwa nicht?

Clara lief rasch die Munzerkogelgasse entlang, hatte sich nicht noch einmal nach der verheulten Palicek umgesehen.

Als sie beim Gesundhaus um die Ecke bog, fuhr gerade Truxlers grauer Skoda weg. *Guten Morgen, Herr Truxler*, dachte sich Clara und klingelte an der Pforte, wissend, dass sich die Gemeindeschwester sicher wie Bolle über eine erneute Störung freuen würde.

27

Sie schon wieder! Ein Betrieb ist das heute, das kann ich Ihnen sagen. So viel Aufregung ist Gift für die Frau Pfandel!«

Nichts anderes hatte Clara zur Begrüßung von der Gemeindeschwester erwartet und versuchte deshalb, so sanft wie möglich zu wirken.

»Ich weiß, ich komme auch nur, um mich von ihr zu verabschieden. Ich fahre heute.«

Clara verstand als Antwort so etwas wie »Gut wird's sein«, verkniff sich aber eine Replik. Nur nichts komplizieren jetzt. Doch die Gemeindeschwester hatte schon die Tür freigegeben und ließ Clara in die Empfangshalle mit dem obligatorischen Hinweis auf den Schuhwechsel. Anschließend schlurfte Clara hinter der Gemeindeschwester her, die ihrerseits kräftige Gesundheitssandalen trug. An der Tür zu Fanny Pfandels Zimmer blieb sie stehen und ermahnte Clara, mit der Patientin ruhig zu sprechen, der Besuch dieses Kommissars Truxler gleich am Morgen hätte sie schon zu sehr mitgenommen. Clara nickte. Sie klopfte und wartete ein dünnes »Ja« ab, bis sie die Türklinke drückte.

Als ob keine 24 Stunden vergangen wären, saß Fanny Pfandel auf ihrem Stuhl vor dem Fenster und starrte das Nachtkästchen an, auf dem die Tablettenspender nicht weniger geworden waren. Mit einem »Danke, ich komm jetzt allein zurecht« schob Clara die lästige Krankenschwester aus dem Zimmer und näherte sich der reglosen Gestalt am Fenster.

»Frau Pfandel, ich bin's, die Clara Kull, gestern erst war ich bei Ihnen!« Bei den Worten konnte Clara selbst kaum glauben, dass die Begegnung erst gestern gewesen sein sollte. Ein ganzes Leben lag dazwischen.

Die Pfandel hob den Kopf ganz leicht, als würde es ihr schwerfallen. Sie nickte, und Clara zog sich einen Stuhl heran.

»Frau Pfandel, letzte Nacht ist etwas Schreckliches passiert.« Clara verbesserte sich, bei dem Gedanken, welche Schrecklichkeit der armen Frau Pfandel widerfahren war: »Also noch etwas Schreckliches.« Sie wartete die Reaktion der Frau ab. Doch außer einem Zucken in den Augenlidern folgte nichts.

»Der Apotheker, der von Gamsenfeld ist im Schneesturm umgekommen!«

Was nach diesem Satz kam, ließ Clara erschauern. Die Züge der Fanny Pfandel hellten sich auf, aus ihrem Mund kam ein keckerndes Lachen, sie schlug sich mit der einen knochigen Hand auf den Oberschenkel und ergriff mit der anderen Claras Hand, die sie während eines erneuten Lachanfalls fest drückte, so fest, bis Clara die Hand sanft lockerte und fragte: »Sie scheinen darüber nicht unglücklich?«

»Die gerechte Strafe hat er bekommen!« Maria Pfandels Gemütszustand konnte man getrost als stark erheitert bezeichnen.

»Frau Pfandel, was wissen Sie, das sie so reagieren lässt?« Clara wurde ein wenig ungehalten, schließlich hatte sie vor nicht allzu langer Zeit dem Herrn Gamsenfeld sehr viel abgewinnen können. Auch überlegte sie, ob Frau Pfandel nicht doch vielleicht professionellere Hilfe bräuchte, als nur die Betreuung einer reschen Gemeindeschwester, die mit Hausmitteln und Valium Irritationen im Gemütszustand zu Leibe rückte. Dann nahm Fanny Pfandel das Gespräch wieder auf.

»Die Maria hat alles herausgefunden. Dass er den Wastl erpresst. Dass er überhaupt im Dorf so viel Druck aufbaut. Wollte ihn wohl zu Fall bringen. Erst recht, als ich ihr ein Geheimnis verraten habe.«

Clara fürchtete, dass an dieser entscheidenden Stelle sich plötzlich wieder der Mantel des Schweigens über Fanny Pfandel breiten könnte, und strich ihr etwas unbeholfen über die Schulter. »Was, Frau Pfandel, was haben Sie ihrer Tochter verraten?«

Die Frau hatte mittlerweile völlig gelöste Gesichtszüge, alles Verhärmte war daraus verschwunden und Clara konnte die Schönheit der Jugend ahnen. Sah das Gesicht Marias, in dem Augenblick, als die Mutter antwortete.

»Das Geheimnis um ihren Vater.«

»Hat sie nicht gewusst, wer ihr Vater war?«

»Nichts hat sie gewusst, bis zu dem Tag, etwas über eine Woche ist es jetzt her, als sie kam und ich es gleich gemerkt habe. Sie werden's nicht glauben, aber wir sehen uns oft tagelang nicht recht, denn ihre Arbeitszeiten gehen nicht mit meinen zusammen.«

Fanny Pfandel räusperte sich, und Clara rutschte unruhig auf ihrem Stuhl hin und her. Das Präsens in den Sätzen der Fanny Pfandel machte sie betroffen.

»Was haben Sie gleich gemerkt?«

»Na, dass sie schwanger ist! Erst hat sie's geleugnet, hat mich verlacht, doch dann hat sie mir gestanden, sie sei schon in der Sternen-Apotheke gewesen und hätte sich einen B-Test geholt. Da hab ich sie in den Arm genommen. Und gesagt, so, so in der Sternen-Apotheke. Dann ist sie ganz blass geworden und hat mir erzählt, wie sie den Gamsenfeld seit einiger Zeit verfolgt, weil er den Wastl erpresst. Und wegen ihrer Solidarität mit dem Wastl sei der Luis, der Vater ihres Kinds, sauer. Und sie wisse jetzt nicht, was sie tun soll, denn wir würden doch beide von ihrem hart verdienten Geld leben. Ich hab erst nicht begriffen, was sie meint, und ganz langsam hat sich ein Bild geformt, das umso absurder wurde, je mehr ich es zu Ende gedacht hatte.« Fanny Pfandel schwieg so plötzlich, wie sie angefangen hatte zu reden. *Bloß jetzt nicht aufhören*, dachte Clara und fixierte die Frau mit ihrem Blick.

»Dann hab ich einen Fehler gemacht, einen Fehler, der Maria das Leben gekostet hat. Ich habe ihr erzählt, wie mich ihr Vater aus dem Dorf gejagt hat. Mit einem Batzen Geld hat er mich gedrängt, niemals zu verraten, wer der Vater sei, und sonst wohin zu gehen, nur nicht zu bleiben, sonst würde es nicht gemütlich für mich und das Kind. Er könne sich mich nicht leisten, nicht so unehelich, und ehelich ginge ja nicht, denn ich würde nicht in seine Familie passen, altmodisch sei er da, hat er gesagt. Und ich war so naiv, oder verunsichert und bin noch in der Schwangerschaft weg von hier, mit dieser dreckigen Apanage. Und erst nach vierzehn Jahren wiedergekommen, als das Geld zu Ende war und ich das Gefühl hatte, er soll wenigstens aus der Ferne sehen, was aus seinem Kind wird. Aber der Maria hab ich seinen Namen nie verraten. Bis zu dem Abend eben. Und dann hat sie sich rächen wollen. Und vor allem wollte sie sein Geld für ihr ungeborenes Kind. Das Geld der Gamsenfelds, jetzt Huberts Geld, das Geld ihres leiblichen Vaters!«

In Clara sammelte sich ein hoher Ton, einer, der sich bis zu den Ohren staute und dort ein Dauerfiepen hinterließ.

Hubert von Gamsenfeld war Marias Vater. Er wurde von ihr erpresst. Und dann brachte der Vater die Tochter um?

Der Fiepton schwoll zu einem Brausen. Clara musste raus aus dem stickigen Krankenzimmer, weg von der hysterisch lachenden Frau, die ihr Leben mit einem Geheimnis verbracht hatte, das ihr jetzt auf den Fuß gefallen war.

Sie verabschiedete sich rasch, schlüpfte in ihre Stiefel, lief an der verdutzten Gemeindeschwester vorbei raus und ließ sich gegen eine Hausmauer fallen. Minutenlang presste sie die Fäuste gegen die Ohren, bis sich der Ton zu einem kleinen, aber beständigen Summen verwandelt hatte und sie sich stark genug fühlte, die wenigen Schritte zur Munzerkogelbahn zu gehen.

28

Als würde Engeldorf alles aufbieten, um sie zum Bleiben zu überreden. Strahlender Sonnenschein, ein Föneinfall mit verhauchten Wolken, der den Schnee zusammensacken ließ und zu Lawinenwarnstufe 2 führte. Als Clara aus dem Lift gestiegen war, klebten ihre Skier am Untergrund fest. Ja, sie hatte sich tatsächlich noch einmal eine Telemark-Ausrüstung ausgeliehen. So, als wollte sie einen Schlussstrich ziehen unter das Kapitel Slowmove in Engeldorf, das sie schließlich zu einer krassen Fehlentscheidung gebracht hatte. Eine knappe Woche nach ihrer Ankunft waren zwei Menschen tot, mit einem davon war sie kurzzeitig in eine scheinbar zukunftsweisende Beziehung getreten, und die andere hatte versucht, das Familienkarma zu verändern. Nicht zu vergessen die kleinen erotischen Entgleisungen, die Clara endlich mal aus ihrer verspannten Haltung bringen sollten.

Mit ruckelndem Schwung kurvte sie in unbeholfenen Bögen von der Bergstation in Richtung Munzerkogelhütte. Als der Gustl ihr das vorgemacht hatte, war sie besser damit zurechtgekommen. Warum war sie nicht bei diesem Ausbund an Welpencharme geblieben? Clara versuchte den Gedanken wegzuschieben, sie musste sich konzentrieren, um bei dem pappigen Schnee in der Spur zu bleiben. Die typische Telemarkbewegung wollte nicht glücken auf dem wenig geschmeidigen Untergrund. Ein Föhnwind zog über die Spitze des Munzerkogels. Unwirkliche Wärme, an einer Stelle, an der vor wenigen Stunden jemand erfroren war.

Eine Mischung aus sportlicher Anstrengung und Seelenschmerz trieb Clara Tränen über die Wangen. Nichts hatte ihr der neue Reichtum gebracht, außer einer inoffiziellen Ermittlung und einem toten Mörder, an dessen Ableben sie nicht ganz unbeteiligt war. Wenn sie in der Nacht nicht in der Hütte gewesen wäre, wer weiß, vielleicht wäre Hubert von Gamsenfeld noch am Leben, hätte lediglich eine gesamte Filmcrew mit Montezumas Rache infiziert und dem Wastl den Ruf versaut. Sie war sich sicher, dass der Apotheker wegen ihr geflohen war. Hätte sie Truxler auf seine verschrobene Art ermitteln lassen, wäre vermutlich nichts passiert. Allerdings wohl auch keine Aufklärung des Falls. Wie Clara es auch hin und her dachte, sie konnte ihre Mitschuld nicht abschütteln, auch wenn sie jedes neue Detail, das von Hubert von Gamsenfelds Charakter sichtbar wurde, nicht gerade anziehend fand. Wie tickt einer, der seine uneheliche Tochter verleugnet, für seinen ehelichen Sohn aber gewillt ist, über Leichen zu gehen?

Clara fuhr mit einem verkorksten Bogen vor die Munzerkogelhütte, wo die Sonne und der warme Wind Scharen von Menschen ins Freie getrieben hatten. Sie blieb stehen, stützte sich mit dem Oberkörper auf die beiden Stöcke und ließ den Blick schweifen. So verheult, wie sie war, brauchte sie sich jetzt auch nicht unters Volk mischen und schon gar nicht sich von den Herrschaften verabschieden, die ihr diesen unvergesslichen Urlaub beschert hatten. Liegestühle, Holztische und Bänke standen kreuz und quer und dicht gedrängt, denn an einer Seite der Hütte hatten die Filmfuzzis ganze Arbeit geleistet und eine aufwendige Bühnendekoration gezaubert, in der jetzt ein schwer geschminkter Moderator probte. Sie sah Gustl mit dem Rücken zu ihr auf einer der Holzbänke in der Sonne sitzen. Vor sich eine Dame, die mühelos seine Mutter sein konnte, was ihn nicht davon abhielt, seine beiden Hände großflächig auf ihren Schenken zu platzieren.

Wastl schoss graugesichtig zwischen den Tischen hin und her und versuchte der Menschenmenge Herr zu werden. Eine ganz eigene Gruppe bildeten Truxler und sein braunäugiger Hilfssheriff, die anscheinend seit heute früh hier herumstiegen, um noch brauchbare Spuren zu finden. Wastls Spezialgulasch mit dem besonderen Gewürz der Sternen-Apotheke hatte man wohl ausgetauscht gegen Erbssuppe mit Würstchen, deren Duft das ganze Areal der Munzerkogelhütte mit einem mehlig scharfen Geruch versorgte. Clara spürte Übelkeit aufsteigen und verdrängte den Gedanken an die mögliche Ursache, indem sie die Skier abschnallte und sich dem Eingang zum Skikammerl zuwandte, um dort die Skier einzustellen. Sie wollte kein Risiko eingehen, in diesem Durcheinander, wie es heute hier herrschte, die geliehenen Skier zu verlieren.

Das Skikammerl war ein kleiner überdachter Verschlag nicht weit vom Kücheneingang. So gut wie niemand schien es zu benutzen, jeder knallte seine Skier irgendwo im Freien hin, meist steckten Stöcke und Bretter einfach im Schnee und bildeten unfreiwillig Skulpturen. Doch Clara wollte kurz unsichtbar werden, hatte ein tiefes Bedürfnis nach Alleinsein, fragte sich, was sie sich von einem Abschiedsbesuch hier oben versprochen hatte. Warum sie nicht gleich in ihren Mini gestiegen war und das Tal verlassen hatte Richtung Heimat, um Gracia die Meinung zu geigen.

Die Skier hinter sich her schleifend, schlurfte Cara zum Skikammerl, das von einer aufwendig gedrechselten Holztür mit Drehknauf verschlossen war. Früher war das Kammerl vermutlich einmal der Eingang zu einer kleinen Käserei gewesen, früher, als man Almen noch als Luftkurort für glückliche Kühe genutzt hatte und nicht als rustikalen Animierclub. Die Tür zur Skikammer ließ sich nicht gut öffnen, irgendetwas klemmte. Noch dazu ging die Tür nach außen auf, man musste also mit Skiern, Drehknauf und Kräften jonglieren. Clara stellte ihre Skier ab und riss mit Wucht an dem Türknauf, nichts passierte, außer, dass sie sich die Schulter verzog. Schließlich versuchte sie es mit Anheben der Tür, denn vermutlich hatte sich aufgrund der Witterungsänderung das Holz verzogen. Ein leichtes Knirschen verriet Clara, dass sich was tat. Sie stemmte einen Fuß gegen den Türbalken und zog noch einmal. Mit einem Vibrieren im Holz schnalzte die Tür auf, ließ Clara rückwärts straucheln und schließlich auf den Rücken fallen. Durch die ruckartige Bewegung hatte sich wohl die Holzspannung des ganzen Hüttchens gelöst. Teile des Schneedachs gerieten ins Rutschen. Das hoch verdichtete Schneematerial schob sich in Zeitlupe auf den Dachrand zu, der von Eiszapfen gesäumt war, die unaufhörlich tropften. Clara lag genau unter der Dachkante und beobachtete fasziniert die auf sie zu rollende Schneemasse, die sich an der Dachkante kurz aufhalten ließ, um schließlich samt Eiszapfen in die Tiefe zu stürzen.

Reflexartig hatte sie sich zur Seite gerollt. Als sie wieder aufblickte, stak ein Zentimeter neben ihrem Hals ein Eiszapfen im Schneeboden. Blau schillernd und glänzend, spiegelte sich in ihm wie in einem Scherzspiegel verzerrt der ganze Hüttenwahnsinn. Ein Kaleidoskop der Vergnügungen, das keine Zeit der Trauer kannte. Clara rappelte sich hoch und zog den Eiszapfen aus dem Boden, in dem er ein tiefes Loch hinterlassen hatte. Fasziniert blickte sie hinein. Dort, wo gerade noch die Spitze gesteckt hatte, etwa zehn Zentimeter tief im Schnee, schimmerte es rot, als wäre die Erde verletzt. Vorsichtig griff sie in das Loch und hielt nach einer Sekunde einen Anhänger in der Hand. Rose und Kreuz. Marias Anhänger, er muss ihr in der Nacht ihres Todes abgerissen sein. Dann verwirrten sich Claras Gedanken, sortierten sich neu, wurden so klar wie der schmelzende Eiszapfen. Maria hatte vermutlich dasselbe Problem gehabt wie sie selbst. Wollte in die Hütte, warum auch immer, vielleicht war sie auf der Flucht gewesen vor ihrem Verfolger. Sie hatte an der Tür gerissen, ein Eiszapfen kam herunter, erwischte sie unglücklich am Kopf, sie fiel leblos in den Schnee. Warum sie nicht genau an dieser Stelle gefunden wurde, warum der Eiszapfen nicht gefunden wurde, konnte Clara nur vermuten. Eventuell hatte Hubert von Gamsenfeld sie gefunden und sie so platziert, dass ein schlechtes Licht auf den Hüttenwirt fiel. Vielleicht war aber auch Maria kurz erwacht und weiter gekrochen, hatte die Hütte aber nicht mehr erreicht. Der Schneefall hatte dann alle Spuren beseitigt. Clara mochte an Huberts Schuld nicht glauben, die Erklärung war ihr bei weitem lieber, so lieb, dass sie erstmals seit gestern Abend das Gefühl der inneren Enge verließ. Hubert war vielleicht nicht bis in die letzte Konsequenz ein schlechter Mensch gewesen, er war wohl sicher ein Machtmensch, aber nicht so verroht, seine eigene Tochter dem Tod auszusetzen. Der Tod der leicht bekleideten Maria war ein Unfall gewesen.

Clara umschloss den Anhänger mit ihren Fingern, ließ die Skier liegen und schritt auf die Munzerkogelhütte zu, in die gerade ein blasser Luis mehrere Steigen mit Teiglingen trug. Und bei Clara meldete sich ein ungewohnter Heißhunger auf Germknödel mit Vanillesoße, Erbssuppe und Würstchen.

Welche Gründe der Heißhunger auch immer hatte.

Christina Sanchez-Andrade
Die Wintermädchen

Roman
286 Seiten, Taschenbuch
ISBN 978-3-455-00203-4
Atlantik Verlag

Galicien, Anfang der fünfziger Jahre: Nach langen Jahren im Exil, in das sie als Kinder vor dem Spanischen Bürgerkrieg fliehen mussten, kehren die beiden Schwestern Saladina und Dolores in das Haus ihres Großvaters zurück. So unterschiedlich die Schwestern auch sind, so unauflöslich scheinen sie miteinander verbunden – teilen sie doch nicht nur eine romantische Schwäche für Kinofilme und Hollywood-Stars, sondern auch eine düstere Tat. In Tierra de Chá scheint nichts verändert und doch ist alles anders: aus irgendeinem Grund stört die überraschende Rückkehr der »Wintermädchen« die friedliche Existenz der Dorfbewohner. Warum will niemand über Don Reinaldo, den Großvater der beiden, und ein Geschehnis während des Spanischen Bürgerkrieges reden?

Cristina Sánchez-Andrade führt uns in die herbe Zauberwelt der kantabrischen Berge und schenkt uns eine wunderbare Geschichte um Liebe, Geheimnisse und Magie – vor allem aber zwei unvergessliche Heldinnen, die auf ihre schräge Art das Herz des Lesers erobern.

Carlos del Amor

Die einzig wahre Liebe

Roman
240 Seiten, Taschenbuch
ISBN 978-3-455-00202-7
Atlantik Verlag

Schlüssel sind dafür gemacht, Türen und Briefkasten zu öffnen. Doch wer erwartet schon, dabei auf eine faszinierende Liebesgeschichte und einen rätselhaften Todesfall zu stoßen?

Madrid im Hochsommer. Die Stadt ist wie ausgestorben, bis auf einen Jorunalisten, der sich einsam mit seinem ersten Roman abmüht. Als er eines Tages im Treppenhaus einen Schlüsselbund findet, den offenbar die Concierge verloren hat, wird er neugierig. Es ist August, alle Nachbarn sind verreist, und die Verlockung, sich nachts in den Wohnungen der anderen umzusehen, ist übermächtig.

Doch dann entdeckt er in der Wohnung des alten Simón Díaz einen Stapel alter Zeitungen, die alle auf den 20. September datieren – und in jeder von diesen eine Anzeige, in der ein Símon einer Ana seit dreißig Jahren ewige Liebe schwört. Aus dem Zeitvertreib des Journalisten wird eine aufregende Suche, die zu einem rätselhaften Todesfall und einer faszinierenden Liebesgeschichte führt...

Diego Galdino

Das sizilianische Mädchen

Roman
320 Seiten, Taschenbuch
ISBN 978-3-455-65105-8
Atlantik Verlag

Stell dir vor, du triffst die Liebe deines Lebens.
Und sie vergisst dich.

Als der amerikanische Journalist Clark in Rom der Sizilianerin Luzia begegnet, weiß er, dass er die Frau seines Lebens getroffen hat. Dummerweise hat die eigenwillige Lucia, die für drei Monate als Volontärin bei seiner Zeitung arbeitet, schon Rosario, der in Siculiana auf sie wartet. Als Lucia schließlich doch dem Charme des Amerikaners und dem Zauber der Stadt Rom erliegt und in ihr Heimatdorf fährt, um mit dem Verlobten zu brechen und ihrer konservativen Familie reinen Wein einzuschenken, scheint der Weg frei für das Liebespaar. Doch dann hat Lucia einen Autounfall und kann sich an die Zeit in Rom überhaupt nicht mehr erinnern.